崔振林 著

作家出版社

岁月时光,赋予我们生活百味;每一次遇见,都是一道风景,走一走,想一想,三里河的芦苇依然飘荡……

化用辛弃疾的一句词,"我见生活多妩媚,料生活给我应如是。情与景,略相似。"

岁月有情,感恩遇见!

目录

第一章 好景在路上

水做的骨肉　/ 003
四川自驾游散记　/ 015
云南印象　/ 051
古城游记　/ 054
恬静的遂宁　/ 113
夏游三亚　/ 117

第二章 孩子清澈

女儿给的启示三则　/ 129
不忍回家午休　/ 135
高山流水觅知音　/ 139
一张白纸　/ 142
一份大礼　/ 145
当孩子炫富　/ 150

女儿的直言不讳 / 153
孩子真傻 / 155
聆听孩子的成长 / 157
爱吃瓜皮 / 160
事起零食 / 162
享受依赖 / 165
今晚不能回家住 / 168
抓　周 / 171
刻　章 / 175
过把老师瘾 / 178

第三章　母爱无形

姥　姥 / 185
蒲公英的顽强 / 188
官　相 / 190
中秋节的糖火烧 / 192
带着母亲去旅行 / 197
当回老家过年不再住家里 / 201
娘这一生 / 205
入土为安 / 208
送　别 / 252
送娘回家 / 256
又相聚 / 272
昨夜，又梦见娘 / 277

第四章　凡人素描

地铁上的阅读者 / 281

副教授 / 283

买　车 / 285

别闹，乖 / 293

要有"活一天赚一天"的好心态 / 297

也说贵人 / 300

忆刘祥先生 / 307

这样走，怎样？ / 313

地铁里的互助 / 320

反　差 / 322

牛二入股市有感 / 324

第五章　生活随笔

等风来 / 329

心　跳 / 333

上海是精细 / 337

天鹅有情 / 340

突　围 / 342

高铁如飞 / 344

黑洞洞 / 348

春雪映霞 / 352

虚惊一场　／354

一只龟　／359

遇事沉一沉　／362

植　树　／364

第一章 好景在路上

水做的骨肉

——贵州山水行二三则

幽幽织金洞

坊间有传"织金归来不看洞",说的便是贵州的织金洞。游了方知织金洞名不虚传,果然别有洞天。

从贵阳出发向西,车便一头扎进黔西秀美的山川。高速路勾连于半山云雾之中,基本上是由桥梁和隧道交替而成的;这高速路俨然一条银色的链子,将一座座山峰穿起,车子行驶其中,仿佛一个个灵动的音符,奏出五彩的乐章。

一路上,两侧的山峦吸引了我们的目光,那山的妩媚千姿百态,让我的脑海里不禁生出了"小巧玲珑""小家碧玉"等词语,而同行的兰姐姐更是不停地指点江山:

"你们看,那山像不像一个趴着的老牛?"

"看那块跳出来的石头多像一只老鹰!"

"你们看,那棵树长得跟个长颈鹿似的!"

……

瞧她兴奋不已的劲儿，众人调侃她是织金洞里出来的千年蜘蛛精回娘家了，如此兴奋。兰姐姐并不介意，依然忘我地对着车窗外的山川指指点点，她兴高采烈的样子感染了全车的人。

因为有孩子的缘故，早上出窝的时间一般都比较晚，到达景区时已近中午。车子还没停好，便有个年轻的女士热情地招呼："吃了饭再参观吧，那洞子好大的，要两三个小时才能走出来哟！你们带着孩子，要吃饱饭参观才有劲儿哦。"一看便知这是哪个农家菜馆的掌柜或跑堂的，或者是掌柜兼跑堂的。我这人听人劝，当然要让孩子们吃饱饭的，不然会影响长个的。

于是，我们便随着这位女士一直沿着山路向上走，在一个三岔口绕过通往景区售票处的路，径直走进了山村。女士说里面也能进景区，而且比这边还近。看女士一脸的纯朴，自然是要信她的，事实也证明她说得一点儿没错。

她家的餐馆窝在村子最深处，上面横挂着一个黑底黄字的招牌——"川黔餐馆"。"川黔"两字似乎在告知我们这里既有贵州的酸辣也有四川的麻辣。而在这四个汉字的上面还各有四个小一号的读不懂的文字，据说这是当地少数民族的文字，应该是苗族的。当地是多民族聚居地，不论是哪个少数民族，在大浪滚滚的历史长河，能创造且保留下自己的文字的，都是了不起的民族。这行小字，如果不是对应着那四个汉字，我是断然不识的，有点像古代的甲骨文，看起来是和汉字一脉相承的。

我们点了几样当地土菜，店主说十分钟就得，结果我们溜溜等了四十分钟。见我们焦急，老板一个劲儿地解释："土鸡是要现宰的。"没办法，只得耐心等待。好在我们一行人都有好心态，并不真着急。其实都是风景，洞内是风景，洞外也是风景；景内是风景,景外也是风景,就是看赏景的人有没有心情。

在等饭的当口,我们参观了这个不知名的小村子。一条臂弯似的街道拱护着几十户人家;两侧的房屋多是二层或三层楼房,外表还算鲜亮,有点古色古香的味道;但屋内多是没有太多的装修,四壁落白即是,家具也很简单,就几样实用的摆设。农村多是这样,从南到北,从东到西,都差不多,房子十年二十年一翻盖,把一二十年的积蓄全部搭上,看谁家盖得漂亮,只管外表,不问内饰,不管里面搞成啥样;只要外面光了,也就有了面子。农村翻盖房屋还有个特点,就是谁家盖到后面,谁家的地基就会弄高一些,好像高了就能压着别人过日子,就能过得风光。这样做反过来也使人们不愿在房子牢固性以及室内居住舒适度上下功夫。因为左邻右舍的房子一旦翻盖,也就意味着你家的房子离翻盖不远了——哪怕你的房子还很结实。这里是山区,房子都是就着地势所建,情况要好得多,但也能看到加高地基的影子,村头的几处危旧房屋便可见一斑——低成了"三级跳坑"。

村头这几处危旧房屋,也是离景区最近的。同行的宇新兄职业病发作(他是研究农村问题的),硬是要走上前嘘寒问暖,说房子都这样了,政府为啥不管——这年头实在是好,老百姓啥都可以靠政府,这在若干年前还是不可想象的。面对宇新兄的好奇,门口坐着正做针线活的老奶奶露出不悦,说政府不让翻盖,景区准备征用统一翻盖。其实统一翻盖是好事儿,整个村庄统一规划才好,因为统一规划就有了长远打算,有了通盘考虑,不至于这家盖了那家翻,永远停留在周而复始中。当然啦,统一行动也有弊端,容易千篇一律,少了多样的热闹。事情总是有利有弊。

邻近这几处危旧房屋的街道上,竖着一个牌楼。牌楼主体为类似于花岗岩的一种石头，而顶部则是用青瓦铺成两个层次的屋脊，屋脊两侧修成了高高翘起的飞檐，远远望去，如同展翅的蝙蝠。屋脊上没有"五脊六兽"，却有几对像龙一样的吉祥物，又给这座牌楼增色许多。牌楼的立柱和横楣上雕刻了一副对联和横批，字迹苍劲，同样也是汉苗对应的两种文字，朝向村里的一侧为汉字：上联是"奇石包罗万象石头融情"，下联是"翠岗黔染千般山风绕秀"，横批是"那威洛姆"。"那威洛姆"或许是这个小村庄的名称吧？牌楼另一面，是用少数民族文字雕刻的对联，自然是和汉字对应了的。一副对联，道出了织金洞里的千姿百态，勾起了人们对别有洞天的好奇和神往；道出了"那威洛姆"人的千般柔情，感染了来自四面八方的游客。

与我们就餐的这家川黔餐馆相邻的，有一户人家。所不同的是，这家并没有开店，而是纯粹地居住，门前晒满了红辣椒，有用绳子穿挂着的，有用竹箩盛放着的，还有索性放在地上的，红彤彤一片。这红彤彤中间有一位肤色黝黑、一脸皱纹，却有一头乌发的农民老哥（也许是农民兄弟），上身穿一件灰白的T恤，下身穿一条深棕色的裤子，两个裤腿一高一低挽着，正悠哉地坐在小板凳上，剥着煮熟的玉米，一粒一粒投进嘴里享用。在他趿拉拖鞋的赤脚旁还团着一只三花猫。这样的猫在我的老家也是受欢迎的品种，母亲晚年一直养着这样一只猫，那只猫几乎陪伴了她的晚年。农民老大哥、三花猫、红辣椒，还有小板凳、玉米槌子，以及散落于院墙边上的各种农具……组合成了一道风景，那风景里浸满了收获后的喜悦和悠闲。这或许是农民最幸福的时刻，这种幸福也吸引了我们。我们几个人跑过去和农民老哥聊天，问这问那。农民老哥显然没有预见到一群不速之客的到来，一时间竟有些羞怯和慌乱，但还是热情地站起来招呼着，随后又钻进屋里拿了三个小板凳，招呼我们坐。我们坐下了，他却坐在一边的台阶上，想必是把家里所有的小板凳都拿了出来。我们两个大人不好意思喧宾夺主，便站着和他谈天说地，几个小朋友倒是不见外，坐下便逗起猫来。只是三花猫不如主人来得从容，一个箭步蹿到了门口，掉转头警惕地审视着我们，似乎在说：你们这些人好不稀奇，也好不客气。

吃罢川黔餐馆精心制作的虽已提醒不放辣子但依然很辣的炖土鸡后，我们便火速赶往织金洞。

织金洞，本是个有气度的名称，但不知道为什么，我们从听到这个称呼开始，就跟《西游记》里的蜘蛛精联系上了，就觉得这洞里藏着《西游记》里的蜘蛛精，以至于很自然地调侃起一路兴奋不已的兰姐姐。其实，这洞跟《西游记》里的蜘蛛精没有半毛钱的关系。有时人总是会有些莫名其妙的联想，我为我这种无来头的联想无语了。这种无来头的遐想（也作瞎想），倒是激起了我对织金洞的向往，加之那"黄山归来不看山，织金归来不看洞"的传说，愈加让我多了一探究竟的冲动。

按说，这种天然的溶洞应该都是差不多的，无非是些石笋、石柱还有石幔等钟乳石之类，所不同的就是那石笋石柱的形态不一。织金洞里那些石笋石柱的模样确实是我看过的溶洞中最丰富、最形象、最有气度的，也许是我看过的太少了（之前也就看过三四个），有井底之蛙的局限。

进了溶洞要先下后上，似乎是个"U"形的参观通道，一路上都是千姿百态的钟乳石，一步一景，景景不同。有一处如两位面对面端坐着的老人模样,像是在谈古论今——有人说像是孔子问道老子,还有一只狮子狗趴伏一旁,看那样子正听得入迷。有一个圆嘟嘟的像蒙古包一样的钟乳石,在红色的灯光照耀下,宛若一个巨型水母。有个像千年老松一样挺拔在一池暗水边的钟乳石,那一层层的枝杈上分明还挂着初冬的第一场雪。有个半圆球形的钟乳石顶部突兀地生出一条石柱,在黄色灯光的映衬下,恰似《满城尽带黄金甲》里那顶金灿灿的头盔。在一个斜坡上有一片大大小小形态不一的钟乳,中间有个最大的格外凸显,有人说那是玉皇大帝正接见群神。在即将出洞的那个转弯处,一个擎天柱陡然直插云霄地竖在游人面前,而那上面竟然还端坐着一个人——刚学会说话一岁多的小女儿突然抬起小手指着上面重复地说着"有一个人在那儿",你说得有多像才能让一个孩子如此兴奋?那人像是在打坐,双手合十在胸前。导游说是佛祖,是织金洞最精彩之处,是别的地方没有的。我想也是,那气势着实震撼。而紧挨着它的一侧,竟还有一条细细的直上直下连接洞顶洞底的钟乳,像极了定海神针——孙猴子的如意金箍棒。

出了织金洞遇上一场雨,雨点不是很大但很密,不一会儿,地上便有些湿滑。北方人大多没有带伞的习惯,我们也不例外,只好找个地方避雨。先是在一个商铺里避了会儿,后见雨没有放小的意思,只好冒雨去赶车。上了车,那雨果又大了起来,车行不久,暴雨如注,一车人都庆幸及时上了车,否则会湿足又湿身,非淋成落汤鸡不可。车子穿梭在暴雨之中,总算安全地驶上了高速。不一会儿,经过一个千余米长的隧道,出了隧道便没了暴雨的踪影,南方的天气东边日出西边雨,让人捉摸不透。

这便是我第一次游览织金洞的印象,也是我们此次贵州之行的第一个景点，怎么说也是个开门红，有访谈，有美食，有奇观，还有雨淋，好个激情似水。

老兵回家

从毕节市区到韭菜坪景区，不到两个小时的车程。在崇山峻岭里，百余公里的路程两个小时，已然很快。回想十多年前来毕节参加一个战友的婚礼，从贵阳机场到毕节两百公里路程走了五个多小时，那叫一个山路十八弯，那叫一个峰回路转。十年后的贵州高速路遍布全境，给人们的出行带来莫大的方便，让多少几辈子都不曾出山的村民开始走出大山，这就叫中国速度。

韭菜坪有东西两个门，我们先是到了西门。但西门像是新建的样子，周边也少有商家，连个吃饭的地方也看不到。听当地人说，东门才是景区的正门，于是我们又向东门进发。

车开了很远也不见东门的影子，还没进景区便让人感觉到了韭菜坪的广阔。

路过一个村庄，村头一块蓝色的指示牌上显示离景区还有三公里，大概是已近景区的缘故，村头开着三四家饭店，从门口停车的数量来看，生意应该都还不错，饭店的招牌都写有"土家菜"。正犹豫去哪家时，其中的一个招牌瞬间吸引了我——老兵回家，有着军旅生涯的我毫不犹豫地建议选这家。

车子停稳后，有一位中年男子过来打招呼。这位男子一米六五上下的样子，身材相对偏瘦，但显得精神。想必他就是这饭店的老板，也是当过兵的人。我们很自然地聊了起来，他是20

世纪80年代末的老兵，曾在成都军区某集团军服役，还参加过当年的边境自卫战，所在连队立过集体三等功。尽管那时已是那场战争的尾声，但真刀真枪地比画过，而且立过战功，不由得让人心生敬意。这位老兵既有军人的气质——精干利落，也有生意人的气质——热情和气。

饭店并不大，除了后厨和收银台外，还有两张八仙桌和两张大圆桌，看上去与其他饭店别无二致。所不同的是，屋内架设了一台卡拉OK机，正播放着喜闻乐见的军营老歌。我们踏进屋的那一刻恰好播放着军歌——"向前向前向前，我们的队伍向太阳……"那雄浑的乐曲、嘹亮的歌声，瞬时把我拉回了当年。在部队野营拉练的场景，一幕幕闪现在我的脑海。这歌声好不催人奋进，好不叫人热血沸腾，雄赳赳，气昂昂，心无杂念，一路向前。相比较，"日子好起来"之后人们传唱的歌曲，特别是前些年流行于街头巷尾的，多是些软软绵绵的，卿卿我我的，不痛不痒的，让人不知所以的。当然，也有一些经典的、让人流连忘返久唱不衰的好歌。歌曲总是有时代性，日子过好了，唱歌自然就成了享受生活的一种表现，创作的歌曲少一些斗志也就不足为奇了。然而，这又是值得沉思和警惕的。

一个民族，不能没有斗志，不能没有忧患意识，更不能好了伤疤忘了疼。

饭店门正对的墙面上有一块很大的白色留言板，还兼作荧屏，除了中间大概四分之一版面播放着卡拉OK画面以外，其他地方都写满了大大小小的字，是天南海北到过这家饭店的老兵留下的墨宝——先是签名，随着签名的还有相应曾经服役过的部队的番号或者代号，成都军区的多，大概是贵州也属成都军区防区的缘故吧！听着这嘹亮的歌声，瞅着满眼的签名，我也冲动了一把，拿起笔，毫不犹豫地写下了自己的名字以及当年战斗过的部队代号。总会有那么一天，一起扛过枪的战友会看到我的签名，一定会有一种他乡遇故知的喜悦。

"老兵回家"餐厅的菜肴也浸透了部队的"习气"。特别是羊肉一锅鲜，让我想起了部队拉练途中埋锅造饭的场景——在拉练途中专门安排的一个演练课目，以战斗班为单位展开，各自找个空地儿，挖个土灶，架一口大锅，再找点柴火，把提前准备好的食材往锅里一炖。什么小鸡炖蘑菇、猪肉炖粉条、土豆炖牛肉啥的，做着省事吃着也香。为什么香呢？不光是拉练行军累了饿了的原因，也不光是柴锅炖的的缘故，主要还是肉本身的香味滋润了我们的味蕾。其实做菜和做事一样，太复杂了就少了原汁原味，吃的是主要食材的味道，工艺复杂了也就往往喧宾夺主了。就如烤全羊，就一个烤，再放点盐巴，那叫一个香，那香是羊肉的纯香，而不是什么辣椒花椒孜然之类的香。

做菜和做人一样，还是简单一点儿好！

"老兵回家"的羊肉一锅鲜，让我们一行人等充分领略了云贵高原羊肉的鲜美，一点儿也不输内蒙古甚或新疆的羊肉，这菜品的味道和这饭店的名称一样让人回味。

"老兵回家"是山水间的一家饭店，是当兵的人心的驿站。

粉紫色的念想

从"老兵回家"饭店吃饱喝足后，我们便径直去了韭菜坪。

我们在摆渡车上经历了峰回路转、颠簸起伏、盘旋攀爬之后，终于到了主景区——一片高山上的开阔地，满山遍野的野韭菜，绿油油的，像是给整个山野铺上了一层厚厚的被子。绿色中点缀了五颜六色大大小小的野花，而其中又以粉紫色的偏多，这便是那韭菜花了。这个韭菜不比人们通常吃的韭菜那样小巧秀气，茎叶粗壮了许多，花也肥厚了许多，那叶子的形状和花的款式还保留了韭菜的本色，只是那叶子比吊兰还宽了一倍，怒放的花朵有乒乓球大——是由许多个小花蕾簇拥而成的。再仔细看来，还有更多含苞待放的，嵌在一根韭菜茬的顶端，由一片浅黄色的蝉翼一样薄而上端又像蜂鸟嘴一样尖尖的橄榄状的花衣包裹着。透过那浅黄能看到隐隐约约的粉紫。有的一小部分粉紫已经突破了浅黄，一朵或者两朵、三朵小花蕾粉嫩小手一样好奇地探出襁褓，新奇地感知这个全新的世界。而这一个个含苞待放的花，在轻风拂动下，不停地摇摆着身姿，像是刻意躲到绿色后面，又像是故意躲闪不及，羞答答欲露还掩半遮面，春色乍泄。

听景区的商贩说，这个时候韭菜花才刚刚开，到了8月中旬才是盛开之际，到那时满山遍野将变成紫色。我觉得他说的似不太准确，应该是满山遍野的粉紫色。满山遍野的粉紫色，定是一个充满了浪漫色彩的梦幻般的童话世界。可惜我们来得早了些，未能一睹芳容。不过留点念想也是好事，把风景看尽了反而没了想象的空间和乐趣，那满山遍野的绿色中闪躲着的羞羞答答含苞待放的花蕾不也别有一番味道？

韭菜坪最高处海拔两千七百七十七米，在两千七百多米的地方我已经有了高原反应。游览的路依着山势，忽高忽低，特别是往上攀登，心跳明显加快，我气喘吁吁，只好走走歇歇，全然没了争强好胜的念头。等我登到最高处，同行的不论大人还是孩子，都候我多时了。大家说是要在这里拍张合影留个纪念的，不然就不等我了。我只好笑呵呵地表示歉意，尽管大家没有一丝埋怨我的意思。

往下走的路上，有一小段商业区，售卖一些小吃、矿泉水等，还有一些小孩的玩具，竟然还有我最不喜欢而孩子又超喜欢的吹泡泡玩具。小女儿只要见了这东西就会哭着喊着要个不停，每每我总是连蒙带哄想方设法不满足她。而这次，我一个没注意，她自己抄家伙玩起来了，没办法，我也只得买单了。大女儿的爱好略微成熟了些，和她的闺蜜妞妞二人挑选了两身少数民族服装，穿在身上，欢喜拍照。

景区摄影师傅拿着已经比较落伍的单反相机拍个不停，我总觉得他的相机像素或许还不如我的华为手机高。于是我拿手机也想跟拍，可摄影师立马制止我，说如果我们都自己拍，他们就没生意做了。说得貌似有道理，一个念头闪过，我便跟他说："怎么就不能换个经营模式，自己照的收服装租金不就得了？"摄影师说，这是景区规定的，如果租服装让游客自己拍，他们就失业了。既如此，我就没得说了，总不能为省几个银子让人家失业吧。

我问摄影师傅多少钱一张，师傅头也不抬地回答我："一会儿自己选照片，二十元一张。"这价格倒是全国景区统一了似的，走到哪儿都是二十元一张，一概不讨价还价。我想，就让孩子们敞开照吧，愿意照多少就照多少，任他如何诱惑，我自有一定之规——每人最多选两张。可等拍完选照片时局面就控制不住了，大女儿和妮妮全然不顾及我的感受（心疼银子啊），左一张右一张挑个没完没了，最后还是孩子妈及时制止（想必她跟我一样心疼银子），就这样还是超出了我的"一定之规"。

出来玩就是这样，事先定好的花销计划，总是会被一个个意外打破，总是会超额完成任务，这是旅游最大的不确定性，也是旅游乐趣的有力支撑，完全符合物质决定意识的原理。

下了坪，车子飞快驶向下一个景点。那婀娜的山峦起起伏伏，像是奔涌的绿色波涛，而我的脑海还在幻想着那遍野的粉紫色——8月，还想再来。

2018年秋月写于北京

四川自驾游散记

暑期携家人去了趟四川,在乐山、峨眉、雅安一带来了场自驾游。我向来觉得自驾游是最快乐的旅游方式,不必设定今天到哪儿明天到哪儿,划出个大概的线路,一路开下去便是。因为不具体设定,就多了些天马行空闲云野鹤的快意,也总少不了意外的收获。走到哪儿算哪儿,看着好就多待会儿,看着不好拔腿就走,这才叫"我的地盘我做主",大有做一回自我的兴奋。给心灵放个假,让心随梦飞。

这次自驾游是与四弟一家结伴同行,一行男女老少八个人先是飞抵成都,然后又租了两台车一路开将下去,只可惜才五天的时间,但一年到头能有这五天的闲散也知足了。我一路上只顾着玩耍和享受,并未想写点什么,可回来后的数天里均被自驾游的兴奋所包裹,竟又生出写作的冲动,于是凭着零散的记忆,才有了这点滴的感受。已然谈不上游记了,权且称为散记。

三苏祠的解说员

　　自驾游的第一站是眉山的三苏祠，苏氏父子三人的名气和成就，根本不用我在这里多说一句，全中国人民乃至爱好中华文化的世界人民都会晓得。一门出了三个大文豪，这是一个怎样的家庭，又是怎样的家教家风，我很好奇。更何况我们这个小旅游团虽人数不多，但既有中学生，又有小学生，走过路过不要错过，给孩子们进行教育的机会自然是更不能错过的。

　　买了门票，我们还特意请了人讲解。解说员是位看上去二十几岁的年轻女子，长得清秀雅致，一米六五左右的个子，在四川算得上是高个了，用亭亭玉立来形容恰如其分。然而，比她的形态更美的是她的解说——抑扬顿挫，激情洋溢，如数家珍，有声有色，娓娓道来。一个个鲜活的人物，一幅幅灵动的画面，呈现在我们眼前。连孩子都听得入迷，紧随着她不离半步。她将近两个小时不停歇地解说，让我领略了苏氏一门良好的家风、家教以及传承。一个家族出三个大人物，绝不是一代两代的事，那是上百年甚或几百年数十代人的积蓄。

　　听她的解说自是受益匪浅，一个细节更是让我体会到了小小解说员的大度。我们一行八人，每人一个收音器和耳机，她对着话筒讲解，只需小声说，我们便能听得清清楚楚。但她没有说悄悄话似的耳语，而是始终充满激情地讲解，更确切地说是"演讲"。由于她的激情，很快便吸引了其他游客的跟随，而且跟随蹭听讲解的人越来越多，有男有女，有老有少。起初，我们还能在解说员的周围，但随着游客的增多，我们这个小团除了几个孩子还能紧随着解说员，大人们都被挤到外圈了。过去到过的许多地方，听过许多解说员的解说，每遇到这种情况，解说员往往会不悦，有的干脆驱赶蹭听的人。可是，今天的解说员非但没有不悦，依然如故地解说着，每到一处都热情洋溢地问大家："要不要讲这个故事？"孩子们异口同声："要！"于是又一个活灵活现的故事展现给了游客。

离开三苏祠之前，我向这位解说员请教当地的特色饮食。她微笑着说，出三苏祠西门便是眉州东坡总店，还有王家渡火锅。她说她有个叔叔就在这王家渡火锅店上班，这家店餐食非常讲究，制作豆瓣酱发现落了只苍蝇便会把整个一缸酱都废弃。我当即便决定就去王家渡。一来进川后尚未吃火锅，尽管不胜辣食，但来四川了火锅总是要尝一次的；再者也是对解说员的信任，经过一上午的了解，我相信解说员说的每一句话。解说员只是笑了笑，并不帮我们拿主意。去了才知，这两家店原来是一家，确切地说是一个老板开的，且在一个院子里。倒是真如解说员所讲，干净利落，菜也地道正宗。那天正值立秋，吃着火锅，还点了一份东坡肉，算是给大家贴秋膘了。

我们常常讲要与人为善，然而我们在生活中又常常忽略，或者不知道怎样与人为善。其实生活中的点点滴滴都有与人为善的机会，为什么有的人能够做到，而有的人就做不到？我看关键是个心态问题。如果这位解说员没有良好的心态，就会去制止蹭听解说的人，然而这一制止便有了坏的情绪，制止之前，解说员便有了；制止之后，蹭听解说的游客也有了。有了坏的情绪，身体里的荷尔蒙便紊乱了；荷尔蒙紊乱，人便容易生病……说到底，心态不好，最终影响的还是自己。这位解说员有一个好心态，一个大度的心态，一个能够悦人悦己的心态。孔子曰"三人行，必有我师焉"，一字之师，已然难能可贵，而引导你与人为善的老师，则尤为可贵，这位解说员便是了。

停电与充电

我们在峨眉山半山腰的七里坪住了两个晚上，第一晚便遇上大雨滂沱外加全山停电。

自驾游的第一天下午，我们在眉山县吃了王家渡火锅，也补了秋膘后，便直奔峨眉山而来，傍晚时分便到了早已预订好的七里坪戚家豆腐客栈。这是一个典型的现代农家客栈，三层木屋，看上去很古朴，但屋里的设施都是现代的，住起来倒是很方便。

入住当夜，大雨滂沱，锁住了我们这些游客跳跃的心，我们只好待在屋里临窗读雨。正当无所事事之际，忽见有麻将室，我们像是发现了新大陆，遂用北方的规则玩起了没有"东西南北风"的川麻。几个平时根本没有时间打麻将的人，出来旅游倒是有机会打起了麻将，能得这份闲情，要感谢这场雨啊，也要感谢川麻在蜀地的普及。若是在其他地区，或是在大宾馆里，想打麻将那是要另外加钱的。

山里的雨肆虐，旁若无人似的泼洒着，将近十一点了，雨一直在下着，虽然雨量小了些，但依然电闪雷鸣。时候不早了，又有孩子，还是早点睡吧。可到了房间，几个孩子玩得甚是精神，我把闺女强拉到屋里，她依然没有睡意，要求我陪她到露台看夜景。其实我也没有睡意,就坡下驴罢了。我带着女儿来到二楼的露台,这里早已空无一人,走廊里的那大红灯笼状的灯也早已熄灭,只留了几个拐角的壁灯还坚守着阵地,给"夜猫子"照亮脚步。露台上几把竹藤椅自由地散落着,像是刚刚聆听了一场海阔天空的闲聊,又像是刚刚经历了暴风雨的洗礼。我牵着女儿的小手,走近这几把椅子。女儿选了最靠边上的坐下来,却呀的一声迅速抬起,原来上面积了雨水,湿了她的裤子。峨眉半山的夜晚已颇有凉意,这藤椅上的雨水想必是透心凉了。我笑看女儿的狼狈,自己选了靠里点的椅子,先用手划拉了一下,然后小心翼翼地坐下来。女儿则不再去选椅子,而是一屁股坐到了我的腿上,亲闺女,没办法。女儿坐下来,还双手勾抱着我的脖子。我突然想起了那句"女儿是父亲上辈子的情人"。

雨仍在下,我们就这样坐着,看着山坡上星星点点的路灯,聊着今天玩得怎么样、印象最深的是什么、啥东西最好吃……聊得有点海阔天空,但肯定没聊学习。正聊得起劲儿,一道闪电划过,整个山像是亮了一下,而紧接着又陷入了一片漆黑,就连那坚守在走廊一角的壁灯和那星星点点的路灯,一瞬间都淹没在了漆黑之中。这一刻,我感觉到了女儿勾着我脖颈的手臂力量的加大,我回应着女儿:"没电了,估计是没电了,不用担心。"

果然是停电了。少顷,一些房间里便有了一束束的亮光,想必那是手机变作了手电,不一会儿又有亮光从屋里出来,后面都跟着它的主人。

"怎么停电了?"

"没什么事吧?"

"老板在哪里呀?"

近处或远处的不少客栈里都闪动着一团团的光。手机毕竟是手机,不同于专业手电筒,离得稍远些,那束光便惨淡成了一个小颗粒,萤火虫似的晃来晃去。

在确定是停电而不是其他情况之后,我和女儿回了房间。停电让夜变得漆黑,却又搅乱了宁静,再待在外面便没有了先前的惬意。停电带来的不光是漆黑,还有慌乱。妻子正在为手机如何充电犯愁,我也猛然意识到,手机、相机、充电宝……都是需要充电的。手机还剩了一格电,充电宝也没了内存,相机更是工作了一天耗尽了能量……没别的招儿,只能先关手机保存实力了。我确信了房间灯的开关是打开的,所有需要充电的物件都是接到电源上的,寄希望于能够早一点儿来电才去睡觉。睡吧,早点睡吧,不管来不来电,明天都得上山。也不知是啥时候了,迷迷糊糊中,眼前突然一片光明,哇,来电了。我忽地坐起来,关了灯接着睡,而这回觉也睡得踏实了许多。

想来,现代人当真是离不开电了。没了电,像是丢了魂似的,各种慌乱担心,各种不适应。想象不出若干年前的人们没有电是怎么过的,没有手机得多寂寞,没有相机留个影还得请画师……可转念再想,过去没有这些现代玩意儿,过得也挺惬意的,吟诗作赋对对联,要不怎么会有那么多的唐诗宋词?不像今天的人们整天离不开手机,天天抱着手机和远方的人聊个没完没了而忽略了身边的亲人友人。即便是抱着手机看书,也是看的电子书,也是没有了往日的书香了。

想到这儿,我倒有些埋怨那电为什么没有一直停下去,一直停到第二天,让我也过一天没有手机和各种现代电子物件的日子。玩一天失踪,玩一天没有拍照留念的旅行,是否会全然地放松,观景更加细致入心？我想会的。其实现在的人们也像那手机、相机、充电宝一样需要不断充电，只是对于人来说，恰恰是偶尔扔了这些电子玩意儿，来一次全身心的放松，才是真正意义上的充电。

地　震

　　在入住峨眉山的第二晚，2017年8月8日的晚上，我们来了一场消夜，而在消夜间，我们不知不觉中经历了一次地震。

　　孩子们玩得甚欢，大人们吃着烧烤，喝着啤酒，摆着龙门阵（侃大山，而不是川麻）。孩子们偶尔跑过来，吃上两口，跟大人腻歪一下。不知不觉中，又到了前夜打麻将收摊子的点，十点半了，大家仍然谈兴甚浓，借着酒劲儿，天南海北、天马行空地聊着，丝毫没有收工的意思。

　　正聊着，闺女和她的堂妹——我四弟的小女儿，跑了过来急切地重复着："地震了……地震了……"大人们都不以为然。我冲着女儿喊了一句："去去，别胡说，你们自己去玩吧！"于是，孩子们一溜烟跑了，留下了我们这些家长继续云山雾罩。闺女的话我全然没有入耳，以为是小孩子开玩笑，随意说着玩的，思绪不受影响地回到了海阔天空之中。倒是四弟细心，聊了几句后翻看手机，突然抬起头惊叫着："真的地震了，九寨沟地震了。"

　　我也连忙拿起手机，翻看各路消息。呀，果然是地震了。朋友圈里有朋友上传了地震灾区的视频，惊魂未定的人们，满地的狼藉……让人揪心。看得出那些视频里的人们大多是游客，却遇上了这样的不测。好在有了"5·12"血的教训，九寨沟的建筑坚固防震了许多，人们对地震的应对也自如了些。后来听说在地震发生时，不少当地的工作人员说："请大家不要惊慌，我们经历过汶川大地震，相信我们自救的能力。"这句话就像一剂镇静针，稳定了游人惊慌失措的心。

我暗自庆幸我们没有选择去九寨沟，出发前还有团友建议要去，到了成都也有战友强烈推荐，但我始终没有改变去峨眉、乐山的决定。一来，在我的心里四川最具代表性的景观是峨眉山和乐山大佛，当然还有都江堰、杜甫草堂、武侯祠、三苏祠等。这个团队里只有我已经去过这些景点，有的还去过不止一次，但其他人都是第一次来四川，一定得看这些最具代表性的景点，而不是去单纯的自然景观九寨沟。再者，九寨沟离成都足足四百余公里，且蜀道难行，更何况雨季无常，且有好友提示中途的茂县正在修路，愈加难行。综合以上多种因素，我便果断打消了团友想去九寨沟的念头，好在团里既是家人也多是随和之人。

尽管如此，我们还是因为地震改变了行程。原计划次日到青城山都江堰游玩，但考虑到都江堰是成都通往九寨沟的必经之路，是抗震救灾的生命通道，我们不能参与抗震救灾，也不能给抗震救灾添堵。于是，天马行空的侃大山变成了研究旅游路线，七嘴八舌商量下步行程。不过议了半天也没有定论，还是在各回房间后，我作为团长又在手机上查了半天，最后武断地选择了去雅安一带，并连夜预订了住处，付了全款。写到这儿，不得不慨叹手机给人们带来的方便，从这个角度来讲，现在的人办起事来倒是比古人便捷了许多。

峨眉山离九寨沟有五百余公里，九寨沟的地震并没有给峨眉山带来一丝的震颤，当地的人说，"有普贤菩萨的护佑，保这一带人平安"。

从科学角度讲,地球天天都在震动,只是绝大多数时间里震得很轻,人们不足以觉察。待的地方处的环境不同,感知的能力也会有差别,2008年汶川大地震时,北京的震感都很强烈,特别是CBD的高楼区,越是高层震感越强,许多人惊魂不定地从楼上跑下来,聚在空地上避震。而我,那一刻虽同在北京却并没有感觉到,因为正好在行进的轿车上,车上的其他人也都没有感觉到,只是下了车才听人说起刚刚经历了地震。同样的情况,一位同事恰好在九寨沟遇上了这次地震,而她同样没有感觉到,也是因为正好在行进的车上,还以为是车的颠簸。这车的颠簸混淆了地震,不能不说是一种幸运,因为不知是地震,也就不觉得恐惧。

地球就像一个人,也有头疼感冒小病小灾的时候,上火了长个疖子,也许就是个火山爆发;冻着了打个喷嚏,也许就是个飓风龙卷风;缺钙了腿肚子抽个筋,也许就是个地动山摇……这么看来,地震也无非就是地球的身体有个小恙而已,而这种小恙不一定发生在哪个部位,有的部位千年也赶不上一次,而有的部位三天两头地赶上,就像有的人一上火就牙疼,有的人一上火就眼睛肿,所以才有了"地震带"这么个词,也就是地震高发区,如日本。高发也好,少发也罢,都得有个防的意识,首先得把建筑建好,得经得住地动山摇,至少别是豆腐渣;其次还得有点活命的知识。这方面我们得向咱们的那个邻居学习,同样级别的地震,人家的损失会少很多,无论是生命还是财产,而我们总是要付出惨重的代价。当然,这固然有他们三天两头有地震,旧伤口还没好利索又添了新伤,于是就不得不加大防范力度。而我们,地盘大，同一个地区遇上地震的概率比较小，地质又没有人家活跃，所以遭遇地震间隔的时间也比较长，有的百年不遇，有的甚至几百年也遇不上一次，反倒淡化了防范意识，大有好了伤疤忘了疼的感觉。百年一遇也好，几百年一遇也罢，真遇上就不是闹着玩的，那是会要人命的。好在，我们在这方面还是有所醒悟的，就像这次九寨沟的地震，遭受的损失小了很多，这不能不说是吃一堑长一智了，不能不说是进步了。

登峨眉真心不易

入住峨眉景区的第二天，我们一行人登顶峨眉山。

被大雨洗礼了的峨眉山凉意盎然。驱车从入住的戚家豆腐客栈到零公里，用了不到五分钟的时间，而从停车场步行到售票口却用了六七分钟。停车场离售票口真心不近。

下了车便听到景区的大喇叭反复地播放着："由于昨晚断电造成机械故障，目前索道停运，请大家酌情安排游览时间。"我看到有的游客听了广播后竟打道回府了，说没有索道上不了山。

我们上还是不上？既来之，则安之，必须得上啊，说不定一会儿便开了。即便是没有索道，爬到哪儿算哪儿吧。当然，打退堂鼓的毕竟是少数，和我们同样想法坚持上山的还是多数。这不，赶到售票口时，排队购票的队伍已经拉起了长龙，我和四弟当了"长龙"的尾巴，但不一会儿就有了新的游客排在了我们后面，"长龙"又有了新的尾巴。

排队购票的队伍好长，这要等啥时候才能买上票呀！正当犯愁之际，过来一位穿制服的工作人员用手指着相反的方向说："去那边买吧，那边也开了。"于是乎，从"龙尾"开始，这"长龙"瞬间短去了三分之一。我和四弟夹在这人群里，且跑得并不比别人慢，逐利的欲望赤裸裸地呈现，似乎与职业身份等虚妄的东西并无关系，都想早一点儿购到票，早一点儿上山，更何况还有"不让老幼妇孺等得太久"这一冠冕堂皇的理由。可突兀地跑到西头转了一圈也没发现有售票口，又赶紧问闲在一边的景区工作人员，人家用手一指："在那边！"于是乎又往回跑，跑到南侧的一排房子接近中间位置处，果然有窗口打开，我排在了第二的顺序，已然是不错的速度了。

购得票后，赶紧招呼大家去入口排队上山。一群游客呼啦啦地挤在了入口，并没有排队的意思；又过来一批，挤在了入口；又过来了一批，挤在了入口……穿着保安制服的工作人员熟视无睹地走过来走过去，并没有要疏导规范的意思，似乎早已习惯了这里的无序。还好，游客还算理智，或许心里都有些不舒服，但还不至于迁怒于旁人，大家都各顾各又相安无事地挤过了验票口。

过了验票口，要坐景区里的中巴车上山。有两辆车候在那里，但车上似乎已经坐满了游客。这时，一名工作人员冲着我们喊道："你们多少人？"我说："八个。"他紧接着说："正好，上前面一辆车。"于是，我们虽不是最快过的验票口，却最先乘上了车，一溜烟地上山了。望着依然等在入山口的游客，颇有一个小人得志似的爽。

早先听一位同事说峨眉山是模范景区，景区很规范，这里的负责人还曾是全国的先进典型，可从今天的购票入场等环节看，并没有秩序井然的感觉。好在人们来普贤菩萨的道场必然是怀揣敬畏的，不会因为排队无序便失了端庄。

若干年前，我第一次来峨眉山，导游小姑娘一路忽悠，直忽悠得团友们纷纷出手购物，我也给家人买了玉坠，又是开光又是念佛的。十多年过去了，那玉坠虽都说是 A 货，可每每询价竟都还不如当年的价格高。想到它们是 A 货便已心满意足了，至于价钱便不重要了，权当做善事了。

从检票处坐景区的中巴，在蜿蜒崎岖的山路上大概要跑四十分钟，下了车还要再步行十几分钟，才能到坐索道的地方。菩萨保佑，索道果然已开。坐索道是要排队的，上山排了不到一个小时，而下山足足排了一个半小时。那索道一个来回的时间并不算长，但直上直下的角度让人心慌。一声声尖锐刺耳的女高音，更是让人一阵阵地汗毛竖起头皮发麻。

那峨眉山的索道也是独特的，上山时我们坐的竟是能容纳一百人的厢体，排队时远远地望到显示屏上写着"每次坐 100 人"，还以为是打错了字，结果上去才知道，真的是容纳一百人的厢体。一百号人挤在一个厢里，还要凌空穿梭，那感觉真是有些微妙了。佛说"百年修来同船渡"，而这一百人是要修行多少年才换来的同厢飞渡？峨眉山的另一种索道则是普通的四人组合厢，下山时我们便是坐的普通索道了。

又是中巴车，又是索道，外加步行，上一次峨眉山真心不容易。可车也好索道也罢，都是现代化交通工具，只要坐上去便上了山，排队的那点辛苦也就算不了啥了。想想在没有这些交通工具的年代里，我们的先辈在峨眉山上上下下，要经历多少艰辛。或许在当时的人们并不觉得辛苦，甚或是享受着登山的乐趣。和先辈相比，我们享受了现代工具的方便，也放弃了登山的乐趣。生活总是这样，有得便有失，"舍得"的哲理根植于生活的每一个细节。

金顶跪佛

坐上了能容纳百人的缆车，穿云破雾，直上金顶。

在峨眉金顶，那尊巨大的金光灿烂的普贤菩萨的脚下，我看到一位正在绕佛跪拜的僧人，让我再次读懂了"信仰，执着，坚持"。

这位僧人身材魁梧，膀大腰圆，面容红亮，鼻直口阔，浓眉虎眼。他一袭灰色僧袍，手提佛黄色的布袋，绕着普贤金佛匍匐跪拜。他每走三步跪拜一次，跪下去的时候会把右手提着的布袋顺势放在身侧，然后身体前仆，全身伏地，这大概就是五体投地；之后两臂前伸，双手合十在头前；起身，右手顺势将布袋提起；向前走三步，再次跪下，如此重复……那跪拜一板一眼，一招一式，没有半点的偷工减料。那金身佛像是巨大的，高耸入云，人站在下面显得渺小。我当时忘了绕着佛像走一圈，量量到底需要走多少步，回来也没能在万能的网上查到具体数字，不知道僧人跪拜一圈下来需要磕多少个头。没能弄清楚有些遗憾，但转念一想，这又有什么关系？他也许是从山下一路跪拜上来的，甚至还有可能是从遥远的地方一路跪拜来的，磕多少个头对于这位僧人来说可能并不重要，重要的是跪拜的虔诚。这大概就是信仰的力量。

我想起了有一年去青海，当地朋友讲了一件事：一位牧民年底把辛苦养大能出售的牦牛卖了，一共卖了十三万八千元，然后拿出八千元留给自己用于下一年全家的生活开支，然后把其余的十三万捐给了寺院。这件事时常被我忆起，而每忆起都觉得像是个故事，却是实实在在发生了的。我就想，他对佛教的信仰似乎要来得更加纯正，他们往往不向佛求财、求寿、求子、求平安，好像只是因为信奉，所以才把自己的几乎所有捐给寺院。换作常人捐出一部分钱也不会是想白捐的，也一定是有所求的，还是要跟佛要这要那的，至少得要个健康平安吧！其实，跪在佛像前跟佛要这要那本身就有点滑稽，甚至还有更奇葩的人，把每每受贿来的金银财宝都要拿到佛像前供奉几日，说是供奉了也就安全了。这不是滑天下之大稽吗？不义之财却敢拿到佛像前供奉，这不仅是滑稽，简直是厚颜无耻了。

心里若有善念，日常多做点善事，自然会有善果。就像农民种地，种瓜得瓜，种豆得豆。那京剧里唱得也到位，栽什么树苗结什么果。

有几个好奇的游客凑过去和僧人聊天，问僧人从哪里来，到哪里去，我也凑过去听个究竟。僧人大方又自然地坦承，他是从甘孜的一个寺院来的，他说了寺院的名称，我没有听清楚；还说是专程来朝拜普贤菩萨的，已经来了十多天，每天都是这样跪拜，明天就要返回了。大家的问话以及他的回答都没有影响到他的跪拜，那跪拜一招一式，一板一眼，我看到僧人的双手布满了老茧。好奇的人们开始散去了，我站在五步以外静静地看着他。

僧人跪拜到巨大的金佛南侧时，有些人骑跨着石雕小象拍照,他停下了跪拜,不温不火对着拍照的人说:"这象不能骑,这是菩萨的坐骑。"那拍照的人是一对年轻的恋人,那女孩似乎有些不高兴了,说:"我不就照个相吗?"那僧人又重复了一句:"这是菩萨的坐骑。"年轻的女孩似乎有些不耐烦了,说:"我照完就下来还不行吗?"僧人又说"那你随意",表情却依然平静,接着便又跪拜了。跪拜了两次起身后,他看一位妈妈正扶抱着一个男孩往石象上坐,他再次停下了跪拜,对他们说:"这象不能骑,这是菩萨的坐骑。"他的语气像刚才说那对年轻的恋人时一样平静,无丝毫嗔怒和难为情。年轻的妈妈立即抱下了男孩,冲着僧人一个劲儿地点头致歉:"对不起,对不起,我不晓得……"僧人平静地说了声"没关系",依然如故地跪拜去了。

从那对年轻的恋人到这对年轻的母子,同样的制止,不同的反应,僧人都能淡然相对,不以对方的态度影响自己的作为和情绪。别人接受与不接受,接受得痛快与不痛快,都不影响他,这位僧人真可谓宠辱不惊了。在当今这个空气里都充满"事不关己,高高挂起"的岁月里,这份坚持,难能可贵。古人讲"不以物喜,不以己悲",那僧人不正是现实的写照吗?

一个人,总是要有点信仰的,有了信仰,就有了追求,也就有了敬畏心;没有信仰的人往往会缺少底线,有时还会乱来。不是说"人人是尊佛"吗?我想,佛教是度人向善的,只要心存善念,怀一颗善心,再做些善事,就是一尊佛。就像这金顶跪拜的僧人,对于那骑着石象拍照的人来说,或许他就是佛的化身,正是来度化众生,告诉他们:"行善,要从点滴做起。"

巅峰筑者

  在峨眉金顶，我还看到了一群劳动者。他们正从山下向山上或抬或背着各种建筑材料。他们被重担佝偻了身躯，可他们的形象却高大得入云。

  下了索道在往金顶攀爬的路上，不时地会看到一些或抬或背着建筑材料的人，他们的身影夹杂在如织的游人中，分外醒目。他们身材都不太高，典型的四川汉子，干瘦得颇有棱角，暴露着的皮肤被晒得黝黑。他们都很有力气，或两个人抬着一卷钢筋，那卷钢筋似乎比"太脱拉"翻斗车的车轱辘还要大一圈；或一个人背着一筐水泥，那水泥尖起来小山似的，两百斤恐怕打不住；还有的背着青砖、管材等，在崎岖的山路上艰难行进。这些死沉死沉的建筑材料，对于平常人来讲，能抬起来背起来就算是力气大的了，再走两步，别说是山路，就是平道也没有几个能行。即便是对于天天干这个活的他们来说也并不是件轻松的事。除了或背或抬的东西外，他们手里还都拿着一根木棍，木棍的上头会宽出些来，像个倒置的铲子，行进时会偶尔拄着。我以为那就是拐杖，但不一会儿就晓得了它还有更大的用处，便是他们在休息时会用它支撑着盛满水泥的背筐或者抬钢筋的杠子。别看这个小小的木棍，却是他们累了休息恢复体力的重要帮手，它蕴藏了劳动者的聪明才智。

  也有一些好奇的游人，趁他们小憩时凑上去"嘘寒问暖"，问人家"一天能背几趟，一趟能挣多少钱""多大年龄了""干了多少年了"……他们面对这一箩筐无厘头的问题，会一一回答，但能看出他们的不自在，甚至还有些羞涩。我没有那么多好奇心，我坚信他们没有我们这些坐办公室的所谓的白领挣得多，当然更赶不上他们的工头，似乎几千年来总是一线的劳动者报酬最低，这本没有什么奇怪的，奇怪的是为什么会一直如此延续。他们虽然挣钱不多，但，他们的作用丝毫不亚于他们的工头，甚至是设计师、工程师、机械师等。特别是对于这些巅峰上的建筑来说，没有了他们辛苦努力，就不可能有高山上的琼楼玉宇。

我不晓得当地人怎么称呼他们，姑且称其为背者，或者挑夫吧。我被这些高山上的背者、挑夫所感染，我拍了一些他们的照片，尽管看得出他们并不情愿让我拍，有些躲闪，似乎还有些自卑，尽管我觉得我也很不礼貌，但我还是坚持给他们拍了几个镜头。回到单位，在整理出游照片时，越发觉得留下这些镜头的重要。恰好单位正在组织建设者的图片展，我毫不犹豫地挑选了几张送去参展，并有感而发地写了图片说明：

这组镜头,是今年8月上旬在四川峨眉山金顶抓拍到的。

在奔向金顶那如织的游人中,不时地看到一些往山上运送建筑材料的人。你们,或背着水泥、沙子,佝偻着身躯;或抬着钢筋、管线,蹒跚着步伐,艰难地向着金顶前进。游人见了,有的投去好奇的目光,像是看到了意外的景致;有的掩鼻而过,像是闻不惯劳动者身上特有的味道;但也不乏嘘寒问暖者,递上的是对筑造人的尊重和温暖。

你们是最基层的建造者,背起的是钢筋水泥,筑就的是巅峰庙宇;你们像大厦的基座,没有你们的铺垫,就不会有巍峨雄健;你们被重担压弯了背,被艰辛过早地老去了容颜,但你们的形象,高大伟岸!

你们是巅峰筑造者,向你们致敬!

是啊,他们是高山上的建设者,是最美的建筑人。我在整理这些照片时,一位同事见了笑着说:"他们是脊梁。"而我,且不管他们是不是"脊梁",那山巅的庙宇离开他们确实建不成,单就这一点来说,他们至少是筑造巅峰庙宇重要的组成部分,是不可或缺的一环。而这一环节的人们,常常是被人忽视的,甚至是往往不被人尊重的。这或许牵扯到"社会问题"这个话题,我可不想把话题扯远扯大,我只是希望,让这些基层的劳动者和其他体力劳动者、脑力劳动者一样受到人们的尊重,至少让他们在面对镜头时不再露出自卑的表情,也不再闪躲。

职业本无贵贱,身份也无高低,只要是凭双手吃饭,靠劳动生活，皆可敬！

大佛神采

9日上午下峨眉山，本想直奔雅安碧峰峡，但考虑到时间尚充足，还是随心所欲地先去了乐山。

来一趟四川总是要看看乐山大佛的，想起那部具有里程碑意义的国产武打片《神秘的大佛》便是在这里拍摄的，这可是让一两代人都赞不绝口的一部影片。正是这部影片，让那个交通不发达、信息也比较闭塞的年代的人们有幸领略了大佛的神采，激起了全国人民对大佛的好奇和向往。如今，我们近在咫尺了，总是不能错过的。尽管最终还是没能身临其境地参观，而是坐船远远地仰视了大佛的尊容，已然心满意足了。谁让咱这个团老的老，小的小，还有一个孕妇呢。当地导游说，就你们这团的人员结构是不适合身临其境参观大佛的，光排队就得排两个多小时，再加上前夜刚下了雨，山路湿滑，安全起见，还是坐船参观的好。听人劝，吃饱饭，于是我们乖乖地买了船票。

坐着船在宽阔的河道上参观，倒是真能一睹大佛全貌，与身临其境的参观有着不同的感受。不仅能看到大佛的全貌，还能看到整个山脉。而那整个山脉恰似一尊仰卧的佛，惟妙惟肖，鬼斧神工。那人工雕琢的乐山大佛又恰好处于天然卧佛的心脏部位，你不得不被先人伟大的智慧所折服。当船靠近乐山大佛时，我们顿时被大佛所吸引，那大佛煞是雄伟，与山同齐，乐呵呵地望着江面、望着游人、望着天下，保一方平安。导游很自然地讲起了那个美丽的传说：这里是大渡河、青衣江和岷江三江交汇处，在修筑大佛之前，这里经常有船只被急流吞没，而修造了大佛之后，江水从此变得风平浪静，再没有船只被吞没。不管这传说的真假，单说大佛的修造者，那位海通和尚、他的弟子、三代能工巧匠以及社会各界的通力协作，两次停工又复建，前后九十年的不懈追求，就这份执着、这份善念、这份克诚，就应该受人敬重。海通和尚以及他的追随者，便是这佛的化身，当受千秋万代敬仰。

惊心漂流

由于九寨沟地震的原因，我们改道碧峰峡。

前一晚网上预订的所谓酒店，其实就是在碧峰峡风景区里一个村落的农家乐。但农家乐有农家乐的好处，它要比城市里的酒店宾馆更具烟火味，工作人员都是当地村民，他们的接待更加朴实，餐食也更具当地特色，不像城市里的宾馆几乎千篇一律，天南海北都一个味儿。我因为工作的原因经常到不同的城市开会出差，但往往开完会办完事就返回，整日待在宾馆里感觉各地并无两样，有时想想也挺悲哀的。只有农家乐里还保留了当地特色，有更多不一样的风土人情。我总觉得，我们民族的许多传统讲究都在农村，根植于各地的农村的风土人情，千姿百态、五彩缤纷。然而，随着许多村庄无声或有声地消失，那千姿百态、五彩缤纷的风土人情和老祖宗传给我们的各种讲究，也随之不见了。若把这些讲究和传统都弄丢了，想想都觉得可悲，甚至还有些负罪感。前些天和几个做规划的朋友聊天，他们说某院士提出了

"农村田园化"的概念，我说："人家农村本身就应该是田园化的，硬是把个农村建成高楼大厦，到处都是钢筋水泥，让农民情何以堪啊！应该大胆地提出来要'城市田园化'，这才是真正的生态宜居。"估计我这想法把他们吓着了，他们瞠目结舌了，但我，是认真的。

扯远了，还是回到我们这次旅游吧。

改道碧峰峡是临时起意，但自驾游玩的就是自由自在，如果每段行程都预订好，就乏味了。这不，这次改道便有了许多意想不到的收获。单就当日的漂流体验，便着实让娃们兴奋不已了。

在临近农家乐酒店的路上，我们便注意到了一个可以漂流的地方。那地方叫熊猫峡谷，应该不是地名，而是商家自己命名，招揽客人的。娃们就是被"熊猫峡谷漂流"几个字深深吸引的。办理入住后，我们便急不可待地回到漂流地。对于漂流，我并不陌生，十年前曾在贵州体验过。那次漂流路程很长，但基本是风平浪静，正是因为有过这样的体验，便以为天下的漂流都是风平浪静的，然而这里的漂流却根本不是那么回事儿，那叫一个惊险刺激、惊涛骇浪。

我和女儿同驾一艘橡皮筏，一个波浪下来便已全身湿透，又有几次都以为要翻船，女儿不觉得害怕，我的心却提到嗓子眼儿。好在每个"险滩"的岸边都有手执长竿子的工作人员，他们随时准备伸手施救，好让我们化险为夷。我的心忽地提上了，又猛地落下去……这漂流的整个过程我都在担心一个问题：若这橡皮筏子翻了，就我那两下子狗刨的技术如何去救我那连狗刨都不会的女儿啊！老人和孕妇是坚决玩不了的，真庆幸让身怀六甲的妻子和年过六旬的岳母留在了酒店而没来受这惊险刺激。

四弟和他的二女儿一个筏，弟媳则和她的大女儿一个筏，我注意到他们也早已浑身湿透，大侄女竟然还漂丢了一只拖鞋。就在这一浪高过一浪的惊险刺激中，煎熬到了终点，落汤鸡似的我们上了岸，还没回过神儿，女儿便兴高采烈地嚷嚷着再来一次。她可真是年少不识愁滋味，我的感觉却是终于活过来了，这辈子都不想再受这份刺激了。这大概就是小孩和大人、少年和中老年的区别吧！

和野生动物亲密接触

如果说漂流的刺激让娃们兴奋，在碧峰峡野生动物园和动物的亲密接触，则更让她们笑逐颜开了，就连大人们也都喜形于色了。

这里的野生动物园是不让私家车开进去的，要统一乘坐公园里的巴士。这巴士比北京的公交电车，如103、105之类稍小一点，分为两种：一种是不能投喂食物的全封闭式的，一种是可以投喂食物，在窗户玻璃的最下方设有特制小孔，专门用来投喂动物的。从小孔的位置看得出玻璃都是特制的，像是有五厘米厚。这车就像铜墙铁壁般提防着豺狼虎豹，确保游客安全。当然，乘坐不同车的票价是有区别的，要坐能投喂的车，每人多加五十元。我们觉得千里迢迢来一趟不容易，多加五十也值。

游客刚进入园区便被工作人员区分为两类，在不同的地点排队，能投喂与不能投喂的要分别乘坐车辆了，当然参观的路径也有所不同。我们这一队人上了车后，工作人员给每人发了两个肉串和一个苹果串,那肉串说是牛肉的,大小跟新疆大厦里的红柳烤串差不多,肉串和苹果串都是用钢扦穿着。那钢扦的把手上方也就是挨着食物的地方都有一个圆环,那圆环恰好能卡在车窗投喂食物的小孔处,食物能出去,而钢扦要留下,既是为了人的安全,也是为了野生动物的安全,小小的设计却体现了细致入微的理念。真的是细微之处定成败,这跟豺狼虎豹打交道更是来不得半点马虎。

接下来的投喂倒是没有什么独特的地方,不同的动物被圈在不同的区域,先是狮子,要喂肉串;接下来是黑熊,要喂苹果了;最后是老虎,余下的那串肉便是给它预备的了。这三种野兽扒着车窗,啃着从小孔里探出来的食物,那吃相并不是想象中的粗野,甚至还颇有几分绅士风度,有时还得靠工作人员"请"才肯来吃。它们更像是一只猫、一条狗,而隐去了原始的野性。但尽管如此,车厢里依然爆发着尖叫声,这尖叫声一浪高过一浪,似乎就没停过。那狮啊虎啊熊啊,怕是见惯了从小孔里探出来的刚够塞牙缝的吃食,也听惯了车厢里的大惊小怪。

我们乘坐的巴士一道门一道门地驶出了猛兽区,下了这巴士,接下来的区域才是和动物亲密接触的地方。不远处便是一群鹿和羊驼,还有几只黑色或白色的天鹅,它们把游客当成自己人了,一点都不认生,只要看见你手里拿着景区特卖的小塑料袋食物就会凑过来和你套近乎,那情景把我拉回了童年,让我想起了小时候家里养的那只小羊。再往里面走,便到了一个猴区。那猴子生得漂亮、灵动,比一般猫还要小上一成,背部和四肢的下半截为金丝毛发,其余部分除了尾巴尖上一点黑色外均为棕灰色;两个水汪汪的黑眼睛睁得大大的,周圈先是一环红晕,又套一环

洁白，嘴巴和鼻子却又被黑色包裹，两个带着长长的白色长毛的三角耳朵向后抿着分列在头的两侧；尾巴长过了躯干，四肢粗壮，上蹿下跳，身手敏捷。观赏中，有一只竟蹿上了四弟后背的包上，像是要翻找吃的；又有一只跃上了岳母的右肩，那便是纯粹地淘气了。说得如此热闹，我竟忘记了这猴子的芳名，只好撷一张图片请大家鉴定了。

在野生动物园，印象最深的除了隔窗而望的猛兽，便是那些愿意亲近人的小动物了。我们还看了一场动物表演。参加表演的有狮子、老虎、豹子，还有大象、猴子，大象和猴子的表演不让人紧张，可那些猛兽表演时，我的心就一直悬在嗓子眼儿。那可都是些吃人的家伙呀，驯兽员和这些家伙同台献艺，我实在是佩服驯兽员的胆魄，那可不光是为了生计糊口饭吃了，要有兴趣和胆量的。话又说回来，那表面风光的参演动物又怎比得了那隔窗望到的猛兽和亲近人的小动物过得舒服，你看那猛兽的动作都是懒洋洋、慢吞吞的，那些小动物更是一副衣食无忧、满是闲情逸致的模样。可那些参演的动物呢，一丝一毫都看不出悠闲了，那成功表演的背后却是要受多少煎熬，怕是常人想象不到的。

这就是碧峰峡野生动物园留给我的大概印象，这种园子来参观一次便足矣。

终于看到熊猫了

来碧峰峡还有一个地方是必然要去的,那就是熊猫基地。在入住碧峰峡的第三天上午,我们就去了熊猫基地,娃们近距离地观赏到了大熊猫的风姿,总算是没有白来一趟四川了。

我所了解到的四川有两个熊猫基地,一个在成都,一个便是这地处碧峰峡的雅安熊猫基地。其实在来成都的第二天便去了位于成都市郊的熊猫基地,只可惜,熊猫只见了三两只,而天南海北的游客倒是摩肩接踵,黑压压一片。就冲这人挤人人挨人的阵势,莫说没能看到几只像样的熊猫,即便是看到,那出游的好心情又剩几何?还是碧峰峡的熊猫基地看得过瘾,熊猫有好多只,熊猫的憨态可掬着实让人欣悦。要不它怎么是国宝级动物呢,一个原本的肉食动物,硬是吃了素食;一个原本可以威武雄壮的野兽,却又如此呆萌可爱,不正是我们的文化所倡导的吗?很强,但很内敛;不惹事,但遇上事决不手软。好好的怎么都成,不好好的熊猫功夫伺候。

大大小小的熊猫,让孩子们看得不亦乐乎,让大人们也看得津津有味。熊猫基地,不虚此行。

探秘大峡谷

在参观熊猫基地的当天下午,我们去了大峡谷。碧峰峡因峡谷而得名，不去看看岂不遗憾？但那峡谷并没有太多奇特之处，只是，一个长，一个深。

说到长，从熊猫基地出来，再往南走不多远便是大峡谷的入口，顺着峡谷一路走到谷底，走得还不算太慢，却足足用了三个半小时。好在，人在景中游，便少了对路的长与短的牵念。谷内少不了溪水潺潺和嶙峋怪石，更有许多叫不出名的植物，当然少不了人工修筑的小桥、亭子等景观以及供游人歇脚的站点。边走边赏着景色，走累了索性坐下来歇会儿，好生惬意。最重要的是远离了城市的喧嚣和雾霾，在这负氧离子足足的深山老林里走走看看，那心情自然愉悦。身怀六甲的妻子和年事已高的岳母自然是步行不了的，可又不忍让她们错过这峡谷的美色，我们便租了两个滑竿，一路将她们抬下了谷。这滑竿一前一后两个人抬，当之无愧的力气活，可抬滑竿的汉子们走得飞快，我们得追着滑竿走。好在他们走一段便歇一会儿，我们也就不用追得太急，有了边走边赏景的惬意。

其实，滑竿本身就是景区的一道风景，抬滑竿的一路走，总会引来游客好奇的目光，甚至还有跟拍的。而坐滑竿的人不但能看风景，还成了风景。抬滑竿的汉子都是当地村民，又都是和景区签了协议的，收费标准都是统一的，挣了钱和景区分成，也算是互惠互利吧。抬滑竿的汉子有爱说的，也有沉默寡言的，若遇上个爱说的，还能一路说着故事。妻子遇上的便是个爱说的，这位看上去四十岁上下的汉子一路说着东说着西，嘴从未闲下来。谁说只有北京的出租车司机能神侃，碧峰峡的滑竿汉子无出其右。

说到谷深，开始并未觉得，走着走着才感觉是在一直向下走。熊猫基地处在山巅，游人都是从售票处不多远的地方坐景区的中巴蜿蜒二十分钟上来的,那从这峡谷下山便是要一步步走下去。走到终点即是售票处垂直向下的一百二十米深的地方,游人是要坐电梯上来的。而那电梯称曰"青云梯",坐在上面,脑海里立刻闪现了诗仙李白"脚着谢公屐,身登青云梯。半壁见海日,空中闻天鸡"的千古绝句,着实让人有些平步青云的快感。听景区的人说,这青云梯还有一个雅号,叫作"女娲之手",是当今世界最大最长的"手臂",唤作"女娲之手"当之无愧。这手臂不停地从谷底向上提携游人的过程,真的就像是女娲娘娘坐在那里,和蔼慈祥地看着谷底的游客,伸出她的臂膀,说,"玩累了吧,走不动了吧,来,到我的手上来……"一身疲惫的游客看到救星似的,纷纷排队,等候着女娲娘娘的提携。从女娲娘娘的"手"上下来,没多远便到了售票处,我估计这峡谷的深度,除了这青云梯的一百二十米,恐怕还要加上中巴车那蜿蜒二十分钟的高度,具体垂直有多高,我就不得而知了,反正是少不了。

也来一次拾金不昧

在我看来,除了女娲之手让人震撼,那大峡谷里的景色并未有太多特别之处,倒是顺手做了件拾金不昧的事,让我和女儿享受了助人为乐的快意。

在一个小桥边,有着潺潺的溪流可以戏水,女儿不小心踩到了长满青苔的石头上,摔了个大屁股蹲儿,裤子瞬间湿透。有着洁癖倾向的女儿受不了了,这个哭啊,直哭得抽抽搭搭。妻子把她牵到旁边的石阶上换衣服,女儿虽哭得轻了些,但依然哼哼唧唧。旁边坐着的一位游客开了腔:"没事儿,不就湿了点儿嘛,一会儿不就干了?"不用问,只听这话音就知道是个北京爷们儿。北京爷们儿热心肠,爱管闲事儿,直来直去。女儿听完真的就不好意思哼唧了,只低着头默默地换着衣服。小孩子往往是这样,对于父母的话总会有几分不爱听,甚至还会顶撞,那都是撒娇,知道你也不能把她怎么样,但对外人反倒是会听的,特别是上了学,对于老师则基本会言听计从。

妻子帮女儿换好衣服准备再出发,却发现身边有个手机静静地躺在石阶上,那北京爷们儿已不知何时离开了。"肯定是刚才那个人丢的,你赶紧叫住他。"妻子有些焦急地冲我喊着。我放眼望去,哪里还有那北京爷们儿的踪影。我说:"别急,把手机给我,打个他经常联系的电话不就得了。"女儿连忙捡起手机递给了我。我赶忙按了开关键,结果还需要输入密码,打电话通知他的希望瞬间破灭了。要知道现代人是离不开手机的,丢了它主人要如何焦急哟!咋办?只有拿着它一路向前走,追上便交还主人;追不上便只有交给景区了。

我甩下已然走得很快的滑竿,大踏步地向前奔去,女儿也近乎小跑地跟着我。我们俩一路走着跑着,一路东瞧西看地踅摸着那北京爷们儿,无心观景却又成了别样的风景。走了大概七八分钟的样子,女儿实在跑不动了,说要歇会儿。刚站稳脚,就见一个中年男子逆着游人急匆匆地走过来,突然看到站在一侧的女儿,像是哥伦布发现新大陆似的兴奋,一个箭步冲到女儿跟前俯下身问:"你是刚才坐到水里的小孩儿吧?"还没等女儿回答又来了一句:"看到我的手机了吗?"女儿显然是被这突如其来的问话惊着了,不知说啥好了。在女儿不知所措间,我说了一句:

"在这呢。"那北京爷们儿又迅速直起身来接手机，嘴里是一连串的"谢谢……"我说："没关系，丢不了的。"

交接完手机，并没有想起留个联系方式，便各自散去了。但我始终能够感觉得到，那北京爷们儿一直沉浸在手机失而复得的欣喜之中，而我和女儿也一直陶醉在助人带来的愉悦之中。

助人，果能悦己。

二进上里古镇

住在碧峰峡的两个晚上，都去了离驻地大约二十五公里的上里古镇。

头一个晚上去得稍晚了些，到小镇时天已擦黑，加上来前功课不细，对小镇情况并不了解，车子开到一个古塔处，见有熙熙攘攘的游客，我们便以为是到了小镇的繁华之地，转了一圈，在路边一个饭店里吃了饭便匆匆回了。回去之后又觉得不对劲儿，远近闻名的古镇不会就一个古塔吧？于是在第二天的下午，我们游完野生动物园，进雅安城吃了雅鱼后，又专程来了上里古镇。正是有了这第二次的重游，才真正领略了古镇风姿。

古镇不大，一条河流扭动着身子穿镇而过，洒下一城妩媚。潺潺的溪水如少女般地轻盈，散发出宜人的芳馨，滋润了两岸民居。河流两侧分布着琳琅满目的民宿、酒吧、茶馆、画室……各类店铺，容载着天南海北的游客。我们把车子开到古镇北头，然后步行沿着溪流弯曲南行。开始天还是亮着的，不一会儿便朦胧了，再后来便成了千姿百态星罗棋布的灯的世界。那灯光，虽然不像大都市里的霓虹那么多姿多彩，却多了些人间烟火的味道。灯光映衬下的两岸店铺里，游客们都悠闲地享受着，有的站在阁楼上倚着护栏，若有所思地望着水面；有的三三两两围着一张桌子嗑着瓜子海阔天空地聊着；有的干脆支上摊子堆起了长城……还有一群男男女女的年轻人支着画板旁若无人地写生，想必是某个画院的学生；当然，更少不了几对恋人忘情地亲昵，让人不忍直视……我想起了那幅享誉全球的《清明上河图》，古镇的景象恰似其中的一部分，最具炊烟味道的那部分。

和溪流平行的还有一条步行街，也贯穿了大半个古镇。步行街并不宽，但无论是古时还是现今都算得上小镇的王府井了。由北向南边走边赏，步行街的南段又变得开阔起来，成了一个小广场，而在最南端竟还有一个戏台。看到这戏台，我便想起了家乡运河古镇的戏园子。小时候我还曾去过戏园子里看戏，后来戏园子被一场大火烧得只剩下个戏台。即便只剩下个戏台，也还是不断地有戏唱，印象中多是陪外祖母去看戏。再后来，戏越来越少，最后连戏台也拆了，院墙也拆了，盖起了个不知道做啥用的玩意儿，古镇的味道渐行渐远了。上里古镇却是保留着古香古色的建筑，这实在让我羡慕。

在开阔地或者叫小广场的两侧尽是一派现代气息，很有点什刹海的味道，甚至比三里屯来得更加直接火辣，各种夜店客栈酒吧KTV，什么"夜遇酒吧""遇见酒吧""亦家客栈"，诸如此类的名称已然让人眼花缭乱；而那"不怕失身，就怕单身""遇见了就在一起吧""不来遇见，何来艳遇""艳遇无罪，一夜有情"的各色招牌真是语不惊人死不休。

这些招牌与这个古镇的古朴风貌形成了鲜明的对照，把古镇搞得有些纸醉金迷了。不知怎的，我脑海里浮起了江湖艺术团在农村搭个帐篷弄几个妖艳女子进行低俗表演的画面。但我想，这只不过是商家招揽客人的噱头而已，若当真想在这个地方有个艳遇什么的，恐怕是想多了。尽管如此，这花里胡哨的景象还是会撩拨得人躁动不安，以至于许久没有发朋友圈的我竟然也上传了几张照片，还附了一句"上里古镇，一个貌似能艳遇的地方"。不大一会儿便拥有了半个手机屏的"赞"，更引来一连串的调侃。看来，躁动的不止我一个，还有我可爱的亲友们。

小广场向北延伸的步行街两侧自然还是各类商铺，同样充满了商业气息，那铺子里有与天南海北其他古镇古城类似的商品。虽然，如今古城古镇的商业街区，看上去颇为相似，特别是这些店铺，所售商品大同小异，像一个师傅带出来的徒弟，但是，静下心来仔细瞧瞧，倒还是各自有些特色。就拿食品来说吧，比如周庄的肘子、凤凰的姜糖、青州的米酒、建水的臭豆腐诸如此类，应该算得上当地的代表作。而上里给我印象最深的小吃便是挞挞面了，什么"美味挞挞面""老字号挞挞面""老字号大肉挞挞面"，拢共三五百米长的步行街，卖挞挞面的得有十几家。我本算不上个吃货，对吃没有讲究，也不太关注，但这满大街的"挞挞面"还是吸引了我的眼球。单是对这"挞"字便有了几分好奇，才疏学浅的我看了人家的制作过程，再搜了搜万能的百度才晓得了起名"挞挞"的风趣。好一个形象的名字，四川人上里人的幽默风趣尽在其中，那不就是鞭打出来的面嘛！这已然不是面了，而是上里古镇的文化符号。

这么一想便不能错过，得来一碗品一品了。其实，同行的四弟早已等不及了，几个孩子也哈喇子流出老长，于是我们就近选了一家"韩师傅挞挞面"一人点了一碗。挞挞面的面条很宽，赶上陕西裤带面了，泡在茉莉茶色的浓汤里，衬得赤条条白白嫩嫩。在这白白嫩嫩间还横着几块五花肉，那五花肉浓妆艳抹，毫无避讳地舒展着性感。尽管满街已然飘着苦辣酸甜咸五味杂陈，但当它大大方方地呈现在你面前时，还是会被它的味道所吸引，那香气带着让人难以抵挡的诱惑扑鼻而来。吃了那白白嫩嫩的面条，晓得了它不光白嫩，还筋道，算得上面条中的极品，再加上那精制的浓汤，滋味更胜。我没动那五花肉，不是不想吃，单看它的浓艳便满脑子充斥着咬它一口的冲动，因为一直惦记着三年戒荤期，硬是压住了一腔欲火，不过瞧着妻子以及四弟、弟媳和几个孩子的吃相，也就晓得那五花肉一定不仅是肥而不腻了，或许比老家红白喜事上用的八大碗"金钱肘子"还要好吃。

我一直以为，一个古镇最具代表性的往往是小吃，比如老家古镇的烧鸡，那叫一个香，那叫一个好吃。烧鸡脱骨，拿起鸡腿一抖搂肉就会掉下来。我一直认为老家镇上的烧鸡是德州扒鸡的鼻祖，正如赖茅是茅台的鼻祖，尽管在德州出生长大的妻子对我的说法很不屑，但我坚信不疑，且有书为证，妻子总是回一句"那书是你写的"。再有，老家的鸡蛋布袋、粉饹馇，也是出了小镇便不再有的小吃，当然还有崔家的盘丝烧饼、王家的五香花生仁、李家的小磨香油……这就是古镇，拆了古建、烧没了戏园子，看上去古镇已经面目全非了，但只要还有这些风味小吃，那这个镇的传承就在，它就不失为一个古镇。当然，老家古镇如果能像人家上里似的，既有古貌，又能保留着传统的小吃，该多好！

蒙顶甘露

在上里古镇,和挞挞面一样吸引人的还有一种茶,那就是蒙顶山茶。

这茶在古镇步行街的多家店铺里都有售,这些店铺门前的招牌上往往写着"蒙顶山茶",但大多走过路过了,唯独一家引得四弟驻足不前。那是步行街靠近北端的一个店铺,一对青年男女正在现场制茶。那年轻男子眉清目秀,坐在一口约有八十厘米口径大的电炒锅前哈着腰,两只手戴着厚厚的手套不停地翻弄锅里的绿叶。他的旁边,坐着一位俏丽的江南女子,一手扶着膝盖上的箩筐,一手来回地揉搓着绿叶。四弟看了一会儿,问了价钱,便跟人家讲这锅茶我要了,说:"你们先做着,我们去逛逛,回来捎上。"那男子低头炒茶没言语,女子则笑嘻嘻地回了一句:"我们尽量给您留着,但不好说嚯。"

我们当时并没有理解女子的"不好说嚯"是个啥意思,只顾逛街去了,后来才晓得人家那是谁等在这儿就给谁的意思。从这家店里出来我们就分头行动了,四弟带着三孩子去练开了射箭,童心未泯的四弟永远都是孩子头儿,玩的也多是孩子爱玩的游戏;妻子和弟媳一起款款欣赏着街景,漫无目的地溜达着;而我则一头扎进了一个木雕店,跟人家店主贫了半天,还出手买了一件号称金丝楠木做的笔筒。后来,大家又会合一起品了那香喷喷的挞挞面。整整两个半小时过去了,该回住处了,忽地又想起四弟预订的蒙顶山茶,想着正好取了便回去睡了,既不耽误玩,还能喝上现做的茶,完美。可到店里一问才知,是我们想得太美了,刚才那一锅早被人买走了。四弟直问:"不是说好预留一锅吗?"那男子依然低着头拨弄着锅里的绿叶,表情不急不火也无只言片语。那俏丽的小女子依然笑嘻嘻的,说:"没法子预留的,人家客人就等在这里,炒出来不好藏起来的嘞!"小女子干干脆脆的拒绝和轻声细气的表达,让我跟四弟面面相觑奈何不得。四弟又问:"这一锅有人排队吗,还得多长时间?"那女子又笑嘻嘻地说:"目前还没有排队的,还要等一个半小时。"一个半小时,大家不约而同地看了看手机,已经二十二点了。等,还是不等?我看了看四弟,并没说话,目光告诉他等不等由他决定。心领神会的四弟倔劲儿又上来了:"等!"我说:"好,那就等。"这种时节,两个媳妇从来不会扫兴,而孩子们更是乐此不疲,巴不得再多玩一会儿。于是,媳妇带着孩子们又去逛街了,我则陪着四弟守候这蒙顶山茶,免得再让别人抢了先。还真别说,候着的过程中,又来了几位要买茶的,都被那小女子挡了回去,说:"这是最后一锅了,已经有主了嘞。"看来这现场制作的茶,喜欢的不只有四弟。

　　那俏丽的小女子给我们一人沏了一杯茶,让我们先品尝品尝,看看这蒙顶山茶味道如何。我不太懂茶,四弟略懂,但都够不上"油腻中年男"在饭桌上会讲茶文化的那个水平。即便如此,我还是被这茶的清馨雅致所吸引。单看那泡在热水里的嫩芽,珠翠碧艳,或游于下,或浮于上,芽尖相映,似小鱼翻舞,似雀舌娇喘,又似闺蜜私语;再闻那茶香,虽不比龙井来得浓郁,却多了几分乡野的纯朴,淡淡的,能沁人心脾;送入口中,一团绵滑包裹了舌尖,一股清新裹挟了味蕾,脑海里却忽地跳出一幅蒙顶山巅云雾弥漫的茶园里,身着民族服装的少女弯腰采茶的画面,于是那清馨雅致便多了几分人情和意境,便不再是单单的一杯清茶了。

我们边等边问这问那,那清秀男子只顾着干活很少搭腔,倒是那女子热情活泼。闲聊中,我们晓得了这制茶的工序,要经过三炒、三揉、杀青、炒形、烘干等不下九道工序,难怪要等那么长时间。闲聊中还晓得了这对年轻男女是夫妻,且是一段因茶而结缘的婚姻。听女子讲,她的娘家离此尚有些距离,数年前来上里游玩,被小伙子专心炒茶的帅气所吸引,于是便留下来一起制茶,一起生儿育女。两人日出而作,日落而息,过着平凡生活,享受平常人生,小日子过得温暖充实。这让我很自然地联想起了那个关于蒙顶山茶的美丽传说:相传青衣江的鱼仙来到蒙山见了吴理真一时春心萌动,以身相许,取来茶籽作为定情物,相约来年茶籽发芽时再来与之成亲。第二年春天,茶籽发芽了,鱼仙果然出现了,二人相亲相爱,呵护这片茶园。可惜好景不长。正像所有仙女下凡私订终身的故事一样,最终大多会被一个冷酷的狠心的不谙爱情的神棒打鸳鸯。这鱼仙当然也不会例外,被河神召回,她临走前取下香肩上的白色披纱抛向空中,披纱化作白雾笼罩山峦,滋润茶树,才有了这香气宜人的蒙顶山茶。

如此一来,这茶便有了蕴藏,有了文化底蕴。单就这烦琐的工序和这对年轻人的认真劲儿,就让人心生敬意,再加上这美丽的传说和面前这对年轻人正演绎着的浪漫爱情,让这茶喝得就更加有滋有味了。我和四弟端着小茶碗,颇有欲仙欲醉的感觉,想想以后这世界上便又多了两个会讲茶文化的"油腻中年男"了。

这茶的清馨一直持续着。即便回到北京,我还时不时想起古镇的小桥流水、灯火阑珊，想起"不来遇见，何来艳遇""将艳遇进行到底"的撩人招牌，想起令口水横溢的挞挞面，想起那情许凡人的鱼仙，白纱化作的雾漫，还有那制茶小夫妻的浪漫爱情，把思绪捏成打油诗留作纪念吧！

  一芽生在蒙山巅，
  翩来上里享炊烟。
  不是鱼仙害相思，
  怎得甘露醉凡间。

草记于 2017 年 8 月 18 日
整理于 2018 年 3 月 29 日

云南印象

约上三五好友，来一次说走就走的旅行，这是多少人共同的梦想。

在夏秋之交的日子里，我们几个小家组成一个大家，来了一次这样的旅行，而且是来到了彩云之南。

这次难得的云南之行，我们没有去丽江、大理、西双版纳、香格里拉等著名景地，而是听了当地友人的建议去了普者黑、弥勒、建水、抚仙湖等外人并不常至的地方。在云南，一步一景，处处如画，无论去哪儿都能尽享大自然的美丽神韵，感受行者的幸福乐趣。

弥勒，一个让人待不够的地方。锦屏山上巧缘偶遇的诵经仪式，我们驻足许久，纯朴的原声胜过舞台上华丽的乐章，至今犹在耳畔回绕；火把节，是彝族人一年里最盛大的节日，虽未能身临其境牵手篝火狂欢，但依然领略了彝家人的火热和激情；"湖泉天邑"，浪漫的设计，舒适的环境，露天的温泉，子夜的雨声……怎不叫人流连忘返？

在普者黑，梦境般的滇之地，世外桃源般让人痴迷心醉。浓郁的山水、万亩的荷花、别具柔情的古村落，还有碧波荡舟、湖上"水战"，"长枪短炮"地泼洒、大呼小叫地喧闹，男女老少的"湿身"，让岁月遮掩了的童心再次迸发灿烂，给这次旅行平添了几多乐趣。

在建水，能感受到扑面而来的纯朴和安逸，我们被安静祥和的气息包裹。朝阳门楼、琳琅商铺、憩坐于街边的老人……似乎都在提醒这里是净土。穿行于院落叠置的朱家花园，淅淅沥沥的小雨，仿佛是在述说着院落主人几代间的起起伏伏，领悟世间万物变迁无常、平安即福。"聽紫雲"巧妙地将时尚融入老宅，把古老与现代精致地结合，穿行其间仿佛能与古人深切交谈。还有，那柴烧的紫陶让人爱不释手，臭豆腐也可以满街流香，彻夜地长饮，素昧平生地指点迷津……留下了太多美好的记忆。

在抚仙湖，秀水青山，好景依然。脚踏船上见识了"巾帼不让须眉"；登岛巡视，环岛绕舟，像是在宣示"主权"；"唯吾知足"的巧妙书写、网自抚仙的"浪里白条"，让用餐也变得那么雅趣；湖岸边的拾石小憩，三小姐妹的追逐戏水，三中姐妹的风情摆拍、老姐儿俩的闲庭信步……仿佛都在诠释着昆明"后花园"独到的魅力。

在昆明，两个标识性的景点，让旅行更加多彩。游西山、跃龙门，一览春城小；天池飞渡、碧波如云，忘却在凡间。行走于青山绿水，呼吸着清新空气，"一万五一平"的别墅着实让人垂涎。民族村里，十六个少数民族独有的激情歌舞，展示了云南的七彩风情；大象的滑稽演出，为即兴出镜游客的"按摩"，令人捧腹；象鼻子上的留影，抢食香蕉时的突袭，让三个小姐妹惊叫欢歌；那一团团的少数民族寨子，虽是仿建，仍能给人以身临其境的感受；见缝插针式的购物，让旅行的间隙也享受花钱的乐趣；还有那失而复得的 iPad，给人惊喜之余，更像是纯朴云南人的别样挽留。

……

牵手云南，我们不虚此行，在尽享湖光山色的同时，也沐浴着浓浓情谊——一次牵手，一辈子的朋友。

云南，你多彩得让人眼花，你美丽得让人窒息。若再来一次说走就走的牵手，或许，我们还会选你——绚烂的彩云之南。

2015 年 10 月

古城游记

今年的十一长假,有去古城开封的冲动。也许是前段时间"蜻蜓FM"宋史听多了,只觉得开封城里发生了太多的故事,那么多的文人宰相,那么多的慷慨激昂,不去看看,枉费了这八天长假。

去之前一直对如何去犯犹豫,是坐高铁,还是自驾?左右摇摆了多次,往返的车票都抢到了,而在最后关头还是选择了自驾。毕竟自驾前行到底方便自由了许多。我们不仅去了大宋东京汴梁,还顺路看了赵国都城邯郸和子龙故里正定,这一趟走下来,可谓是古城之旅,我们一口气走了三座古城。虽说都是古城,但有着明显的差别,也不仅是古迹的不同,还有人文环境、城市面貌的差别。

一个长假,领略了三个古城的风貌,过得充实而自在。

初识邯郸

进　驻

导航显示，从北京驾车到开封大概六百五十公里，至少需要八个小时，加上中间休整，怕是要足足一天的时间。出来玩就是为了消遣，轻松一点，不能搞得跟急行军似的，更何况还有小娃娃。于是，我们需要选择一个地点作为休整地，选来选去选在了赵国古都邯郸，并在网上预订了酒店。酒店早早订下来心里踏实多了，不像十多年前去承德坝上的自驾游，每走到一个地方，总是为酒店犯愁，到处客满为患，太贵的又住不起，太差的又对不起老人孩子，酒店那真叫个一房难求。临时抱佛脚式找酒店，虽多了些不可预见的刺激，但终究还是麻烦。这年头有了网络真是方便了许多，可以提前网上预订，如果行程有变，多数还可以退改，数字时代给我们生活带来的变化体现在方方面面。

当然，网上预订也有它的弊端，有时候网上标榜的与现实有一定的差距，好像是应了那句"听景不望景"的老话，再加上店主老拣着好的说，甚至还有点夸大，让你满怀憧憬和遐想，可一到现实，又总是有些不尽如人意。这不，网上预订的是邯郸一个叫希尔顿连锁酒店的豪华大床房，可到了一看完全不是那么回事儿，房间比想象的要小很多，特别是布局不合理，豪华大床也不过是一米八的普通大小，加之并没有提前说好的沙发折叠床，一家四口，要完全挤在这样一张床上，尽管孩子尚小，那也有些憋屈了。好在服务生态度很好，说酒店里还有一间房是预留的，比这间小一点，但布局不一样，反倒显得大，又有沙发折叠床。我颇有些"柳暗花明又一村"的兴奋，在实地考察之后果断地调整了房间。在我看来，出行第一晚睡得好是很重要的，是直接关乎整趟旅行的心情的，好在服务生及时进行了调整，尽管那是一间为残疾人设计的房间，但只要住得舒服，这又有什么关系，后来人家还给退了差价，还是很讲诚信的。

其实，邯郸的这家酒店和网上宣传的误差还不是很大，在开封预订的民宿与现实的差距才是真大。预订时问房东离清明上河园景区有多远，人家说"很近"，可到了一看，所谓的"很近"竟是三点五公里，完全不是我想象的、小步溜达着就可到达的"很近"。再加上小区环境不好，说"脏乱差"也并不为过，着实让人有些失望。好在房间里的情况跟网上说的差不多，算是抚慰了一下我那"受伤"的小心灵。这件事提醒我：网上有虚华，预订需谨慎。不过，也是出行太少，没经验，多出去几次也就好了。

邯郸也是一座英雄的城市，从赵武灵王开始（或许还在之前），这片土地就不断地孕育英雄。自古燕赵出义士，出慷慨悲歌之士。什么胡服骑射、负荆请罪、完璧归赵、荆轲刺秦……还有邯郸学步、纸上谈兵、窃符救赵……这个地方发生了太多的故事，有太多的壮怀激烈、惊心动魄、神采飞扬。据说，邯郸是我国唯一一个从建城到现在没有改过名字的都城，三千多年，多少刀光剑影，多少朝代更替，邯郸的大名却始终如一，这不能不说是一个奇迹。据说，光是和赵国有关的成语就有一千六百多个，这些成语和典故，写满了邯郸的激情和沧桑。

作为一个燕赵儿女，不来邯郸走一走，看一看，注定是遗憾。所以我来了，尽管在此逗留的时间短暂，但我已经使出洪荒之力,走进邯郸,走进这座千年古城。然而这一走进,便爱上了它。

小 吃

因为担心遇上堵车,我们近中午时分才从北京出发,但还是有几处堵了一下,不足五百公里的路程开了足足六个半小时。到达酒店时,在邯郸工作生活的军校战友同舟先生早已等候在此。当年一起摸爬滚打的弟兄,多年后再见自然是亲切万分。这份深情,对于未曾当过兵的妻子和尚是孩童的两个女儿来说,是无法理解的。

酒店居于闹市,与美乐城商业区只一路之隔。办完入住手续,我便赶紧带着饥肠辘辘的妻女去吃饭。同舟问我想吃啥,我说吃小吃,他说那就美乐城。这正应了妻子和大女儿的心思,还没到酒店时,俩人远远地就盯上了美乐城,说"一会儿得去这里"。

在同舟战友的引领下,我们来到了美乐城地下一层的美食城,径直去"回车巷"。战友介绍这是一家老店,经营多种小吃,当地人都爱吃。单听这店名"回车巷"三个字,就觉得有故事。果不其然,"回车巷"是个地名,位于邯郸串城街南段,传说是蔺相如多次为大将廉颇回车让路的地方,后人为了记住这段历史,便把此处称为"回车巷"。蔺相如的回车让路,留给后人一曲传唱不休的"将相和"佳话,也造就了赵国的强盛,才有了战国七雄。这家总店最初就开在此巷,干脆取名"回车巷"。美乐城回车巷是家分店,听战友说和总店一样都是直营,饭菜质量也几乎没有差别,来这里的人不比总店少。

看来这家老字号是奔着做历史老店去的,是讲长远规划的。而在当今,这样的企业已然是凤毛麟角了。多数是在追求眼前利益,只管自己赚个盆满钵满,并不懂得如何做"尖"商,或者即使懂得也不再坚持让利于客户,只一味地攫取利益,甚至不择手段,从而演绎了太多铜臭十足的"奸"商。真应了商场如战场,这方唱罢,那方登场,跟走马灯似的,让人应接不暇,眼花缭乱。

"回车巷"里座无虚席。虽然已近晚上八点,还是人头攒动的景象,食客吃兴正浓。幸好,细心的同舟提前预订了包间。同舟做事一向缜密,一如上学时的他。听说我们要来,预订了两家饭店,一家"高大上",一家地方特色小吃,只等见了面征求我的意见后才退了"高大上"的。所谓"高大上",无非就是环境好些,吃的想必是大江南北千篇一律的。我们出来玩不讲排场,只求实惠与特色。

"回车巷"的装饰凸显中式风格,在现代化的美食街里有着独特的风韵。它的点菜方式也与众不同:不是坐在座位上点,而是到样品台点;服务员也并不跟随着顾客点一个记一个,而是顾客看上哪个就翻取一张菜品前面的小纸牌——点餐卡,取够了回到座位上,一并交给服务员,然后就坐在座位上等着服务员一盘盘一碗碗地上菜,供人慢慢享用。有点像大清皇帝晚上临睡前的翻牌子,如今,封建帝王早远去了,这"翻牌子"的举动,竟演化成平民点菜的乐趣了。

出来游玩,我始终把老婆孩子放在首位,让她们开心了,就是我最大的快乐。同舟似乎看出了我的心思,也或许有着同样的习惯,笑呵呵地对大女儿说:"你去点菜吧,想吃啥就点啥。"于是乎,这翻牌子的乐趣就归了大女儿。大女儿也没客气,说了声

"好嘞",便雀跃着跑去了。不一会儿,女儿拿了一沓纸牌回来了,交给服务员一个个地输进点菜器里,什么"火烧夹辣条""扣碗皮渣""现漏酸辣粉",应该都是闺女自己喜欢的小吃,居然还点了一盆走到哪儿吃到哪儿的西红柿疙瘩汤(这是闺女的最爱)。同舟逗她:"咋也没给我们点个下酒菜呀?"女儿恍然大悟似的,说:"噢,忘了。"紧接着又说:"也不知道你们爱吃什么呀!"我和战友相视一笑,还是我们自己来吧。小孩子压根就不想让我们喝酒,还指望让孩子主动给点下酒菜?同舟并未起身去翻牌子,端坐着就把菜点了,对服务员如数家珍地说出几道下酒小菜,且又添了几样特色小吃,什么"磁州焖子""涉县抿节""马连生驴香肠""老街豆沫"。他说这些全是当地特色,来自邯郸各个区县,"你们虽然只在邯郸待一个晚上,我得想办法让你们吃遍十七个区县"。战友的热情,让我感动,到底是一个战壕出来的;不过看他点菜的熟练度,看来平时没少"与民同乐"!

其实,这天南海北的小吃,说到底还是大同小异的。因为食材是差不多的,只是一方水土一方人,水土气候、风俗习惯有差别,所以做出来的饮食,自然也就有所不同了。而但凡有一定历史的古都古城古镇,其实都会有着自己的特色小吃,比如老家——运河边上那个古镇的鸡蛋布袋、粉饹馇,都是多年来小镇之外未曾见过或极少见过的小吃;还有前几年去的川西上里古镇的挞挞面,也未曾在其他地方见到过;开封小宋城的胡辣汤,虽在其他地方也吃过,口感却没有小宋城来得更加猛烈。

邯郸不愧是三千多年的古都,小吃品种不仅丰富多样,口味也是超赞。到头来快乐了嘴巴,幸福了味蕾,只辛苦了肚子,吃了个溜圆。一来确实好吃,二来又不想浪费,包干到家,我们定要完成个"光盘行动"。

　　我和同舟关注的重点并不在吃喝,而在聊。从当年的军校生活,到部队任职,再到地方创业,我们聊得不亦乐乎。以至于小吃具体怎样好吃,到底有啥特色,我总也说不出个子丑寅卯,倒是从老婆孩子吃得津津有味,特别是大女儿全然不顾我们的开怀畅饮,完全沉浸在小吃的美味中的样子中,我确信美味不虚。

　　美味的小吃,吸引了孩子。可小孩不识离别情,她哪知道,比小吃更让我享用的,是故友久别重逢的叙旧。

晨　练

　　酒店的北侧一路之隔有一公园,名曰龙湖。第二天一早,趁妻女尚在熟睡之际,我便独自来到龙湖转了一圈。其实在家我也爱睡懒觉,基本属于晚上不愿睡、早上不想起的夜猫子一族,但出来玩,还是尽可能地多走走多看看,否则对不起那几桶汽油钱。

　　龙湖公园并不大,但很精致。一湖居于中间,碧波荡漾,周边则高低起伏,绿树浓荫,称得起有"山"有水有风光。公园里有弯曲的羊肠小道,有宽阔的空地广场,有形态各异的观赏石装点绿地,有意味深长的园林小品点缀其间。特别是在绿树浓荫间穿梭了一条蓝红参半的步道,叫作"健康邯郸智能步道",一圈走下来刚好两千米。如果在空中俯视,想必这步道像一条若隐若现的盘龙。莫非这公园之名由此而来?

　　公园里晨练的人很多,光是步道上健走和跑步的,不能说摩肩接踵,但也绝对是"川流不息"。或走或跑,或快或慢,互不影响。应该多是附近的居民,有男有女,有老有少,不过还是以健走的老年人为主。也有个别穿着很专业的人,跑得很快,看那装束和步伐,以及紧凑精瘦的身材,应是跑将,甚或是跑马选手。有一对慢跑父子,父亲在前面,不停地回过头鼓励跟在他身后明显发胖的儿子;满头大汗气喘吁吁的胖男孩,上气不接下气地"哀求"他的父亲,"我不行了,跑不动了"。年轻的父亲并不为所动,依然鼓励他:"坚持住,还有五百米!……还有三百米了……"父爱表现的形式总是严厉的,正是这份严厉让父爱更显厚重。

除了健走或跑步的人,还有打太极的,跳广场舞的,站太极桩的,舞枪弄棒的。南门进去的正对面,是一个小广场。广场上有五六个看上去六十岁上下(或许实际年龄会大些)的男子,拿着红缨枪和长棍切磋武艺,一个人练一会儿,另几个人评点一番;然后再一个人练一会儿,另几个人再评点一番。此情景,对于小时候也曾习练过几日花拳绣腿的我来说,倍感亲切。那枪棍咱也是练过的,当年咱还是个小学生,每到过年,从正月初二一直到正月十六,也是要上街表演的。只要我们武术队一上场,围观的人们就都不再去看那些耍狮子玩旱船的了——一股脑地跑过来,围个里三层外三层水泄不通。特别是咱一上场,那叫好声不绝于耳。可惜,练的时间短了些,只学了点皮毛,三脚猫的功夫不到,还没学到散手(一种四两拨千斤的格斗术),父亲就不让练了,说都初中了要专心学习。几十年过去了也没再练过,那点花架子早已就着馒头饭给忘得一干二净了,又都如数还给了我那武术师傅——一位命运坎坷却又意志坚强的老人。

天南海北去过很多地方,但还是第一次见到晨练枪棍的。这邯郸就是不一样,虽没有武术之乡的美名,却似有绿林江湖的侠义。

悠悠千年恍若一梦

原计划第二天上午就要离开邯郸的，但同舟坚决不让走，说到哪儿都是玩，到邯郸了还是要看看的，"邯郸比开封历史更为悠久，有很多古迹很值得看的"。

战友的挽留不是虚套，反正我们也是走到哪儿玩到哪儿，便临时决定在邯郸再逗留半日，若不是已约好当晚要在郑州与那里的故友相聚，恐怕是要待上一天的。

本来约好八点半从宾馆出发的，结果九点多才出门。其实这都算是早的了，在接下来的几天里，除了去郑州方特乐园的那天，大女儿兴奋地起了个大早，其余各天都是在十点左右方能出窝。有孩子，节奏上总是会慢一些。节奏慢点也好，不至于太赶落，行程太紧反折损了出游的快乐。从2010年开始第一次自驾游至今，我们几乎每年都会自驾游，或远或近，或长或短。我们始终坚持这一点，让节奏慢下来，使快乐多起来。慢下来会发现许多意想不到的美，而最美的风景，最能打动人的风景，也往往在路上、在尚未被开发的荒野。就像那年去坝上围场中途偶遇的秋色，多姿多彩，美轮美奂。多少年过去了，想起那美，依然心醉。还有那古北口的野长城，古老而沧桑，登上野长城才是和先人对话，与历史促膝。

虽说如此，那些被人们圈起来装扮过的景点总还是要去的，各有各的美，不都看看也就不知道其中的区别了。

因为我们的到来，战友同舟客串做了导游。半天时间，他带我们参观了黄粱梦吕仙祠和丛台公园。黄粱梦吕仙祠位于丛台区的黄粱梦镇，据说这里是吕洞宾点化卢生的地方，此镇因此而得名，后人为了纪念，又建吕仙祠。如今的吕仙祠，经过大自然的磨砺以及人为的毁坏，又经过数代人的装点修缮，可能早已不是最初的样子，但万变不离其宗，还是以梦为主题。进入景区不远，左侧便是吕仙祠的正门，门不算太大，门楣上悬挂一匾"泽沛苍生"，是中石先生墨宝；两侧门柱上的对联"蓬莱仙境蓬莱客，万世儒风万世诗"，则是沈鹏先生的大作。这门配上字，庄重大方。门对面的照壁则更显厚重，每一砖一瓦都是精雕细刻，一看便晓得，那绝不是现代工业制品。照壁正中刻有四个大字："蓬莱仙境"。传说，这四个字前三个为吕仙所书。说其化身叫花子，见景色怡人，一时兴起，拿起一把笤帚蘸着剩菜汤在青石板上挥毫写就，当写完"仙"字时，被凡人识出，便匆匆而去，估计也和电视剧《八仙过海》里一样，嗖一下就没影儿了。"境"字则是后人补上去的。这故事听起来神乎其神。不过，单从字面上去看，这四个字中前三个和第四个风格上确实有所不同，特别是气势上，"境"字明显弱些，而"蓬莱仙"三个字飘洒自如，仙气十足。或许，当年的书写者写到第四字时心境突然变了，没有了前面的洒脱；也或许，书写者故意卖个破绽，给后人一片遐想，才有了这么多神秘和传说。

  吕仙祠占地并不大，只有三个大殿，两个偏殿。大殿也并不是太大，看上去也就像老北京四合院三个一进院的大小，而偏殿则又略小些。据说三个大殿是主景，展示的主要是关于黄粱美梦的前世来生，来这儿的人们恐怕也都是冲着这景来的。可惜，我们来得不是时候，三个大殿均在修缮之中，谢绝游客参观，剩下可参观的地方也就只有两个偏殿和空院子了。景区还把门票降了一半，算是对游客的补偿。还好，大殿里的主要内容，被微缩到了进门右侧的回廊里，解说员有声有色讲完了黄粱梦，还介绍了两个相关石碑的由来。一块是刻了乾隆来此参观时留下的一首诗，名曰：

  风裳水佩出邯郸，
  手撒珍珠颗颗圆。
  金谷三升风里碎，
  江妃壹斛雨中寒。
  露丹凉滴青铜爵，
  鲛泪香凝白玉盘。
  持赠苏公须仔细，
  休将偏水误相看。

  乾隆天南海北地转悠，据说每到一处来了兴致便会赋诗一首，在不少地也确曾见他的大作；据说一辈子写了一万六千多首诗，想来没有一首能让人挂在嘴边的。这也不能怪他，诗都让唐人写绝了；词都让宋人写绝了，后人大多只有读的份儿了。当然，毛主席是个例。另一块石碑则是现代人写的斗大的"梦"字，繁体的，用一个"梦"字诠释人生从奋斗到繁华再到终老的过程，也是对黄粱梦的解说。这两块石碑的旁边还有一个葫芦形的石雕，也可以算是个异型的石碑，上半部刻的是八卦太极图，下半部则是雕了几个字，并用箭头所连。中间是个"善"字，上下左右各有两个字，上下为"糊涂"，左右为"认真"，以箭头相连形成一个圆环，又都各自以箭头指向中心的"善"字。大概是说——人生就是这样，有时认真，有时糊涂，认真与糊涂相辅相成，相互转化，你中有我，我中有你。该认真的认真，该糊涂的就得糊涂。有些人吃亏就吃在太明白上，凡事都较真，不想吃一点儿亏，最后反倒吃大亏，难得糊涂是一种境界、一种修养。但归根结底还是讲"善"，"善"为万物之宗，是传世之宝。

接下来参观了右侧的偏殿。据说当年曾是乾隆的行宫，后来慈禧太后带着光绪西逃回来路上也曾住在这里，这房子算是见证了大清从盛世到衰落的过程。

偏殿门头匾额上写着"中国名梦馆"五个字，隶书体，写得委婉而悠长。殿内主要以壁画的形式展现各种梦的传说，有庄周梦蝶、屈原梦登天、李白梦游天姥，还有孔子梦周公、包公三勘蝴蝶梦，当然还有南柯一梦。人们往往把黄粱美梦与南柯一梦混为一谈，而实际是两个不同的梦。黄粱美梦的主角是进京赶考的卢生，久考不中，被吕仙点化，才知荣华富贵也不过是一场梦；而南柯一梦讲的是穷困潦倒的淳于棼的美梦。淳于棼有次借酒浇愁醉倒在家门口的大槐树下，然后梦见自己来到大槐安国，被招为驸马，娶了国王的金枝玉叶，后来又被封任南柯郡太守，子孙满堂，满门显贵，享尽荣华富贵。但后来在抵御外患中吃了败仗，从此失宠，又被赶出槐安国。大梦醒来，见到槐树底下有一蚁穴，蚂蚁进进出出，忙忙碌碌，恍然大悟，原来这蚁穴便是那槐安国。黄粱美梦与南柯一梦，虽然内容不一样，但其中两个主角都是想荣华富贵想多了，都是"做梦娶媳妇想好事"，两个都是劝人知足常乐、随遇而安。

至于左侧的偏殿，其实可以不用进去看的，因为里面展示的内容与这景区的主题——"梦"无关了。但你若想去批个八字、算个命啥的,是可以进去的。当然,是要带够银子的。许多景区都有算命先生的身影,特别是寺庙、道观之类的地方,吕仙祠养着算命先生也在情理之中。记得小时候经常听父亲唠叨,说"倒霉上卦册",意思是说有了倒霉的事才去找算命先生算卦,又说那些全不可信,都是瞎白话,为此他也从不去算卦。父亲还说真要是"人的命天注定",既然都注定了,算它又有何用。如今,活了半辈子的我倒愈加信奉那句"性格决定命运"。人混得好与坏,某种程度上都与自己的性格有关,有的刚毅,有的软弱;有的善良,有的刻薄;有的能坚持,有的爱放弃……看到人家混得好的,总是说那小子机遇太好,而自己混得不好,又总是埋怨命不好,没遇上好机遇。其实机遇这东西,对于每一个人都是公平的。人面临的机遇是同样的。然而,机遇永远是给有准备的人预备的。一直在努力,机遇来了,便乘势而上了;一直不思进取,浑浑噩噩,机遇来了也终会擦肩而过。

一个人几斤几两,自己应该是最清楚的,又何必借算命先生之口道来。再说了,即便算命先生有吕翁的道行,那也改变不了人生。所有的一切都得靠自己,自己不努力,命里再有也得不到。正所谓"天才+勤奋=成功"。

算命先生应该改变不了一个人的人生,但或许会有点化梦中人的效果。就像吕仙点化卢生,让他知道"人生如梦",富贵荣华到头来也不过是一场空。是的,人生确实是赤条条来,赤条条去,生不带来,死不带去,但人生又不能因此没了追求。一个没有追求的人,那就是混天度日,那就是混吃等死,那就是行尸走肉。其实又何止是一个人?一个民族、一个国家也是如此,不能没有了追求和梦想,梦想和追求正是指引我们前进的动力。一个人没有了追求，颓废的只是一个人，顶多也就一个家，而对于一个民族、一个国家来讲，没有了梦想，就会落后挨打。

漫漫人生，当真如梦，然而，谁又不想把这梦演绎得更加精彩？悠悠千古，也不过一场梦境，然而，谁又不想在这梦里写下浓重的色彩？

相约丛台

从吕仙祠出来，直奔丛台公园。传说丛台是赵武灵王的点将台，也是邯郸市的标志性建筑。别的地方可以不去，不到丛台就等于没到过邯郸。

赶到丛台公园，是要和大女儿的闺蜜冉冉以及冉冉妈妈会合的。大女儿和冉冉是幼儿园的伙伴，俩人甚是投缘，得空就腻在一起。另外还有几个小朋友，称得上是亲密无间，他们不仅在幼儿园里玩在一起，离了园也要在一起玩个够，天不黑个透就不回家。赶上我们这些孩子的家长也都"不靠谱"，不怎么关心孩子的学习，也不愿意报这班那班，美其名曰"读万卷书不如行万里路"，一有机会就想着结伴带着娃今天去这儿玩，明天去那儿玩，从北京郊区，到北戴河黄金海岸，再到雪国东北长白山，还有香港迪士尼，甚至还玩到了泰国的普吉岛。可惜我工作原因没能腾出工夫，两次出境游都与我无缘；好在国内的吃喝玩乐咱几乎没落下过，已然很是让人"嘚瑟"了。在这玩的过程中，也和"不靠谱"的家长建立了深厚的"革命友谊"。十年了，孩子从幼儿园的婴班到小学六年级，分散在多个小学，即便在一个学校的也不在一个班了，但空间距离没有冲淡孩子和家长间的感情，一有机会还是会约在一起玩。

这不，听说我们十一期间要在邯郸逗留一天，这娘儿俩便从北京赶了过来，确切地说是改了行程提前赶过来。她们确也计划来邯郸，冉冉妈妈是邯郸人，大学之前都生活在这座城市，十一长假是要回家探亲的。只是没想这么早回，由于冉爸假期前半截要值班，因此原本计划放假的后几天回来，一家三口都要回来的。但一听说我们2日就到邯郸，冉冉就鼓动着妈妈提前赶回了邯郸，来和有日子未能在一起玩耍的小闺蜜会合，哪怕只有一上午的时间。

冉妈和我的战友同舟原本并不相识，但都是邯郸人，一经介绍，瞬间熟络起来，一唱一和地客串起了导游兼解说员。他们的解说虽不专业，但听起来更是舒服，尤其冉妈从小就在这周边长大，对这里的一草一木既熟悉又饱含深情，讲起来更具有感染力。她说她小时候的邯郸没有那么多高楼大厦，丛台基本是最高点了。那时没有丛台公园，只一个丛台立在那儿，不用说什么管理处了，甚至都没人去打理。丛台周围的城墙也都是土夯的，不像今天都用青砖砌了起来。夏天杂草丛生，也算得上是生机盎然；冬天里一片荒凉，丛台前面那条弯曲的河会结一层厚厚的冰。那时的丛台也是小孩们撒欢的好地方，她说她小时候像个男孩，经常和小伙伴们到丛台来玩，爬上爬下，弄得一身土一身泥的，没少给妈妈添麻烦。她还记得，有一次一个小男孩从城墙上摔了下来，摔断了腿，家长赶过来把那男孩抱走去医院就医了事儿。这要搁到现在，肯定会找"有关部门"理论，埋怨"有关部门"管理不善，甚至还会索要赔偿。"有关部门"也会接招，自然又是排查风险，又是堵塞漏洞，甚至索性圈起来不再让人进。那时的人们不会这样做，压根就不会往索赔这方面想，自己不小心摔下来怨不得别人;"有关部门"也不会因此就圈起来不再让孩子来玩。现在的人们,动不动就找政府,搞得政府跟保姆似的,啥事都得管。事实上,凡事都得有个度,适可而止,过犹不及。把职权弄清,责任捋顺,谁的问题谁担,谁的责任谁扛,这才是管理的正道。

如今的丛台早已不再是冉妈小时候的样子,四周的土墙已变成了青砖墙,台上的建筑也进行了修缮,变得"高大上"了。登上高台,先是一个小门,踏进门映入眼帘的先是两块石碑,煞是凸显。两块石碑上刻的又是乾隆的诗作,一首落款"乾隆御笔并书",一首落款"乾隆登丛台作张峰书"。两块石碑上的字体都近乎行草,幸好旁边设有印刷体正楷字,否则又得让游客猜谜。后人张峰抄写的那首诗曰:

传闻好事说丛台,
胜日登临霁景开。
丰岁人民多喜色,
高楼赋咏谢雄才。
襟漳带沁真佳矣,
雪洞天桥安在哉。
烟树迷茫间井富,
为等元气善滋培。

乾隆御笔并书的诗曰:

初过邯郸城,因作邯郸行。邯郸古来佳丽地,征歌选舞捣银筝。邯郸城中富蚕作,蚕月条桑绿荫弱。罗敷不顾五马回,倭堕畏风春帔薄。邯郸复多游侠子,鸣镝离弓又兔死。归来意气犹未已,击鞠呼卢侍罗绮。美酒十千醉不辞,炰鳖膊虾脍鲜鲤。于今城市尚依然,村民但知勤种田。丛台下,渭桥边,豪华瞥眼二千年,反朴还淳此或贤。

两首诗都很长,典故多,足见乾隆知识丰富,应是博览群书的缘故。早听说清朝皇子皇孙不容易,从小都要经受严格的管教,吃的苦、受的罪,也是平常人少有堪比的。从乾隆走到哪儿作诗到哪儿的劲头儿,就能体会到他们小时候的不容易,那得看多少书啊,恐怕,比现在一天到晚各种辅导班赶场子的孩子们一点儿都不逊色,甚至有过之而无不及。少壮不努力,老大徒伤悲;吃得苦中苦,方为人上人。不管是王公贵族家的公子,还是平常百姓家的草根,在这方面都一个样,小时候吃苦刻苦,大了才能有出息。

进了门左拐再往上走,便是主建筑,一个方形的亭子,飞檐上有"五脊六兽",显得灵动,也增添了气派。亭子正门上楷书体的"武灵丛台"四个字,写得苍劲厚重,行书体"据胜亭"三个字也算是写出了赵武灵王的霸气。可回头一望,在亭子入口内侧的门楣上还写着"夫妻南北兄妹沾襟"几个字,不解其意。我用手机百度了一下,才知和《丛台别》《二度梅》戏有关,是一段凄美的爱情故事,也就是成语"梅开二度"典故的由来。当然这故事跟赵武灵王没有什么关系了,那是发生在战国之后好久的唐朝的一段传说。

丛台其实就是个大土台子，是人工堆砌的，应该是取周边的土堆起来的，顺势挖了一条河。很像如今的造园工程，平坦的大地上，挖得高低起伏，变成个丘陵地带；再把水引进来，修几个亭子，架几座小桥，栽上些花草树木，那便是微型"清明上河园"了。可赵武灵王弄这个台子绝不是为了观赏，而是为了巩固政权，那高台是权力的象征，是至高无上的标志。

据专家前些年的考证，邯郸市区的中心点正是在这丛台之上，为此还专门立了一块小石碑，上书"邯郸基"三字。邯郸市的开发扩建，是要以此为基点的。从赵武灵王至今两千多年过去了，丛台依然屹立于邯郸闹市，见证了刀光剑影，也看惯了歌舞升平。如今，虽已被周边不远处的高楼大厦所包围，但也难掩它的巍峨挺拔。正所谓"山不在高，有仙则名"。可以想象，当年赵武灵王站在丛台之上，那一定是将整个都城一览无余，也一定是万民敬仰，八方来贺，"战国七雄"的美名那不是白给的。

邯郸，唯一不曾更名改姓的城市，承载了太多的历史，那些与邯郸与赵国关联的成语，向后人述说着历史的沧桑和辉煌；那伫立城市入口处的赵武灵王胡服骑射巨型雕塑，无时无刻不在向人们展示邯郸人的侠肝义胆和豪情万丈；还有那丛台酒啊，带给人们的最是醇香和绵长。

邯郸，一个可以再来的城市；丛台，或许我还要登临；还有那丛台酒，是可以喝一点儿的。

走进开封

入　住

开封是在出行的第三天到的，前一天应大女儿的强烈要求，在郑州方特乐园玩耍了一天。在我看来，方特乐园与全国各地的游乐场大同小异，比如北京的欢乐谷、上海的迪士尼，以及各个公园里的儿童乐园，无非都是些孩子们喜欢的游乐设施，有的惊险刺激，有的舒缓浪漫……不同年龄的孩子都可以在乐园里找到乐趣。带孩子出来玩，总是要满足他们的想法。当然，也要按着我们的想法，带他们去见识家长看来应见识的东西，读万卷书后行万里路才能真正得到实践。

到达开封已是晚上九点。我们从西边开车入城，首先见识的是开封新城。楼台林立，灯火辉煌。各类建筑大多不算很高，但都很有特色，应该是古老与现代的融合。加上灯光的装点，这些建筑显得愈加秀丽。这就是开封给我的第一印象。跟着导航的指引，我们穿城而过，进入老城区，灯火不再如刚才的绚丽，两侧的楼房又都低矮了一些。特别是右转弯之后，便似进入了另外一个开封，两侧楼房更低了，居民楼大多在六层以下。灯光透过窗户，有的明，有的暗，白色的光，红色的光，甚至五颜六色的光，星罗棋布地装点着夜色。虽没有主干道的"城市照明"的高大上，却多了些生活气息、人间烟火。大概这才是真实的开封，是我们应该走进的开封。

民　宿

开封的民宿是来前十多天便在网上订了的。因为担心十一期间游人多，临时抱佛脚订不到合适的，所以就借助万能的网，左挑右选后订了的。但任你左挑右选，也未必能选到完全满意的——到底是网上，与现实总是会有些误差。

这误差最显而易见的是小区和周边的环境。小区门口的马路被拉开了"拉链"——挖了一条沟，像是要铺设什么管线。许多城市都会有这样的问题，今天挖开铺个水管，明天挖开埋个电缆。这些关乎百姓生活的事往往分散在不同的部门，很难统一起来，哪个部门需要干了都得让他干，不然会影响你的吃喝拉撒睡。于是人们开玩笑说，要是能给马路安装个拉链就好了，需要了就拉开，弄完再拉上就是，省得又是挖掘机又是压道机的大动干戈，影响人们的出行不说，还弄得乌烟瘴气，破坏环境。好在有实力的城市越来越注意这个问题，开始统一挖地道，把各类管线一股脑装进去，需要换管子换电线了，开个车进去处理，那叫一个干净利索。对了，这大概叫地下管廊。只是，这地下管廊属于"底子工程"，投入很大却又难见政绩，在某些人看来是受累不讨好的活，因此往往被忽略。实力不济而又注重面子的城市，便不得不经常拉开"拉链"，修修补补，只是苦了附近的居民，出行不方便，还要多吸灰尘。"底子工程"不扎实，修修补补还只是影响出行和呼吸，而每到雨季就承受内涝的洗礼，问题就严重了，弄不好是要出人命的。所以，不管是实力强，还是实力不济，都应该把"底子工程"做好，就像盖楼总得要打好地基是一样的道理，毕竟"九层之台，起于累土"。大自然是最不讲情面的，欠了的总是要还，不把"底子工程"做扎实，大自然不但不给留面子，还会给点颜色看。

这家民宿所在楼在小区的最南侧，紧邻马路。整栋楼看上去基本属于无人管理的状态，从南侧马路和小区里面均可直接进入电梯，也没有门禁。电梯间里更是贴满了各类小广告，有的还广告摞广告，小广告的内容更是五花八门，搬家的、保洁的、移空调的、通下水道的……可谓应有尽有。

我们订的民宿在顶楼，中间是个走廊，两侧是一间间的居室，看上去像是大学时住的集体宿舍，现在人们管这种房子叫公寓。走廊里还算干净，墙壁上居然也没有了小广告，只是灯光有些昏暗——能省则省的样子，好在并不影响辨识门牌号码。开门进屋，总算看到了网上宣传的一点儿样子，只是从装修到各类用品，一看便知是专门用来做一般民宿的，能省则省，能对付绝不求精！

虽然民宿的环境和设施有些不尽如人意，但入住方式以及房东的服务还是很让人欣慰。入住并未和房东有面对面的接触，房门是密码锁，只把一个密码发到手机便解决问题。这也许是肆虐的病毒使然，减少人与人的接触，能够有效阻断病毒的传播；也许是我孤陋寡闻了。但不管怎样，这种形式值得推广，特别是民宿，只是对监管部门提出了新课题，又得创新监管手段了。世界就是这样，不断地发展变化，推陈出新。古人早就说过"与时偕行"，现在叫"与时俱进"，都是一个道理。

房东通过微信提供了大量信息，从景点到特色小吃，一应俱全。清明上河园、翰园碑林、龙亭、天波杨府等，一口气推荐了十几个景点。还特别提醒了"值得去"的城墙、河南大学校区、西司夜市等几个地方。这些应该是房东本人经常去的地方,可能也是当地人消遣的好去处。特色小吃更是推荐了一溜够,什么灌汤小笼包、羊肉鲜汤、云丝面、白激馍、桶子鸡……足有七八十种,就连哪家是老字号哪家做得好吃具体在什么位置,也介绍得仔仔细细,全面周到。看得出房东是细心之人,也是做事认真的人。他无微不至的情况推介,弥补了硬件设施的不足,让我这个"挑剔"的入住者得到些许安慰。特别是美食推荐刺激了一家人的味蕾,我们放下行李便直奔小宋城夜市。尽管已在郑州方特附近吃了晚饭,我们还是忍不住点了几样房东提及的小吃,感觉那味道怎一个鲜美了得。想着第二天晚上再去当地人爱去的西司夜市尝尝鲜,可惜第二天我们在清明上河园里待到半夜十一点多,只好留点念想,下次来再品尝了。

意外收获

我们在开封的第二天起得比平时又晚一些。因为前一天晚上吃得比较嗨,睡得比较晚,小孩子都正在长身体,要睡足才好。

开封的天气远不如想象的温暖,来前想着我们一路往南走,开封怎么也比北京暖和些,所以没带厚衣服。可到这儿才发现,完全不是那么回事。第二天,出门时虽然已是上午九点半,可我们还是被冻得一激灵。穿得少点大人可以忍受,怕孩子受不了。于是,妻子建议先去商场给孩子买衣服。说是建议,其实就是命令。我自然不敢怠慢,赶紧上网搜附近的商场。最后感觉万达广场离得最近,但也得四五公里。宁可少玩景点,也得先把衣服买了,否则冻感冒了麻烦就大了。

我们跟随导航,出小区向西走。第一次看到白天的开封城,我们边走边透过车窗欣赏两侧的街景。看上去是在老城区，但应该不是核心古城区，因为已经有十几层高的楼房。

据说，北宋时期的开封，也就是东京汴梁，现在已经处于地下十三米，皆因为黄河决口所致。每次决口都会有大量的泥沙淤积于此，开封的地势就会高一截子，不少房屋建筑会被掩埋。据说从北宋到清末，黄河在这里先后有六次决口，宋金元明清的开封城实际上是城摞城，那地下埋藏了太多建筑以及各类生活用品，甚至还有来不及逃跑的生命。那些被埋在下面的各类建筑和生活用品都是珍贵的文物，所以老开封城上面不许盖高楼，就是怕地基挖得太深毁坏文物。如今的开封，人们能够看到的北宋时期留下来的老建筑只有两座塔：繁塔和铁塔。因为这两座塔建在高处，泥沙淤积也没能将它们淹没，这也是两座塔能够幸存下来的直接原因，而今看这两座塔的底座基本是与地面平齐。想想看，当年的东京汴梁那也是有山有水好风光的，难怪能成就《清明上河图》这一千古绝作。泥沙吞噬了古开封的建筑，却掩不住它文化的璀璨。随着城市实力的不断增强，清明上河园、天波杨府、开封府、包公祠等一个个又都再现人间，后人赋予其新的生命，使其焕发出新的光芒。

这就是开封，一个永不寂寞的开封。岁月悠悠，物是人非，但繁华依旧。

街道两侧有许多店铺，吃的喝的用的，应有尽有。妻子也说开封商业气息还是挺浓的，特别是在网购蓬勃发展的当下，能在一条普通街道上生存着如此多的实体店，实在是个奇迹。妻子又说："我看有好几家儿童服装店，要不咱就近逛逛买了算了。"我接了圣旨似的，立即减速，靠边慢行，然后在一家儿童服装店前停下车。店里只有一位女店员，看上去三十岁上下；她招呼我们热情又不做作，让人感到舒服。一般逛商场遇到导购员，既怕态度冷淡的，也怕太热情的，她这里一切都很自然。这位女店员一边收拾着衣物，看样子像是刚刚开门迎客；一边以目光随着妻子，见她翻看哪件衣服，便不失时机地介绍。话不多，但句句都说到点儿上。这让我推测，这位店员也许就是老板，自己的买卖，就像民宿房东，自然要认真对待；也或许这就是开封市民的性格，做事认真周到。

妻子选来选去终于为两个女儿各自买了一件厚实的T恤和一条裤子。买衣服，本不在这次游玩之列，但计划赶不上变化，百密也有一疏，好在是自驾游，方便又随性。

正是这随性，给旅游带来意外的惊喜。这不，出了服装店本来要去包公祠的，结果向东行驶了没多远，也就三四百米的样子，我们遇见了"黄家包子"——嵌于现代楼房的雕梁画栋飞檐高翘的古建老店，煞是惹眼。我立刻想起了民宿房东微信里隆重推荐的便有这"黄家包子"。这等遇见就是缘分，特别是对于爱美食的妻子女儿来说，更是不容错过。

这就是传说中的开封灌汤小笼包子，来之前也曾有同事推荐，但并未细说哪家最好。民宿房东介绍得详细，说第一楼的最好但价格太贵，还是黄家的好，有老店，也有分店，做得好吃，价格也适中，适合咱老百姓消费。房东还介绍了吃的时候讲究"轻轻提，慢慢移，盘中如菊花，提起像灯笼"。果然，经过验证，房东说的是实在的，没有夸大宣传。当然，只有肉馅的包子才能"灌汤"，才能吃出这个效果，素馅就没这个效果了。至于素馅的，应该是这些年随着人们生活水平提高，肉吃腻了，想吃素了，而改良后的成果。就像天津的狗不理，估计最初也都是肉馅的，现在连西红柿鸡蛋馅的都上了。这也叫与时俱进，只有不断改良，适应当下人的口味，才能永远受人欢迎，永远立于不败之地。

走进黄家包子店时，店内客人并不多。因为还没到饭点儿，服务员说中午第一批包子还没上屉。在静心等包子的光景，大女儿突然想起了前一天在方特乐园买的小玩具落在了刚才去的儿童服装店里。那可是小女儿自己挑选的纪念品，她猛听到不见了，立马噘起小嘴作欲哭状。这是她一贯的作风，常常用哭来解决问题。我赶紧安慰她："没事没事，爸爸这就回去给你拿。"

推开儿童服装店的门，女店员正在接电话，见我进来立即拿起女儿遗失的小玩具，交到我的手里。我连声说谢。因为一直接着电话，她并没有跟我说话，只微笑着冲我摇了摇手。一个小小的玩具并不是什么值钱的物件，但失而复得总是让人欣喜，何况是女儿的心爱之物。想必女店员之前遇到过的我们这样丢了东西的，她轻车熟路等候失主归来交还失物的样子，完全能够说明她好事做多了也就成习惯，习惯成了自然。

给孩子买衣服，是这次旅行计划外的事，而计划外的事也往往有意外的收获和感受。我们不仅享用了黄家灌汤包，还有小玩具失而复得的欣喜，领略了现代开封人的待客之道，也感受到了当下开封城的温度。

包公不老

早在谋划来开封时，就打定主意要到包公祠。作为法纪战线的工作人员，到了开封而不去拜谒包公，有些说不过去。千百年来，包拯像神一样融入人们的记忆，成为铁面无私的代言人。

我们专门请了解说员，为的是能够多了解一下包公祠，多听听包大人的故事，也为了让女儿受受教育。解说员是位女士，三十几岁的样子。干这行的似乎大多是女性，这也许是女人天性细腻决定的。解说员系统细致地讲解，信息量大，内容丰富，完美弥补了走马观花的不足。一圈下来，我们对包公祠以及包大人有了更深的了解。

据说，自金元以来开封就有了包公祠，历朝历代都在纪念这位青天大老爷。朝代更替，哪个朝代都需要清官，特别是像包拯这样执法如山的清官，清正廉洁是社会永恒的呼唤。然而，过去的包公祠也和其他许多古建筑一样随着黄河决口而深埋地下了。如今的包公祠，是1984年重新修建的。

包公祠占地并不大，算上包公湖也不到二十亩。包公祠虽然不算大，但仿宋风格的建筑气势宏伟、沉稳庄重。入内有两个门，有点像老北京四合院的二进院，分为大殿、二殿，还有东西配殿。里面陈设的多以蜡像铜像模型为主，也有些碑刻画像拓片等，再有就是文物史料，真正的原始古迹应该是没有的。但这并不影响人们对包大人的了解，包拯堪称古今中外的大名人，在国内说是妇孺皆知一点儿也不夸张，就连不少外国人也是慕名而来，甚至还有因为看了包公的故事特意来中国求学的。

大殿、二殿以陈列文物资料为主。一座三米多高的包拯铜像很是抢眼，身穿蟒袍冠带的包公端然而坐，一手扶椅、一手握拳，好似正在断案，两目炯炯放光，虎视眈眈，仿佛见了不公就要拍案而起，正气凛然。往里走还有一块包拯全身画像石刻碑。解说员说包大人是个小个子，还不足一米六。果然浓缩的是精华。据说皇帝为了给他提升形象，让他看起来能高大一些，特意赐给他一双高底靴。陈列柜里有个样品，跟京剧里武生穿的靴子差不多，就是号码确实小了点，顶多三十八九码的样子。其实，对于包拯来说，穿不穿这个鞋，他都照样虎虎生威，照样名垂千古。他是个名副其实的小个子大英雄。

殿内还以书法形式，示出了包拯的生平及业绩。有包公的一首诗，"清心为治本，直道是身谋。秀干终成栋，精钢不作钩。仓充鼠雀喜，草尽狐兔愁。史册有遗训，毋贻来者羞"，道出了他刚正不阿、悲天悯人的高尚情怀。还有包拯家训，"后世子孙仕宦，有犯赃滥者，不得放归本家；亡殁之后，不得葬于大茔之中。不从吾志，非吾子孙"，虽只有短短三十七个字，但字字铿锵，何止是对包氏后人的警醒，更应该成为每个家族的家训。想发财就别当官，想当官就别想着发财。当官不为民做主，不如回家卖红薯。这些道理都应该根植于心、融化于血。

尤其值得一提的是，大殿里有一副拓片，上书"齐山"二字，并标注为"包拯手书齐山"。据说这是包拯唯一存世笔迹，是他为安徽池州齐山题写的山名，时人刻于摩崖，才使后人得见包拯墨宝。那字写得苍劲有力，有魏碑的韵味，也有隶书的姿态，大大方方，端端正正。特别是那个"齐"字，恰如京剧里包公包龙图的脸谱，气宇轩昂，威风凛凛。都说字如其人，"齐山"二字着实能够说明这一点，那字的气势，一如包大人为人为官之风骨。

二殿里还有一块石碑很值得一说，上面刻着北宋自开国以来一百四十八年间的一百八十三任开封府尹。其中，除了赵匡胤的弟弟，也就是北宋第二任皇帝赵光义担任这一角色时间最长，足足干了十五年；其余一百三十三年共有一百八十二位府尹，平均任期还不到九个月。而包拯在这一百八十二位中干的时间是最长的，可也不过是一年零三个月，像寇准、欧阳修、范仲淹都曾任过开封府尹，但时间都不长，短则小几个月，多则大几个月。北宋首都的一把手，跟走马灯似的换来换去，实在让人费解。还没熟悉情况呢就要离开，能行吗？这有利于地方的发展吗？连快节奏的现代人都很难理解的快节奏，北宋皇帝是怎么考虑的？打的又是何等如意算盘？实在有点想不通。解说员讲，这些府尹在履职期间，数包拯最为严厉，不徇私情，不畏权贵，执法如山；数欧阳修在位时最为宽松，凡事睁一只眼闭一只眼，得过且过，差不多就行，因此素有"欧松包严"一说。"宽松"的欧阳修后来冲到了宰相之位，而"严厉"的包拯也当上了监察御史，后来又做了枢密副使，从这点来讲，不能不说北宋还是知人善任的，还是人尽其才的。

能识人，是当权者的本事；而善用人，又往往是当权者的大度。

到包公祠参观的大多是冲着包大人来的，而不是冲着开封府尹而来。从那石碑上"包拯"二字被人们摸得锃亮，甚至摸得凹陷到了几近看不出字迹的模样，便能领略到人们对包公那深深的敬仰和爱戴了。

东西配殿的陈列更是热闹一些，是以民间传说和历史故事为素材制作的群组蜡像。据说都是一比一的比例，还原真人大小。小女儿还以为是真人秀，吓得直往后退。我抱起她，跟她讲那是蜡像，不是真人。她将信将疑，我抱紧她，一边参观，一边听解说员的讲解。

那蜡像包公的肤色确实黑，但并未黑到戏剧里的程度。额头上也没有什么月牙,看起来跟平常人并没有什么两样。解说员也说,戏曲里的包公都被戏剧化了,其实他和常人是一样的。但他的为人做事又确实与常人不同,那份执着比常人多了几分,对于执法人员尤为珍贵,古往今来又有几人能够做到?所以他在人们心目中的形象自然而然就神化了。

蜡像里描述的有真实的历史事件,也有民间传说。比如陈州放粮便是真实发生的。事实上,在处理过这一事件之后,包拯不畏强权、为民请命的高大形象已然根植于人心。但,后人提到包大人,少有想到真实发生了的"陈州放粮",更多的会是民间传说——铡美案,什么秦香莲、陈世美……其实,开封府里并没有什么龙头铡虎头铡狗头铡,也没有什么王朝马汉张龙赵虎;什么御猫展昭啊,什么五鼠闹东京啊,统统是文学的天马行空。当然也没有什么铡美案,据说陈世美的生活原型本是个好人,只是一时间糊里糊涂得罪了小人,被诬成了坏人。就像武大郎,本来是个有爱心的好县令,躺枪式地被小肚鸡肠的好友误解,而编纂和宣传成了个如今人们耳熟能详的三寸丁武大郎。但不管怎样,生活原型是好人也好,坏人也罢,铡美案的故事对后人还是有着教育意义的,忘恩负义、苟且偷安、卖妻求荣的事是干不得的。

其实,民间关于包公的传说多了去了,还有说他白天审阳间的案子,替黎民百姓撑腰;到了晚上还要去阴曹地府为鸣冤的小鬼找回公道。这些别说现在的人听了当个乐子就过去了,即便是宋代的人应该也不会相信。哪儿来的鬼怪,又哪儿来的阴曹地府。人们只是用来刻画一个连鬼神都不怕的人,能怕你贪赃枉法的恶人?这就是包拯包大人,一个刚正不阿、浩然正气的官员,一个疾恶如仇、悲天悯人的执法者。

祠内一些匾额和对联,很能说明包拯的为人为官。像"铁面无私,启正门群奸丧胆,断关节万姓开颜",说的是包拯一边开正门,在正堂衙门里专门铲除贪官污吏;一边又在后院的西北角开了个后门,这个后门可不是歪风邪气的"走后门",而是退堂之后专门用来为百姓断案。我理解就是,前院审刑事案件,后院则用来处理民事纠纷。而这两者又往往互为纠葛,你中有我,我中有你。当官的就得知道访贫问苦,特别是执法执纪的官儿,得了解老百姓的疾苦;而百姓的疾苦恰能折射出官员的好坏,微服私访是很有必要的。这就是包拯,不但敢于做事,还擅于做事。

还有一个殿的匾额是"白简凝霜",解说员讲就是直言进谏的意思,这完全符合包拯的性格。两侧的对联是篆体字,认不得,解说员讲了也没能记下来,倒是拍了照片请教了篆刻专家贾老师,才知道那是大篆体,上联是"欲奉箴铭上三疏",下联是"思除弊政陈七章",其中大篆体"七"字写法为"十",对篆体一知半解的人通常会读成"陈十章"。这上下联内容也恰如包拯的所为。

当然,还有"峭直清廉,峭直传今古,清廉著史乘""公正廉明,正气塞乾坤事属公私须有别,丹心昭日月人归善恶自分明",还有"正大光明""执法如山""色正芒寒",等等,这些,都是对包拯一生的真实写照。

这就是我所初识的包公祠,这就是深入人心的包拯包大人。用祠内牌匾上的"德昭古今"来评价包拯,是恰如其分的。他影响和激励后人——坚守法纪,伸张正义。现在讲"守正",不管到什么时候,世界都需要包拯那样守正。正像一进包公祠映入眼帘的那副对联："春秋有序人民不亏时彦，宇宙无极伟业尚待后贤。"

"偷"游翰园

有朋友推荐说，开封有几处园子是不错的，比如龙亭、天波杨府、大宋武侠城等，当然还有清明上河园，还强调喜欢书法的可以到翰园碑林看看。我记在了心里，总想找机会去。机会总是会有的，这不，趁老婆孩子小憩之机，偷了点时间游了一圈翰园，也不枉我喜爱书法一场。

从包公祠出来已是正午，时间关系，这么多园子不可能都去，只能选一两个。经和妻女商量，最后选择了游清明上河园。随后在网上订了票，而且是白天晚上的联票。清明上河园每天晚上都有一场实景演出，据说值得一看。现在好多景点都有这样的实景演出，且多在晚上，尽管目的是吸引游客，多赚点门票钱，但事实上也起到了宣传当地文化的功效，还拉动了就业——参演者都是当地群众，白天该干吗干吗，晚上客串一把角色，过把戏瘾，还能增加点收入，乐而为之。

我向来是听人劝吃饱饭的，上网毫不犹豫买了联票，准备下午进园，晚上看完演出才出园。如意算盘打得好好的——从包公祠出来再到清明上河园，时间安排刚刚好，刚刚好才是真的好。

在去清明上河园的路上，正好路过翰园。从后视镜里看到两个女儿都已入睡，妻子业已迷迷糊糊。恰好路旁边有辆车要开走，便顺势填了个空——也不确定是不是停车位，大家都这样停；我也从众了，好在旅游城市都有这个胸怀，不会轻易罚款。之后到达的正定县城更是如此，干脆路边画了停车线，而且没人看管，也没人收费，甚至所有景区的停车场也都是免费停放，说是要打造一个开放的正定。这就叫胸怀，海纳百川有容乃大的气魄。有了这样的胸怀，才有了高质量发展的基础。所以这个假期走了三个古城，尤其对正定印象最佳——落落大方，干净大气，有种没玩够的感觉，有种再来的冲动。

"偷"游翰园，我领略了碑林风采。翰园居于龙亭湖西畔，占地约一百二十亩，要说对于公园来说，这园子并不算大，但要比起包公祠那可大得多了去了，包公祠加上包公湖也不过是它的一个零头。但景点不在大小，去包公祠参观的人远比来翰园碑林参观的人要多得多；包公祠可以说是人头攒动摩肩接踵，而偌大的翰园一圈游下来只见了零零散散的十几个游客；特别是欣赏那三千七百余块书画碑刻的更是寥寥无几，也不过是走马观花匆匆而过。我注意到那些碑文囊括古今，从远古刻在岩石上的文字——说是"符号"更为恰当，到后来刻在甲骨上的、刻在鼎上的、刻在竹简上的，一直到写在绢上的、纸上的；字体也从识不得的符号，演化到甲骨文、金文，再到大篆小篆、汉隶魏碑，一直到如今人们常用的楷书、行书和草书；原作者也从不知名的古人，到小篆创造人李斯、汉隶名家蔡邕，再到楷书鼻祖钟繇、行草大家二王，当然也少不了欧阳询、褚遂良、颜真卿、柳公权，还有黄庭坚、米芾、苏轼、赵孟頫、董其昌，一直到近现代的翁同龢、康有为、启功，还有刚刚仙逝的欧阳中石，以及一些记不住名字的当代书法家，展现给人们的是整个中国汉字几千年的演化史，虽然碑文多是当代人仿制，有些还与原作略有差池，但这丝毫不影响它的气势——雄伟壮丽、撼人心魄。

更让人心动的是，创建这座碑林的竟然是一位愚公式的人物——李公涛。正是这位李先生倾其所有，广征天下墨宝，带领全家投身碑林创建，数十年如一日，历经艰辛，终成正果。更为可敬的是，李先生还为此立下家训。我看到在李先生塑像的石座上，正楷繁体字刻着他立下的家训："为继承发扬祖国传统文化，振兴民族精神，誓在一朝古都开封兴建一座与西安、曲阜碑林相媲美的具有旅游价值的碑林，把现代书法精粹流传后世，以愚公精神世世代代刻碑不止。我倒下由弟弟与子孙接着干，只许投入，不许索取，迎难而上，百折不回，直至碑林建成无偿交给国家为止。碑林有了收入，李家子孙不能从碑林谋取一分钱利益。特作家训，镌刻于石，嘱儿孙共遵之。"

仰望这位被誉为当代文化愚公的李先生的塑像，崇敬之意油然而起。这位老人，看上去与常人并没有什么两样，只是眉宇间透出的坚毅，能让人感知到他做事的执着与坚持。而成功最需要的就是这份执着和坚持。

李先生的塑像并不是很高，给我的感觉却是参天一般。

潜游清明上河园

一

清明上河园，自然也是现代人修建的了。目的也无非是提振旅游之士气，拉动经济。不过这园的名字起得好，一下就抓住了人们的心，好奇的人们都想去看看现实版的清明上河图是个啥样子。但说句实在的，跟清明上河图真的不是一个版本，也不是一个画风。

可话又说回来，时事变迁，一千年过去了，所有的一切都在变化，到哪里再去寻那大宋风景？更何况，清明上河图表现的是东京汴梁城的长景全图，那是何等的气魄，一个区区占地六百亩的园子又怎能替代？替代不了是理所当然的，但从游园的角度来讲，还是不错的。和大家一样，我也觉得来开封还是得到这清明上河园走走看看，聚个人气，凑个热闹，不然，你就体会不到如今的开封城古老与现代的交融了。

到达清明上河园已近下午四点。一般公园，这个点儿应该是游人见少了，可这园子根本没有见少的迹象，依然入多出少，好像大戏还没上演。园门外的马路两侧停满了车，我们的车子开出很远，才找到停车的地方，竟也不是标准的停车位，但好在也有管理收费人员，让你放心不会被贴罚单。散园时我一个人跑去开车，顺便用keep测量了一下距离，足足有一千两百米，而且我的车停的还不是最远的——足见这园子的热闹了吧！就这，园子里的一位船工还跟我们抱怨人太少，说：今年游人少多了，每天也就三四万人，往年的十一假期每天都得七八万，那才叫个热闹呢。天啊，就当下的游客量我都觉着跟逛庙会似的人挤人了，有些地段根本没法自由活动，只能随波逐流。每到这种地段，我都是紧紧地抱着孩子，生怕被踩踏，逃似的躲到人稍微少点的地方。这要再多一倍那得是个什么光景，莫非连"逃似的躲"也无法施展了吗？倘若真是那样，这园子游得也就没啥滋味了。

二

一进园，便闻听不远处炮声隆隆，杀声震天，不一会儿竟还有烟雾升腾。我们随着游客寻觅这声音和烟雾的所在。来之前就听朋友说园子里除了有压轴的"大宋—东京梦华"实景演出之外，还有许多历史情景再现的演出。关注了园子的公众号发现，这样的演出竟然足足有二十七场，而且有些还是循环演出，什么"包公迎宾""宋庭梦乐""王员外招婿""岳飞枪挑小梁王""燕青打擂"等。这炮声隆隆莫不是公众号里介绍的"大宋—东京保卫战"？时间是对的，每天下午四点三十五分开始演出，而且只演这一场。赶紧去吧，我们朝着炮声方向赶去。

前面的炮声紧，我们的步子也挺急，可终究没赶上它演出的速度。在即将到达演出场地之际，炮声喊声骤停，演出结束了。紧接着就见黑压压的人潮向外拥出，那真叫一个人多呀！惊得我一把抱起小女儿，喊上妻子和大女儿转身向回走，但还是被卷入人潮，几经周折才脱离人海。我们毫不犹豫地租了景区的一叶扁舟划向了水面，似乎只有水面上才能远离拥挤。就是这个船工师傅，除了告诉我们"今年十一游客少多了"之外，还把小船划到了刚才的"战场"，大宋汴梁城门前。却原来这是一座水门，有点像《水浒传》讲的浪里白条夜闯方腊水门的场景，易守难攻，一副只能智取不能硬来的架势，难怪金兵攻不下城。可"攻不下"当然也是暂时的，经济文化繁荣发达却又老是挨揍的北宋，到底还是抵挡不住金兵的强势，到底还是得受那靖康之耻。都说大宋是我们几个封建王朝老百姓最富足的一个朝代，动不动就割几斤肉，喝几碗酒，文化更是繁华到了极致。可这些又能怎样？就像清朝晚期，GDP 在世界遥遥领先，又能怎样？如果肌肉不发达，挨打是迟早的事；而且越是肥胖越是容易被宰，因为列强总是要吃肉的。

虽然没看到"保卫战"实景演出，却看到了战后的狼藉，嗅到了一股子硝烟味。而这股子硝烟味似乎在警醒我们,只有把肌肉练好了,练就百毒不侵之身,才不会被欺负,也才有资格震慑鬼魅,保一世康宁,保世界和平。

看到刚才看完演出拥出来的人们,又大多向西侧拥去。下了小船,我们也往这个方向移动。远远地便望见那里人头攒动,又是一个人山人海。我们站在人海岸,翘首以观,才发现这是一个被围起来的场地,比篮球场大些,只留了一个木栅栏门供游客进出,而这门前也早已挤满了人,已然把门围了个里三层外三层密不透风。站在稍高处透过栅栏门向里望去,西侧是坐满人的看台,观众密密麻麻地坐着;看台正对着的是一片空地,地面都是松软的黄土;北侧正中有个台子,像戏台,又像检阅台;台前立着十几匹骏马,膘肥体壮,有红色的,黑色的,还有一匹是白色的;那地面松软的黄土想必是被这些马踏出来的——土越是松软越是能够保护马蹄,可以少换几次马掌。收回目光细看这木栅栏门上的字迹,原来是"岳飞枪挑小梁王"的实景演出地。我查了查公众号看演出时间,离演出还有足足一个小时,不仅看台上人满为患,门前都已经人挤人了,咋看?根本没法看。再说了,站在这儿苦苦等上一个小时,就为看几个人骑着马拿着刀枪棍棒比画几下不值,还是看别的去吧!后来在网上搜了一下,里面实景演出的视频都有,还就数这"岳飞枪挑小梁王"热闹。

说到底,当时就是嫌人多,实在也是不得已,反说人家看得不值,我这酸葡萄心理展露无遗了。

三

园子里的演出很多,但除了"大宋—东京梦华"是凭票入场看的，其他都是免费。因为免费，所以游客也就一股脑地挤着看，并没有太多的秩序，成了擅挤者优先。因此带着娃的，也就很少能身临其境观看，有的是听听声儿，有的是看看影儿。有一个观众并不太多，好不容易让大闺女挤进去看了一眼，却是个"斗鸡"表演。就这，我和妻子、二女儿也只能站在圈外听听音。二女儿看到姐姐挤进去了，有些着急，我便弯腰让她骑在我的脖子上，然后踮起脚让她也看看里面；可我一会儿便承受不住，又哄骗女儿下了脖颈，没办法，体力有限不能硬撑，虽然是亲闺女，我也得量力而行。大女儿看了一会儿又挤了出来，说没意思，两个大男人一人抓一公鸡，瞎白话半天也不放开斗，还让人们押宝，猜哪只鸡能够先把对方驱赶下斗鸡台。又说，还真有不少人起押，倒也不多押，每注十元，每人最多十注。我逗女儿："你挤出来是管我要钱的？"女儿摇着头说："我才不想押呢，没意思。"女儿对押宝没兴趣是件很好的事，长大了也断不是个投机取巧之辈。

女儿对斗鸡，特别是对斗鸡场的押宝，不感兴趣，回来却写了一篇关于斗鸡的作文，叫作《我眼中的斗鸡》，基本把事情经过叙述了一遍，结尾处问我应该怎么写。我随口道："人类总是有些自私，总是把快乐建立在别的生命的痛苦之上。"女儿说："开始看得很高兴，但后来又感觉很无聊。"我说："这就对了，所谓斗鸡就是一种喜欢打架的公鸡，有斗的天性，见了同类总不免一场恶战，但不过是两败俱伤，互相啄咬个血肉模糊。而人以此为乐，确实很无聊。"女儿心领神会的样子，点了点头，于是，她的这篇作文有了些许升华。

我忽然想起女儿爱踩蚂蚁的事情，见机对她讲："无端剥夺蚂蚁的生命既无聊又残酷。"女儿一愣,怔怔地看着我,嘴里辩解道:"它们有次趁我跳舞时钻进我放在门口的鞋子里,害得我折腾了老半天,我很生气,所以才踩它们的。"哦,我想起来了,一次在一个位于平房的舞蹈培训机构上课时,她把鞋子脱下来放在门口,等上完课换鞋时发现门口的鞋子里无数只蚂蚁,黑压压的。记得当时我还帮她收拾了半天,但她最终没敢穿那双鞋,穿着舞蹈鞋上车回了家。我说怎么老是踩蚂蚁呢,这下终于找到根源了。我正告她:"怪不得你总是踩蚂蚁,弄得妹妹也跟你学,原来是记上仇了。可这样的处罚有点重呀!那么多无辜的小生命被你虐杀。"见女儿似乎有些触动,我又乘胜追击:"蚂蚁是最喜欢甜的香的东西的,或许你的鞋上沾了蜂蜜,也或许你出的脚汗是香的,才引来了蚂蚁,不是蚂蚁的错,要怪只能怪你的脚太香了。"

女儿被我逗得咯咯笑,还顺手拿起一本书做欲打状,但我坚信:女儿从此定不再虐杀蚂蚁。

其实,园子里的斗鸡谈不上"虐"。毕竟只是为了再现大宋市井,斗鸡只是个幌子,目的还是凑个热闹,烘托个气氛。想必那鸡也早已悟懂了主人的心思,象征性咯咯咯地叫几下,啪啪啪地跳几下,然后其中一只卖个破绽飞下台,了事。

四

园子里除了好看的好玩的,当然也少不了好吃的。

仿宋式的街道两侧有许多商贩,露天摆着摊位,想必是经过批准了的。他们大摇大摆地大声叫卖,全不见首鼠两端东张西望意欲逃跑状。那货架都是老样式的,商贩也一袭宋代服饰,至少表面的一层是宋式。这些露天小商贩售卖的多以小吃为主,花样也多，如果你去过大栅栏、夫子庙、宽窄巷子等，就能想象出这里的小吃是啥样子了。天南海北大同小异，只是这里的小吃往往被冠以"大宋"招牌。

而这些零敲碎打的小摊贩用大宋招牌用得还不是最淋漓尽致的，有一条街干脆名曰"大宋食坊"，那用得才叫一个炉火纯青。先是店铺名极力地想跟大宋沾上边，什么寇大人包大人欧阳大人，什么杨家将岳家军梁山好汉，管他历史事实还是民间演义，只要人们认定是大宋的，又耳熟能详的，在这条街上基本都能看到影子。什么武大郎的炊饼店，孙二娘的包子铺，就连烧火的丫头杨排风也来凑趣开了店……联想丰富的开封人还发明了几样套餐，放在公众号上叫卖，一不小心还弄成了网红套餐，什么"长高高（武大郎）套餐""变白白（包大人）套餐""享瘦瘦（梁山好汉）套餐""美滋滋（皇帝）套餐""甜蜜蜜（贵妃）套餐"……真是只有你想不到的，没有他做不到的。套餐里无外乎桶子鸡、黄焖鱼、驴肉汤、羊肉汤、擀面皮之类，但扣上这套餐名讳就大不一样了，充分说明吃也是一种文化；有文化、有故事才吃着有意思，人们并不在乎是原版，还是后编。

当然，说到底这些还只是个噱头，真正吸引人的还是开封有名的各种风味小吃：无盐饺子、羊肉烩馍、烧饼、油茶、豆沫、胡辣汤，一定也少不了进园之前已经品尝过了的灌汤小笼包；另外还有当下比较流行的杏仁茶、花生糕之类。

值得一提的是开封的凉粉，那叫一个讲究。据说是用红薯粉或绿豆粉做成，切成薄片，加入豆酱和辣椒，然后炒至发黄，也就是焦而不糊，方为正宗，很值得一吃。广告说："不吃开封的炒凉粉，就等于没来开封。"经不住这诱惑，就来一碗尝尝。味道果然好极了,开封没白来。

这里一天到晚游人如织座无虚席的样子,弄得这东京食坊真成了北宋的夜市,好不热闹,也完全应了《东京梦华录》所记载夜市的样子——夜市直至三更尽,才五更又复开张。如耍闹去处,通宵不绝。还有人解读《清明上河图》,说北宋就有共享单驴、外卖小哥,而随着社会的发展,我们不仅是延续,更是发扬光大了。如果纵看历史,也可以看作一幅《清明上河图》,河水流淌上下五千年。而我们所处的,或许不是最高点,但或许是最祥和的。毕竟七十年的太平时代,在我们的历史上是没有过的。

游人如织,恍若置身东京汴梁,不知不觉,成了张择端画笔的一抹,也成了《清明上河图》里的一个人物,或大,或小。

五

整个清明上河园游下来,印象最深的还数最后那场演出——"大宋—东京梦华"了。而看完这场演出,我的感觉用"梦幻"一词来形容应该是最恰当的了。

十一假日期间,每天晚上都有三场演出,我们买的是晚上最后一场,十点才开演,九点半开始检票入场。我们在虹桥外长廊里早早地候着。入夜后的园子更加亮丽,那串串红灯笼把个虹桥红得通透,又映在静静的水面,形成一个巨大的椭圆形,像是张口在笑——笑迎天下宾客,如梦如幻,意犹未尽。

进入演出场时,看台上已经坐满了人。灯光并不是很亮,反让夜色更显透彻。虽已是深夜,但人们依然兴致盎然。千呼万唤始出来,一束粉红的光彩划破夜空,射出一个巨大的莲花开在水面,由远及近慢慢浮来。莲花绽放,花蕊处竟是十数个舞者——

也或者有更多，轻摆衣袖，曼妙身姿，宛若花仙子。那绽放的莲花源自灯光的变化，也随之变幻着色彩，忽而粉红，忽而淡紫；忽而清雅，忽而红艳。慢悠悠，飘乎乎，吸引着人们的视线，来到水面的中央。我看那舞者像是被风吹拂了的莲蕊，婀娜多姿。继而又移向右侧——一个城楼瞬间燃起了灯火，映红了整个夜空。这朵莲花则静静地开在那里，直到演出最后谢幕时分。

我想起了那船工师傅说，他白天渡船带游客，夜晚还要参加演出，划着船从开始一直到演出结束。那莲花正是由数个船工隐身在花内，不断摇动着木桨，才使莲花如此美轮美奂。在那些曼妙舞者的后面，是默默划桨的船工。做任何事情都是一样，总是有台前和台后，台前的光鲜，都需要台后默默支撑；成功的背后总是会有许多艰难的付出，成功的光环，都需要艰辛和汗水织就。

这才是演出的一个小序幕，接下来的演出愈加精彩。整个演出充分运用现代光影技术，虚虚实实，真真假假，把个《清明上河图》《东京梦华录》演绎得淋漓尽致、惟妙惟肖；还运用《虞美人》《醉东风》《蝶恋花》《满江红》等已经融入人们血液的宋代名词，设计了六幕四个场景，或婉约悠扬，或气势磅礴，或情意绵长，或悲歌铁马。其间，少不了包拯、岳飞、穆桂英等慷慨激昂之士，也少不了王安石、范仲淹、司马光等文人士大夫，更少不了苏轼、柳永、李清照的绝世佳词。当然，也有那宋天子，也有那万国来贺，也有那盛世清平……通过光电声影的巧妙设计，以及七百多名演员出神入化的表演，展示给人们的就是一幅鼎盛北宋的印象画卷，也把观众的心带到了一千年前，让观众的情绪随着剧情的起伏而跌宕，恍若梦回大宋。

我对这场梦幻样的演出做不出太多的描写，只能说个大概，就像太精彩的演讲会让人叹为观止，现实总是比语言更精彩。由此我可以说，你去了开封还是要到清明上河园走走看看；如果又恰好赶在"大宋—东京梦华"的演出档期，我还是建议去看看，相信你会感触更深。

勇爬铁塔

一

之所以叫"勇爬铁塔"，是因为我们在完全不知个中艰难的状况下爬上去的，是"无知者无畏"的"勇"。

前面说过的，现如今开封城的绝大部分景点是后建的，真正的古迹大多在地下十三米的地方，这都是黄河六次决口闹的。大自然就是这么威风，人类在大自然面前到底还是渺小的，只能顺应自然，顺势而为，而不能逆势而动。这方面我们老祖宗早就教导过的，现在我们讲"人与自然的和谐共生"。听说如今露在地面上的也就那么两三处了，有说两处，有说三处，好像有铁塔，有禹王台。房东也对此介绍的不是太详细，网上也是说法不一。但这些都不重要，重要的是来趟开封不容易，怎么也得一睹真正古迹的芳容。于是在即将离开开封的那天上午，我们把游览目标锁定在了"铁塔"。

为了游得更加充分，我头天晚上先在网上做了功课，了解了这铁塔的前世今生。这铁塔的前世原是座木塔，大概始建于太平兴国七年，应该就是982年，说是宋太宗用来供奉吴越国进贡的阿育王佛舍利而建的。到了皇佑元年，也就是1049年，又在原址重建了这座铁塔。说是铁塔，其实并非铁铸，而是表层使用的琉璃砖，遍体通彻为褐色，看上去如同铁铸一般，后来人们就习惯称其为铁塔，反倒淡化了它的真名实姓——开宝寺塔。

铁塔从建至今算起来已经有九百七十一年的历史了。千年历练，看尽人间冷暖，经历了大大小小地震四十多次，还有十八次的风灾，十次的冰雹，十七次的雨患，六次黄河水患……可以说是饱经沧桑，但终未伤筋骨。但在1938年，日本鬼子竟向铁塔伸出了罪恶之手，弹如雨点，使得塔体特别是北侧遍体鳞伤，甚至在八九层之间还被打穿了外壁，造成两个两米大的洞，那应该是小鬼子用炮打的。一个敢向千年佛塔开炮的军队，是一支无药可救的军队，是一支难逃失败的军队，而事实也是如此。

铁塔，经历近千年自然洗礼和小鬼子破坏，又数度重修添葺，而今依然屹立在开封，护佑一方。巍巍的铁塔，承载着民族的不屈精神。

当年开宝寺应该是建在山丘上的。特别是铁塔，更是要建在最高处。也幸亏是建在最高处，才给后人留下这宝贵的古迹。现在的铁塔底座已经和地面齐平，这么看来，近千年前的开宝寺所处山丘比当时的开封主城区高出十数米。整个古开封山峦起伏并不大，建在如此地带的城市才飘逸秀美。难怪张择端能画出不朽的《清明上河图》，艺术源于生活。和铁塔一样，如今开封仅存的几处古迹，当初也应该是建在山丘之上的，否则，也只能沦落为地下文物了。

千年铁塔巍然屹立，只是当初的开宝寺早不见了踪影。新中国成立不久，当地政府便以此塔为基础，兴建了铁塔公园。如今的铁塔公园既是旅游景区，也是当地居民休闲娱乐的好去处。

二

上午九时许,我们从住处出发导航直奔铁塔公园。但走到离铁塔尚有一公里多的地方,遇上了交通管制。后来才发现,其实那交通管制是穿得像交警的大宋武侠城的保安所为。人家在大宋武侠城的西侧设置了路障,愣说是管制不能通过。我们这些外地人,不想也不敢惹事儿,只能任其摆布。我跟人家说去铁塔公园,人家用一口地道的河南开封话告诉我:"咦,很近。"按人家的指示把车停在了停车场,又按着人家的指示徒步向铁塔公园走去,然而这一徒步,就是一公里多。

铁塔公园门前停车场的车并不多,至少还有一些空余车位,完全看不到清明上河园排队停车的场景,看来游客还多是喜欢凑热闹的。从郑州专程赶来的战友——当初我担任连队指导员时的张排长、刘班长,还有通信员小楚,有的还带着家属孩子,一个加强班的队伍早已等在了公园门口。他们说指导员是第一次来河南玩不让安排也不让陪,这样太生分,都不像战友了,无论如何也得陪这次行程的最后半天。我说小楚怎么一大早就问我今天的安排,原来是有"预谋"啊!他们的到来,让我的心情瞬间大好,徒步一公里多的遭遇也变成愉快的健步了。

进了公园,我们直奔铁塔。远远地便已看到了塔的雄姿,果然名不虚传,巍峨挺拔。等略微离近一看,真个是铁红一柱,如果不是提前做了功课,真的会以为这塔就是铁铸的。当能触摸到塔时,便能看清楚八角柱形的塔是由铁红色的琉璃包裹了的。那琉璃砖上面还刻有各种图案,有莲花、牡丹,有降龙、麒麟,有飞天、伎乐,还有一些说不上名称的花纹;当然更多的还是佛像,有坐佛，有罗汉，有菩萨，自下而上，通体遍布。而据说，这塔体内部结构更是精妙绝伦，说是由许多形状各异又大小不一的"结构砖"组成，有榫，有眼，相互咬合、镶嵌、装配在一起，这就是一个砖块版的"榫卯结构"，想必那精密程度并不亚于嫦娥5号，所以才使得这铁塔犹如铁铸一般坚固。

近一千年过去了，经历那么多风吹雨打，这铁塔不仅屹立巍然，就连嵌于塔身的琉璃砖也依然光彩耀目，那上面的图案尤其栩栩如生、活灵活现。看到铁塔，便很自然地联想起北宋人的勤劳智慧和高超的建筑水平。我们这个民族从来就不缺少智慧。仰视铁塔肃然起敬，为这个民族，也为先贤的智慧；仰视铁塔万般自豪，为自己是这个民族的一分子而由衷骄傲。

三

铁塔是可以进去的，难能可贵。更难能可贵的是——现在还向游客开放，允许让游客进塔参观，只是限流一次只能三五人。记得小时候随父亲去过一趟景州塔（冀东素有"沧州狮子景州塔，东光县的铁菩萨"一说），那塔也是空心的，但设置了护栏，不让人随便上去。今天还能登上铁塔，着实让我兴奋。我们毫不犹豫地买了登塔票，几分钟过后，前面一拨游客从塔里出来，便轮上我们登塔了。

真个不登不知道，一登吓一跳。

这塔里面又窄又陡。那楼梯窄得只容单人通过。如果上下两个人赶在一块了，就必须一个人先缩在拐角窗口处等一下，否则上下两个人（还不能是胖子）都得各自贴墙才能错开身。那陡更是刺激，特别是首层第一段台阶，说直上直下那是夸张，但要说七十度的坡度是绝对不离谱的。就这一段台阶,上去时我是两只脚加一只手一步一挪的,因为另一只手还得抱着两岁多的小闺女;下来时更是小心翼翼亦步亦趋,那才叫一个"上山容易下山难"。为啥要抱着孩子登塔,连我自己也觉得奇怪,归根结底还是对塔里艰难的境况全然不知闹的。要知道里面如此窄和陡,说啥也不能抱着孩子上呀!好在,小楚战友勇挑重担,虽业已过不惑之年,但担当精神不减当年,替我抱着孩子爬了大半。否则我还不知要累成啥样,关键时刻还是得靠战友。就这样,回来一周了大腿的肌肉依然隐隐酸痛。

既来之,则安之。十三层的塔一口气爬上去,再爬下来。用"爬"这个字来形容是最贴切不过了,因为常常要四肢并用。尽管中间有打退堂鼓的念头,但终究还是坚持爬到了最高处。最高处的墙壁上镶有一尊坐佛石像,石像下面放了一些供品,也许是景区安排,也许是游客自发。供品的前面还放置了一个蒲团,或许是方便信众跪拜,或许最初就是为了僧人打坐。这些都不重要,重要的是你见到这个场景,心情立刻庄重起来,爬塔过程中的嬉戏说笑便跑得无影无踪。

四

出了铁塔发现旁边有个木制的宣传牌,上面刻了有关铁塔的传说,说得很神奇,也很好玩,不妨摘录给大家,权当一乐:

> 古时候,开封城东北角的夷山之上有一个井口大的泉眼,据说与大海相通,人称"海眼",每天不停地往外冒水,而且淌出来的水十分混浊,又咸又涩。城里本

来就地势低洼，加上污水横流，可把老百姓坑苦了。

正当百姓一筹莫展之时，古城上空忽然响起"造塔！造塔……"的喊声。人们奔走相告："对呀！只有造塔才能镇住海眼！"可是，造一座什么样的塔，谁也说不清楚。忽见一位须发皆白、红光满面的老人，手中托着一座雕工精细、玲珑剔透的宝塔缓缓走来。

"你们要造宝塔镇海眼，为民除害！"

"对呀！老人家。"

"有志气！这个宝塔就送给你们吧！"说着老人就乐呵呵地放下宝塔，飘然而去了。

大家仔细端详着这座小塔，见其结构奇巧严谨，造型精美华丽，实属世间罕见。人们这才恍然大悟：原来是仙师鲁班来点化我们，赐给我们宝塔啊！众人遂向空中遥拜。

工匠们按照这座小塔的样式，历经千辛万苦终于建成一座雄伟挺拔、华美绝伦的琉璃宝塔，镇住了海眼。自此开封城再无水患。这座塔便闻名中外，被誉为"天下第一塔"。

好个美丽又神奇的传说。人们都知道这是神话传说，但世世代代依然传颂。越是神奇，越是珍贵。这也是从另外一个角度，印证了我们先人高超的建筑水平。我又想起了关于景州塔的传说。那座塔是北魏时期建的，有一千五百多年了，历史更悠久。景州塔也是十三层，但比开封铁塔还要高一些。它的最顶端嵌着一个巨型铜质葫芦，传说是八仙里的铁拐李云游路过时把自己的葫芦幻化后放上面的。我想也只有借助神仙传说了，否则人们是无法理解一千五百多年前的古人怎么把那么大的铜葫芦提拉上去的。可话又说回来，现代人对古人的作为，有许多是望洋兴叹、望尘莫及的。究其原因，我看，有些是技能失传了，也有些是"精神"流失了；当然还有另外一个层面的原因，那就是专注点不一样了，努力的方向不一样了。

不管怎样，爬铁塔是一次难得的体验，也是这次旅行最难忘的记忆。

五

从铁塔公园出来，已近中午，我们还想着返程路过殷墟去看看，便提议跟战友就此话别。但战友个个不愿意，说怎么着也得吃了中午饭再回。推辞不过，更是怕冷了战友的心。于是客随主便，结果又去了黄记包子店，所不同的这次去的是总店。总店的生意比起分店更是火爆，虽然还没到正点，大厅里已座无虚席，幸好恰有个包间刚腾出来，应了那句"来得早不如来得巧"，也算是开封对我们战友的厚爱了。包子的种类与分店别无二致，好吃的程度也不相上下。都是一个老板开的，厨师也是一个师父教的。

其实，和战友相聚吃什么并不重要，就冲战友专门从郑州跑来开封陪我这半日行程，这份情谊像铁塔一样牢固，足让我这次河南之行画上一个完满句号了。

至此，首次开封二日游算是告一段落了。离开开封时，停车场收费的大爷问我们在开封玩得怎么样。我说挺好。他像是抱怨又像是自嘲地说，"开封现在已经混成四线城市了"。我说不是的，开封还是一个不错的旅游城市。我跟他这样说，也并不只为了安慰他，也确实觉得开封还是很有自己特色的一个城市。我想，他之所以说自己的城市是四线城市，或许是因为开封从新中国成立初期的省会，变成了如今的地级市；或许是觉得开封的楼不够高，车不够多……但这又有什么关系呢？开封至少保留了它自己的模样，对于当今千篇一律的新城模式，已经难能可贵；而且，一个城市规模的大小以及所谓现代化进程的快慢，也并不是最重要的，只要人们觉得幸福，这个城市就是"一线"。

爱上正定

故友相逢

去正定是在离开开封时才做的决定。原本是想从开封去殷墟看看的，但时间已不赶趟，到那儿人家也下班了。我们又不打算一口气开回北京，总是要在中途休整一晚才好。于是，想来想去就选中了正定，不承想，这一选是选对了，正定县城虽不大，但颇值得一观。

来正定还有一个考虑，这里有我想见的老朋友，而且是两位。一位是数年未见的、在军校读书时的挚友，因为他姓唐，又是在人武部政委的位置上退下来的，别人都叫他唐政委，但我还是习惯叫他老唐；一位是文化战线的影视制片人，当年曾把我尚未结稿的长篇纪实文学《哑女画家》拿去拍成了电影《聆听寂静》，但未署名我为原著，而是稀里糊涂让当了一回策划人，你质问他，他会呵呵一笑，"你不是还没出版嘛"。听起来这人有点不地道，但除了有时有点贼，其他也没什么不好，于是朋友还是一直做下来的。因为他在做制片人之前是位中学的老师,所以一般情况下会称其为赵导,有时也会叫他赵老师。

老唐和赵导都是我认识多年的朋友。特别是老唐,我想见的欲望更强烈些,于是在决定了来正定的那一刻,便向老唐做了汇报。其实他并不在正定居住,而是在石家庄市区,但我就想见他,又不想住在石家庄,也只好劳老唐来正定与我会合。好在正定和石家庄已然连成了一片,距离上也不算太远。至于赵导,他是地地道道的正定人,只要他在正定便一定会见到的。我是到了正定和老唐共进消夜时才打电话给赵导的,这是正宗的提溜,不是好朋友一般不好这样的。好在赵导全不会怪罪于我,而且还一大早跑来宾馆接上我,带我们把个正定代表性的古迹转了一个遍,还去参观老唐刚刚打造完工的石家庄革命军事纪念馆——新兴的国防教育基地。

在家靠父母,出门靠朋友。这话一点儿都不差。正定这一行的收获,都得益于这俩故友作向导。我也一直觉得,到一个地区游玩最好是能顺道会会朋友,自然风景自然要看,但会朋友又何尝不是一道亮丽的风景?这也不是我一个人的观点,有位书法家朋友也常常这样提起,他甚至从未到没有朋友的地方去旅行过。对他的想法做法,我还是颇为赞同的。这也是我不想出国玩的真实原因,不单是因为到了国外语言不通(本人英语水平极差),更主要的还是认生——没有朋友。

在我看来,没有朋友相会的旅行,景致再好也只是景致!

老唐比我年长两岁,但说句实在话,岁月的痕迹在他的身上过于明显了:当年那头乌发已然全是花白;黝黑的肤色变得更加浓郁;脸上竟比上次相见(约五年前)又多了几条褶皱;话语也变得更少；走起路来也愈加沉稳，甚至还有了些弓腰……这让老友相见，在高兴之余又多了些许心酸。虽说岁月是把杀猪刀，可这刀落在老唐身上也是狠了点啊！难怪他女儿跟他开玩笑："爸，你和叔叔像是两代人。"听了他女儿的话，老唐也并不恼怒，依然笑呵呵。

老唐是个做事极为认真的人，有操不完的心，典型的工作狂。这不，人都退下来了，组织一声召唤，又立马披挂上阵，担负起石家庄革命军事纪念馆的筹建工作的重任。据老唐的妻子讲，他头发变白都是这大半年的功劳，整个人都扑在了纪念馆的筹建上。大半年下来，老唐就跟换了个人似的。说着说着，老唐的妻子眼圈就红了。我跟老唐的妻子蔡女士也算是老熟人了，当年在军校读书时他们正恋爱。那时候的小唐同学为了把小蔡追到手，竟然还让我给小蔡写了封信，其实就是让我变着法地表扬军校学员如何如何优秀，拐着弯地吹捧小唐同学如何如何了得。当时我在落款处还给自己起了个别名——北方来客，好像当时有个电影的主角也自称北方来客。时光荏苒，若干年过去了，小唐变成了老唐，小蔡变成了老蔡，我也变成了老崔，但见了面大家还常常提起此事。青春的一个躁动，却成了一生快乐的话题。

老唐妻子、女儿心疼他，那是情理之中的事。但他自己不这么认为，他觉得组织需要他是他的光荣，说明组织信得过他，说明他还有用，说明"廉颇老矣尚能饭"（尽管刚刚半百）。然后，他就一个猛子扎下去了，全身心地投入到了纪念馆的筹建之中。房子是现成的，装修也算不上复杂，但里面的内容可就真心不好找了。先是要设计，什么主题，设几个展区，各自又突出什么，这都需要仔细谋划。既要图文并茂，声电光影齐具，还得有自己的特点，不能千篇一律。上边的要求高，时间紧，没有米也没有面，硬是要你做一桌丰盛的大宴；只一张白纸，硬是想要一幅千里江山卷。

老唐得从"种粮种菜"开始，一点一滴准备。他天南海北跑了不少地方，去类似的场馆取经，还要尽可能地搜集到相关实物。哪儿找去呀，一块地都翻了好几遍了，早没了土豆山药，连花生粒都难得一见了。老唐费了九牛二虎之力，也没寻着几个像样的物件，倒是在国家档案馆复制了许多有关石家庄革命工作的文件、批示什么的。尤其是在八一厂里寻到了一部 20 世纪 50 年代拍的纪录片，花重金复制来，作为镇馆之宝，放在最好的位置，给参观者播放。当然，还制作了不少雕塑、蜡像等，用以烘托气氛，也算是成了些规模，有了些效果。作为青少年国防教育基地，应该初步成形。

老唐对自己的大作颇为得意，如数家珍地介绍，还带着我们参观了一圈。说市里马上要验收，紧接着还有个县委干部培训也要来参观。说赵导是拍电影的，说我老崔也算个文化人，都给提提意见建议，看看还有哪些地方需要改进。其实在"一穷二白"的情况下，不足半年的时间里，而且还是在疫情期间，他能弄成这样已然是出类拔萃了。当然，任何事情都没有十全十美的，都是要在实践中不断改进，不断完善的，况且还是个"新生儿"。出于对朋友的感情，我提了一点儿建议：这个馆的镇馆之宝，除了纪录片（他们觉得是镇馆之宝，而我并不认同），我觉得还有一个，那就是展厅里介绍的一个故事，一个真实而感人的故事——抗日战争时期，平山一个战士叫王家川，在一次战役中牺牲了。消息传到他的家里，他的弟弟王三子日夜兼程徒步四百里赶到部队，说："俺也叫王家川，不仅俺叫王家川，俺与敌人打仗牺牲了，家里还有一个十六岁的弟弟，也叫王家川。俺村还有上百青年，他们都叫王家川。战死一个王家川，又站出一个王家川，王家川是牺牲不完的！""王家川，一个名字三个兄弟""王家川没死"，这种不屈的精神不正是我们民族的脊梁吗？完全可以把这个故事作为重头戏讲给大家听。赵导甚至建议拍成电影，让"王家川"的事迹传遍华夏，让这不屈的精神闪烁光芒。

老唐听得很认真，他有这股子精神，相信纪念馆会越办越好的。老唐说起他筹建纪念馆时如数家珍的样子，还是蛮可爱的，不苟言笑的他竟像个孩子似的把嘴巴咧到耳根子，又像是十月怀胎一朝分娩的幸福和满足，或许当年他老婆给他生女儿时他都没这么乐过。要知道在他筹建馆过程中的困难，甚至是阻力有我们外人想象不到的大，好在他蛮达观，为人刚正不阿，终成大事。

这就是老唐，一个很纯粹的人，一个纯粹的工作狂人。

古城古塔

10月7日一大早，我便在赵导的陪同下走马观花似的逛了正定古城。

因为大女儿上午有一堂网课，妻子和二女儿起得又晚，于是安排她们上午留在酒店，我又一次跑了单。一家人出来玩，跑单是一件不容易的事，也是很难得的事，所以要抓住机会，可劲儿地玩转这正定古城，顺便为妻女打个前站。午饭后我又带上她们基本按原路走了一遍。正定很值得一转，古塔、古寺、古城墙，可都是货真价实的原址原貌，不带她们看一看，这趟旅行是会留下遗憾的。虽说正定离北京不远，高铁时代，也就一顿饭的工夫，但平时不是工作就是学习，来一趟也不容易，尽管我觉得正定是值得再来的，肯定也会再来的，但啥时候能再来真是不好说的。

有了赵导这个免费导游，我对正定的游览便捷了许多。老正定留下来的文物很多，素有"九楼四塔八大寺，二十四座金牌坊"之称，又有"古建艺术宝库"的美誉，赵导说时间关系，我们就拣精华看。

在他的导引下，我先是领略了正定四塔，其中有三个塔是身临其境的，分别是天宁寺的凌霄塔、临济寺的澄灵塔、广惠寺的华塔。而开元寺的须弥塔，不顺路，因为时间关系，只得遥望了。其实，站在城门楼子上，这四座古塔皆尽收眼底。因为正定老城区没有高楼，站在城门楼子上放眼望去，整个古城都在视野里，这四座古塔愈加凸显。估计这也是历任官员都很重视保护古迹古貌，严格控制古城区建筑高度的成果，才成就了今天正定旅游城市的优势，这不能不说是一种远见。

这四座古塔均始建于唐代，千百年来，一直守望于此，护佑苍生。有塔就有寺，佛教在正定曾经很是发达。赵导告诉我，过去的正定大大小小的寺院数不清，而今比较完整保存下来的已经屈指可数了。这里出了不少得道高僧，其中临济寺，是佛教禅宗临济一派的发祥地，也是世界佛教临济宗的祖庭，在日本尤为兴盛。为此，我们在临济寺逗留的时间也是最长的。且在下午我又二次陪着妻女来此。寺院并不大，游人香客也不是很多，有居士不断地清扫落叶，擦拭佛塔前面的龟背石，让整个院一尘不染。有一两个僧人进进出出，步履轻盈而闲淡。进了寺院，没有人大声说话，小孩子也不再恣意乱跑，一切都是那么清静，让你体会到什么是佛门净地。其实早在20世纪90年代初，我曾来过正定，对正定的寺庙有一些认识。那时还在军校读书，毕业前夕的一个周日（那年代只休星期天的），约了几个同学一起到正定游玩，去了才开张不久的荣国府和西游记宫，还去了大佛寺。大佛寺有一尊千手观音像，那是我第一次见到千手观音像，给我留下了极深的印象。小三十年过去了，每每想起，还如在眼前。

这四座古塔中，广惠寺的华塔是最后看的。其他三个都是免费的，只这座是要收费的。赵导还跟人家掰扯了半天，说过去不收费为啥今天就收费了。人家看门人也不多说，反正不买票就是不让进。见我要去买票，赵导又赶紧跑过来跟我抢，嘴里还唠叨着："不在乎多少钱，关键是个理，十一期间外地游客多了就要借机收费，这不是咱正定人干的事。"

广惠寺的华塔名副其实，算得上华丽，也许由此得名。华塔是实心塔，是爬不上去的，不像开封的铁塔。华塔并不高，远没有开封的铁塔高，但那气势丝毫不减。看来塔不在高，有气势则灵。

城门楼子

看过华塔，往南一溜达便是城门楼子了。

城门城墙参观都是免费的，不曾设收费处，更没有卫士把门，游人得以自由自在地进进出出、上上下下。这里应该是古正定的南城门，像是刚刚修缮过，一砖一瓦还透着新鲜。我们相当于由城内向城外参观。站在城下，那高高的城墙让你只得仰视。虽说现代城市人都看惯了高楼大厦，但面对正定的城门楼子，我还是为它的高耸折服。古人耗费人力物力修建如此高大的城墙，断然不是为了炫富耍阔穷嘚瑟，而是为了抵御外患，为了安全和生存。据说眼前的这座城墙抵御了多次外患，赵导给我讲了其中的两次：一次是安史之乱，一次是日本鬼子入侵。巍峨的城墙见证了太多可歌可泣的故事，也为保护这一方百姓立下了不朽的功绩。而今，它成了一座古城的历史符号。

这城门楼子仰望是高耸，登上去看更加别有洞天。有传说中的瓮城，那应该是阻挡敌人进攻的最后一道防线，有时会故意引狼入室，关门打狗，瓮中捉鳖，那战斗场面之惨烈可想而知。而在瓮城的外面还有一层城墙，名曰月城。月城城墙和瓮城城墙中间很窄，且不均匀，呈葫芦状，最窄的地方就像北京的小胡同，或者上海的小弄堂。而要从月城进入瓮城平时是不开正门的，人们进进出出都要绕到东侧一个小一点的门，这一路上都是大块的青石铺地，青石被磨得光滑，那是一代代人走出来的；还有深深的车辙印迹，那是一辆辆马车压出来的。

看到这车辙印迹，就能感受到正定的历史厚重。正定在汉高祖登基之前就有了，开始叫常山，后来又叫过真定，意思是"真正安定"，到了清雍正时才改名为正定。说起正定，人们首先会想到的恐怕就是常山赵子龙了，那是皇叔刘备的五虎上将之一，也是史上著名的常胜将军。但常山赵子龙的形象来自文学作品，传说的成分多了些，而历史上真正存在的，像百岁南越王赵佗、北宋名相范仲淹、一代名医李杲、元曲大家白朴等，都是正定人。当然，近现代出的优秀人物就更多了。然而，这些人物还都比不上家喻户晓的赵云赵子龙的名气。让人不得不感叹文学的力量，一部《三国演义》，演活了多少英雄豪杰，囊括了多少计谋韬略。想想看，什么鹳雀楼、岳阳楼、黄鹤楼，什么滕王阁、蓬莱阁、佛香阁，什么醉翁亭、爱晚亭、陶然亭……哪个不是因为文人骚客的一首诗、一篇文章，或是文人编撰的一个美丽的传说，才得以名扬天下？这就是文学的魔性，文化的强劲。

所有物质，只有上升到文化的高度，才能深入人心、久久不衰。

正定是一个文化底蕴深厚的地方，有着许多可圈可点的景致，期待着文人骚客去发掘提炼，也写出一些关于正定的不朽之作。

正定的城建史也绝对算得上悠长，说至少有一千六百年的历史。汉隋唐宋元不断修葺扩建，城区越来越大，城墙也越来越高。从北魏到清末大概一千五百年里，这里一直是郡、州、路、府的治所，与北京、保定并称为"北方三雄镇"。对于这点，南城门上镶嵌的"三关雄镇"匾额是最好的力证。今天我们所看到的正定古城，应该是明代遗存，简介上说城墙高三丈二尺，上面宽有二丈，一圈下来是二十四华里，这在过去纯农业社会里，应该算是大城邑了。按今天的话来说，至少是个中等城市。

如今我们看到的城墙，是2013年开始原址修复，2017年才开始对外开放的。总的来说是"修旧如旧"，尽可能保留了过去的模样，但也终究掩不去"新"的影子，那砖、那瓦，不管是远看还是近观，都还透着现代的味道。既然横竖掩不去"现代"，聪明的正定人干脆又有意识地赋予了它现代的色彩。这些现代色彩，也不仅是"城门里的城墙博物馆""瓮城里的摄影展"，还有到了晚上才能领略到的华彩，而这些就是现代科技带来的红利。老城墙披上新衣裳，也实现了它的新价值。这里成了当地居民休闲娱乐的好地方，也成了外地游客来正定的打卡之处。为了一睹它的风采，我们特意待到夜幕降临华灯绽放，那照明设计一看就是大手笔，似乎不亚于北京的前门楼子。配合绚丽灯光，还有一场大型演出。这演出是露天免费的，这也是正定的开放和大度——演出人员设备排练啥的都得花钱啊，而且定是不小的花销。演出虽然没有直接收入，但它的影响是厚重深远的。这就是格局，格局有多大，事业就有多大。这也是态度，有了这份态度，相信正定一定会越做越好。只可惜，我们因为要赶回北京，没能等到这场盛宴的开席——留点念想，正定总是会再来的。

这就是 2020 年的十一假期，是一次收获满满的度假，是一次和家人共享阳光的旅行，也是疫情间隙难能可贵的一次放松。这一年一年的，过得真叫一个快，一晃这一年又要过去了。有人开玩笑说，地球似乎调到了快进键，自转的速度好像快了许多。其实，是人的生活节奏变快了，也是科技的发展带来的变化，你看那通信、交通，4G、5G，高速公路，还有高铁、飞机……不都在拉近人们的距离，不都在加快生活的节奏吗？

20 世纪六七十年代出生的那些人，人们的思想似乎都是一样的，至少二十年内成长起来的人还都大体可以称为一个时代的人。而到了 80 年代之后，这更新迭代的可就越来越快了，开始还是十年一代，后来就成了五年一代，再后来进入 21 世纪，两三年就换了代似的，一不留神就会落伍。这世界自打迎来信息时代，就愈加变幻莫测了，可也越来越世界大同了，就连一个小小的病毒也搭上了快车道，借机迅速蔓延，一不留神成了全球人的公敌。地球，真的会变成一个村；人类，总归是要成为一家人的，不管你愿不愿意。说到底，普天之下，率土之滨，要和平相处。

不管怎么样，这一年又要过去了，快也好，慢也罢，该去的总归要去，该来的总归要来。2020，注定是不平常的一年；2021，期待你的阳光。

自驾归来起笔，断断续续地写
完成于2021年1月20日傍晚

恬静的遂宁

遂宁不大，但很美。

穿城而过的涪江，在城市中心形成一片大水域，说是有近十五平方公里，当地人称其为观音湖。湖的中央又依次排列了大小不一的三个鱼形岛屿，从大到小依次为圣平、圣莲和圣鹭，三个岛加起来有五平方公里。

湖心岛天然形成，圣莲和圣平岛上均有原住民。这岛屿若拿出来盖房子，那一定会引得地产商趋之若鹜，也一定会卖个好价钱。有些城市也确实是这样干的。但遂宁别出心裁，把原住民就地拆迁集中安置——一栋栋小别墅似的矮板（也就是令人羡慕的南北通透）替代了原来低矮潮湿的小平房；由此腾剩下来的空地修建成了开放公园和水上乐园，外加一个特色酒店。这就是如今的圣莲岛，有一条隧道与江外相通，市民可以自驾、乘公交、坐摆渡（免费）出入。如今这圣莲岛，成了市民和游客休闲健身娱乐游玩的好去处。

遂宁对圣平的规划则是打造一个百花岛，计划种植满岛的花，让市民一年四季可以赏花，可以穿梭于花海间体验农家生活。从湖的左岸（南方城市多不分南北东西，而是讲前后左右）一处观景台望去，岛上有几台挖掘机和铲车正在劳作。或许不久的将来，这里便是一片姹紫嫣红。圣鹭岛最小，小的没有原住民，遂宁对它的规划则是就让它继续"野"着，但也不是杂乱无章的野，也会有人工护理，意在留住原生态。

这就是我来遂宁第一天的第一印象：遂宁对湖心岛的规划建设，让我耳目一新，足见遂宁人对自然的尊重和对生态的保护。也由此，遂宁更美。

入住遂宁的第二天一大早，我便去了江边的湿地公园。狭长的湿地公园沿着涪江左岸延伸，里面有一条木栈道，蜿蜒曲折。顺流而下走了约两公里，依然没到尽头。栈道两侧的绿植长势甚旺，以芦苇居多，间杂其他一些叫不上名字的树和草。那芦苇长得很高，有两米多的样子。栈道两侧，贴着地皮新割了约有一米五宽的芦苇，特有的清香弥漫在栈道上，走在其间，让我找到了童年的乐趣。记得小时候老家运河支流上也长着茂密的芦苇，每到端午节前母亲总会去采摘芦苇叶回家包粽子。只可惜，从20世纪80年代末到今，再未见那景，也再没吃上母亲用新鲜芦苇叶包的粽子。走不多远，看到栈道的两侧有园艺师正用风火轮似的割草机铲着芦苇和杂草。我有些好奇，工人说如果不把栈道近处的芦苇割了，它的叶子很容易划伤人的皮肤，另外也是为了减少蚊虫对游人的滋扰。

结伴来遂宁出差的范业庶同志一大早也来了这公园，说还顺便"考察"了遂宁的厕所，他每到一地总喜欢去看看厕所和菜市场，因为这两个地方往往最能体现一个城市的文明程度。他说遂宁的厕所是干净的，而且沿江湿地公园里大约五六百米便建有一个，足能满足群众需求。

当地宣传部门一位同志说，他们在城里建了一些"驿站"，分布在闹市区，里面有桌椅、开水、Wi-Fi、微波炉、雨伞等设备和用品，为的是方便环卫工人、出租车司机、外卖小哥等流动从业人员，可以到这里接开水、热热饭、歇个脚、避个雨啥的。这些驿站像是一个个港湾，方便了群众，也提升了这个城市的温度。那位同志说他们还试点建了一些"书坊"。所谓书坊，类似于大学里的图书馆、阅览室，为的是方便和鼓励市民阅读，说已经建了四个，还会再建一些。

修剪栈道两侧的芦苇和杂草，能感受到遂宁对城市管理的精细；得到"认可"的厕所和便民驿站，体现了这个城市"服务群众"的理念；而书坊的设立，又体现了这座城市的管理者对满足市民精神需求的用心。

来遂宁短短两天，我所看到和听到的，或许仅是遂宁城的一个或者几个镜头，但也正是从这一个或几个镜头里，让我感受到了遂宁的美和温暖。

20 世纪 70 年代初，遂宁是第一批成功制作和使用沼气的地区，解决了村民生火做饭照明之难，看来遂宁有为群众办实事的传统。如今，当年的海龙公社已经演变成了海龙凯歌农文旅园区，据说还成了成都、重庆两地市民周末的打卡地，是城里人享受田野和孩子们体验农耕的好去处。

来自北京的挂职干部岳建光同志报到当天便被美丽的涪江所吸引，他在微信朋友圈分享道："因为一条江，爱上一座城。"

遂宁，是一座包容和开放的城市。从晨练市民的面颊上，我看到了他们的滋润、惬意、幸福；而外来或工作或旅游的人，不管是一两日半个月，或一两年，同样开心、舒服、流连忘返，这不能不说是遂宁的魅力。一座城，山好、水好、营商环境好、政治生态好等，都无一例外归根于背后的人好。

相传观音菩萨就出生于遂宁船山区的龙凤镇，而妙氏三姐妹之所以死后被人奉为菩萨，皆因其生前的行善助人。虽然这只是个美丽的传说，却反映了先人对真善美的渴望。我们的政府官员——人民的公仆，若都能做到一心一意为群众办实事、解忧难，毫无疑问也都会成为人们心中的菩萨。

人过留名，雁过留声。为官一任，留下的是美名还是骂名，老百姓说了算。

遂宁很美，像个恬静的江南女子。

2023年5月20日写于北京三里河

夏游三亚

南山寺

这次来南山寺，跟2008年春节第一次来的情景大不一样，尤其是游人，多得像赶庙会。

当年许是刚建成不久的缘故，虽然是春节——旅游最旺季，游人很是稀少，就连游人集中的南海观音像进香处，也没见人头攒动的样子，再加上园子又大，气温又适宜，漫步在园子里着实惬意。而这次就大不一样了，哪儿哪儿都是人，坐游览车要排队，上莲花座要排队，就连买个小吃也要排队。这真是出乎意料，大夏天的太阳直愣愣地照着，游人热情不减，尤其那进香处，你来我往，感觉始终得有一个连的"兵力"。幸好现在不让卖香了，而是免费请，且每人只限三炷，这要跟当年似的，什么求财香、求学香、求寿香，什么全家福、路路通，最走俏的还有高香，常常高得没边（价格自然也高得没谱），这数不尽的善男信女，还不烧他个烈焰腾腾浓烟滚滚？

再一个不一样，就是商业气息的变化。首先是各类店铺的繁多，远远便能感受到，特别是卖遮阳帽子的尤其多，有推个三轮车专门卖帽子的，也有夹带着小纪念品一起卖的，帽子的种类也多得出奇。景区门外的店铺就更多了，一排排的，满眼都是。而进了"不二"法门，两厢店铺多得让我产生错觉——以为到了前门大栅栏。好不容易走到南海观音进香处，终于离店铺远一点清静一下，可再往下一走（必经之路），嚯，比刚才的店铺有过之而无不及——且都是卖"高大上"纪念品的。不过这里面有空调，走累的游人正好歇歇脚。穿过这层店铺继续往南便是通往南海观音的通道，而这通道也与过去有变化，被铁护栏一分为两部分，约五分之三是供徒步游人走的，五分之二则是给小电瓶车预备的。那小电瓶车是专车，是可以载着你满园子跑，不过得多花点钱才可以享用的——又分三种车，四个人以内七百元，五到七人一千元，八到十人一千三百元，一副"有钱能使鬼推磨"的架势。

比起当年那清馨惬意的感受，如今商业气息太浓，让人不舒服。

还有个不一样的地方，巨型观音像底部周围堆了许多"T"形巨石（应该是用水泥和碎石浇筑而成）。上次来没有见到，也或许是没有注意到，那时站在最低处碧波汹涌，一览无余；而这次站在这里是看不到大海的，至少是不能一览无余了。这些人工浇筑的巨石，形状大小基本一样，仿佛是一个模子刻出来的。它们起初是有序排列着的，像抗洪的汉子手拉手立成一排排；而到了后来，也就是最上面的一些便堆得杂乱无章了。石头堆砌得很高，特别是正南侧，已完全挡住了人们的视野。这些石头应该是为了防止海浪对底座的侵蚀，上面还无一例外地刻有"×××敬供",那上面的名字多已斑驳,但仍不失醒目,有与大海同在的豪迈和沧桑感。

南海观音巨像的落成让游人几乎忘了这里还有个南山寺。坐游览车继续向西南方向走,便到更早些年建成的南山寺。南山寺依山望海,着实开阔。站在朱色山门内,透过"护国佑民"照壁看到的是无垠的碧绿,这里才是看海的最佳地点。大海本是蓝色的,可这里看到的分明是碧绿,比"春水碧于蓝"的西湖水略淡些,可确是碧绿。水天也不一色,天是蓝色的,天和水中间隔着一截蒙了雾似的蓝,像是有意把水和天分开。水面很平静,略有些鱼鳞状的波纹,海怎么还能如此平静?让人以为是湖水。大海真有意思,远望是平静的,可一旦走近它,便发现它汹涌得像个怪兽。这里能看到不一样的海,正应了朋友曾经的感慨"寺院是最会找风景的",此话不假。

跟南海观音巨像比起来,来南山寺的游人很少,倒是难得的清静,寺院也本该如此。

从寺里出来,有一茶室,我和妻女找了个露天茶座,喝了杯茶,聊了会儿天;树荫下尽享海风吹拂,把因暴晒、排长龙、拥挤等生出的不悦,吹个无影无踪。

猴 岛

猴岛,即南湾猴岛,地处陵水黎族自治县,从紧邻陵水小天使学校的景区售票处,乘缆车飞跃一海上渔村便是。

猴岛自然是因猴而得名,因为岛上有漫山遍野的猴子。

2013年3月第一次去猴岛,给我的印象尤甚:猴子真叫一个多,一圈走下来,无处不有猴子为伴。猴子伴行无非为了一口吃食,游客都会随身带些吃的,不时地投给猴子。也有猴子上来抢的,有的还敢抢走游客的包,把包里的物件扔得满地都是,任多值钱的东西,一概不入它的法眼,它只为那点吃食。真应了那句"人为财死,鸟为食亡",猴子所追求的无非就是口吃的,哪像人类,还讲究个穿衣戴帽,还讲究个吃住行,还讲究个万贯家财……这莫非是进化的原始动力?说不准。

据说,抢游客包的猴子是会受到惩罚的,惩罚的方式便是"关禁闭",禁闭室就是一个大大的铁笼子。刚关进去的猴子不服气,见了围观的游客龇牙咧嘴;等关上几天,性子不那么烈了,才会被放出来。对付这等事,人类是最有办法的。

这次去猴岛,感觉多了许多工作人员,他们主要是维护秩序,不让人乱投喂。不但不让随便投喂,而且还有专门的"猴粮"卖给你,让你掏腰包买饲料帮他们喂猴子,这等合算的买卖,各个动物园都有经营,猴岛自然也不甘示弱。这样做的结果是秩序有了,当然钱也赚到了,游客的野趣少了。

十元一袋的"猴粮"尽是些花生和"玉米卷",这都不是猴子最爱的吃食,即便再好吃的东西一天到晚地吃也早就腻了。其实,猴子还是最爱香蕉。听一位长辈说,连续投一只猴子三次香蕉,它会对你道谢,它道谢的姿势很特别,并不是像人类拱手作揖,也不是双手合十,也不是敬礼。可惜我没有带香蕉,就没机会欣赏它的表演了。

猴子和人一样,也是群居动物,每个群体还都有自己的头儿,曰为"猴王",两次来猴岛都没有看出哪个是猴王;工作人员告诉我后,仔细看了看,嗯,是有那么点"王"的劲头儿。但也仅只是那么一点,全不及在重庆四面山里见识的猴王的风采。北京奥运那年夏天去过重庆江津区的四面山,在那里我见识了什么是真猴王。

半山腰有一块空地,空地上有两间房子,里面住着看山的工作人员。其中一个五十岁上下的男子,像是这里的负责人,跟我们说,附近有两个猴群,它们有着各自的地盘,此处恰是交界,他可以把猴群叫下山,但每次只能是其中的一个猴群,它们从不同时下山。说着便从裤兜里掏出一个口哨,冲着山上浓绿的山林里吹了几声,然后说:"等下它们就会下来,不用我说,你们一眼就能看出哪个是猴王撒。"男子话音刚落,通往山上的一条石级上,有一群猴子从天而降似的,大大小小足有几十只,上蹿下跳,吱哇乱叫。唯有一只猴子端端正正,径直而下。它个头比别的猴子大一圈,毛发暗黄透着亮,通身都是腱子肉,活像个健身队员。它走在台阶一侧的山路上,屁股高翘,迈着四平八稳步,端的是八抬大轿风,那气势,俨然是巡抚出行。他也不东张西望,目光炯炯地盯着不远处的一群游客,像是说"本王来了,都给我退下"。

工作人员指了指说:"看到了撒,那一个就是猴王。"他不说,人们也猜到了。

一群猴子,在一只猴王的带领下,就这样抖着威风压下山来,径直去了工作人员提前摆好的餐桌——一张简易木桌前。那桌子上面是切成块的梨子。猴儿们并不是一哄而上,只有猴王一个箭步跃上桌,端坐着不紧不慢地享用起来,其他猴只围在周边眼巴巴瞅着它。猴王任由其他猴子眼巴巴瞅着,也任由围观游客多得密不透风，七嘴八舌指手画脚，它自旁若无人吃得悠闲自在，约莫吃了有七八分钟的样子，想必是酒足饭饱了，然后一跃下桌端坐于一旁台阶处。紧随它的一跃而下是其他猴儿的一哄而上，那场面，那叫一个乱糟糟、闹哄哄、挤叉叉，叫声一片，不成体统；一旁的猴王突然飞起一脚蹬开木桌，吓得众猴儿顿时散开，片刻又去哄抢散落一地的梨块。猴王是看不惯这"不成体统"，还是觉得让梨块散落一地吃着方便？不好说，但看样子是对"不成体统"动了气。

这是我第一次见识猴王，也是到现在见过的最威风的猴王。

工作人员讲，猴王有三妻四妾，子孙满堂，他还指给我们哪个是大老婆，哪个是小妾，哪个是儿子，哪个是女儿。据他说儿子长大后通常是会被赶出去另立门户（其实是到别的猴群争抢猴王之位），而女儿是要留下来继续繁衍生息的，这一点倒是兽的本性了。又说，猴王会选接班猴，会在它的儿子里面选一个体格最健壮的接替它。如果它的儿子顺利接替了它，那它的晚年会很幸福祥和；倘若没等到儿子接班就被别的猴子打败，那它就只有眼睁睁瞅着老婆女儿被霸占，而自己则会沦落成流浪猴——当了王再沦为流浪者，是惨烈的。工作人员指了指不远处的两个大铁笼子说，那里面关的两只猴子正是被打败了的曾经的猴王，走近细看，发现它们的目光里依然满含仇恨。工作人员说，关进笼里恰是对曾经的猴王的保护，否则它们会死得很惨。

猴子的世界如同人的世界，应了"羊马比君子，人畜一理"。

说着猴岛，却又扯到了四面山，好在都是说猴子。其实别处我也曾见过成群的猴子。比如四川的峨眉山，走在深山里会突然有猴子跃出来抓你手里吃的,像小偷,又像强盗;比如贵阳的黔灵山,猴子最多,成群结伙,脸皮也最厚,甩都甩不掉,不给吃的不罢休;比如小时候常见一人牵一猴,一手提鞭子,走街串户,那是杂耍卖艺的一种,现如今是少见了,那猴子是讨钱的工具。

猴岛的猴子似乎没有太多特色,人为的痕迹多了些,从管理员到猴子演出的剧场,无不透着人的因素。安排管理人员应该为了防止伤着游客;设立演出剧场,应是为了招揽游客,多点收入,把走街串户的街头杂耍搬到景区集中表演,也算是进步吧。

这就是我所看到的猴岛,下次来一定会带上一把香蕉,可着一只猴子喂,看看它是否会道谢,又如何道谢。

网约司机

三亚的网约车很方便,司机师傅也都很热情,接送的路上都会主动留下联系方式,说上一句,"下次要车可直接打我电话,比在平台叫车可以便宜点,省了给平台钱"。估计三亚的网约车太多了,现在又是旅游淡季,生意不好做。

从入住三亚到离岛,我们先后用过七辆网约车,但重复用的师傅只有一个,那便是陈师傅。

陈师傅是我们从免税店去猴岛时认识的。他是个健谈的人,一路聊天聊地,滔滔不绝,像极了北京的出租车司机。他说他是河南南阳人,在新疆当过五年的导弹兵,本来可以转志愿兵了,结果母亲得了重病,只好脱了军装回乡尽孝。他说他唯一的女儿前两年嫁到了北京,去年生了孩子,妻子便到北京帮着照料,留他一个人在家，无聊得很。三个多月前来三亚旅游，发现困扰多年的过敏性鼻炎竟然好了，于是决定留下来，租了房子，买了辆红旗牌电动轿车，到有关部门考取了营运证，又在不同的平台上进行了注册，自此做起了网约车生意。他说做网约车容易入门，也不图发财，只要能挣够房租和日常花销就行。

人生，能过得像陈师傅这样率性洒脱的并不多，总是会瞻前顾后，难取难舍，于是总也干不了自己想干的事。单就这一点，陈师傅便惹我羡慕。

在三亚一共待了五天，用了三次陈师傅的车；三次都是路途较远的出行，一次便是去猴岛，一次是去南山寺，一次是去半岭温泉外加凤凰机场。陈师傅基本是随叫随到，有求必应，让我们不好意思再"便宜一点"。我们不但不少给，而且还要多给一点，一来是享受专车待遇，理当如此；一来见他一个人漂泊三亚，虽然没有了鼻炎的骚扰，但毕竟独在他乡为异客；还有一点，便是我也是穿过军装的人，自然与他亲近了许多。

人是讲究投缘的，和陈师傅相识便是缘分。

还有一个司机师傅印象比较深，那是从迎宾馆去亚龙湾热带天堂森林公园叫的车。上了车，师傅便问是不是去森林公园玩，有没有买票，如果没有买票，他可以帮着买。还说这是当地政府给他们出租车司机的任务指标，他这个月还没有完成。我质疑他政府怎么能无端给出租车司机下景区门票的任务。他又说也不是硬性指标。我说那就是会给提成，他说没有提成，只是到月底会给些纪念品，比如锅碗瓢盆啥的。成人之美，让他代买便是。

进了景区停车场，他把车停好后，我们便一起去买票。到了售票口，我见他从裤兜里掏出一个小红本，递给里面的售票员；

售票员看了看，就问买几张票，又问跟着不跟着进景区。师傅说不跟着进去。售票员便说了一声"三百"。三张票应该四百八十元才对。哦，我突然明白了，师傅递进去的红本应该是导游证，导游购票享受团购价格。师傅一转头，我们四目对视，他顿时有些不自在，张张嘴说了声："你就给我四百吧！"我也没客气，微信转了去。

这个师傅脑子活络，开着出租还考了导游证，搂草打兔子，能多赚点便多赚点。起初听他口音也以为是河南人，细问才知是安徽的。估计正是宋丹丹在小品《超生游击队》里讲的"说河南是河南，说安徽是安徽，但总的来看还是——安徽"。这个师傅已经在三亚开了十多年的出租车，也许是来三亚时间长的缘故，多了些赚钱的门路，无可厚非，也难能可贵。只不过可以照直和客人讲，大可不必遮遮掩掩；倘若他直说，相信更多人会成人之美。

陈师傅若在三亚待久了，或许也会去考个导游证赚点"外快"，也会对客人说"让我去买票吧"；但依我对陈师傅的认知，相信他不会对客人藏着掖着，而会对客人讲："我有导游证，能便宜些，您看着给。"

如此，最好！

2023 年 8 月 15 日于北京三里河

第二章 孩子清澈

女儿给的启示三则

孩子式的交流

今晚，夏风习习，空气变得清新。

这么美好的夏夜，不出去走走怕是辜负了天公之美，想约上老婆孩子同去，妻说有点不舒服不想去，便只叫上女儿同往。女儿开始还有点不情愿，后来我示意她可以骑上刚刚网购没几天的平衡车，女儿便欣然同往。这个平衡车实际是大人的，但小孩子会骑得更平稳，大概是因为小孩的重心低吧。女儿没骑几次便人车一体、游刃有余了。女儿骑上平衡车的样子飘然若仙子，我常常跟她开玩笑说："给你根棍，斜背个呼啦圈，再系个红围巾，你就是个'那托'（女儿知道我说的是哪吒）。"

出了小区北门左转便是我的单位，单位门前的小广场上每晚都会有人跳广场舞，还会有一些孩子玩耍。今天也不例外，有几个跳广场舞的，人不多，只占据了一小块场地，人们不停地随着音乐扭动着腰肢；还有四五个小女孩和一个小男孩在骑着脚踏滑板车来回穿梭，看上去有些危险，但实则互不影响。

女儿也加入了孩子们的行列，显然，她的平衡车受到了那几个孩子的注意。当女儿滑了一圈后，那几个孩子便追过来。

"你跟我们一起玩吧！"一个和女儿年龄相仿的女孩对女儿说。

"行。"女儿看了看那女孩说。

"那你把车放下我们一起玩好吗？"女孩又说。

"好。"女儿干净利索地答应着，毫不犹豫地从平衡车上跳下来，又把平衡车靠着护栏放好。

"你带脚踏车了吗？"那女孩看到女儿这么痛快地答应她，像是有些出乎意料。

"没带。"女儿回答。

"那我们都把踏板车放下一起玩游戏吧。"女孩说着。

"好啊。"女儿脆生生地答应着。

于是，几个孩子都把踏板车放在了一边，开始玩起了游戏。女儿和那几个孩子一起追逐着、嬉戏着，欢蹦乱跳得像一群小鹿。几个孩子在玩了一通游戏后，又开始轮流试骑女儿的平衡车，女儿则兴奋地告诉他们如何掌握平衡，如何前进、后退、转弯、掉头……不大一会儿，她便教会了这几个孩子。我在一旁平静地欣赏着他们：素不相识的孩子瞬间玩在了一起，那默契劲儿像是多年的朋友。

孩子是最容易融到一起的。他们为什么能自来熟？为什么能那么快地玩在一起？我觉得主要是因为他们的心净，没有这样那样的顾虑和想法。那个小女孩在跟女儿商量着让女儿放下平衡车时，应该没有被拒绝了没有面儿的顾虑，心里怎么想便怎么说了。而当女儿痛快地放下平衡车时，这女孩又想到如果他们骑着

130 / 三里河的芦苇

滑板车和女儿玩也不公平，于是便提议都把车放下，一起玩游戏。孩子们的交流直截了当，并没有一丝的拐弯抹角，效果却是最好的。

我想，如果大人们之间也能这样孩子式地交流沟通，那该多好！

2017年5月12日夜写于北京三里河

娇　惯

有一天，正读高一的侄子在被他的父亲问到将来考大学是否报考外地时，侄子断然地说："我可不去外地，听说外地大学条件特差，饭里能吃出蟑螂。"让一向滔滔不绝的他的老爸——我的弟弟竟语塞得半天说不出话来。

一只道听途说的蟑螂便阻止了侄子考取省外大学的脚步，打消了去外地读大学的念头，我很希望这是侄子一句不假思索的玩笑话，而不是他深思熟虑之后的想法。

那天下午，我陪小学一年级的女儿在小区花园里和她班里几个小朋友玩七巧板拼图游戏，每个孩子都会有一个家长陪着。我接了一个电话有点急事需要去处理，便对女儿说："你们在这里玩着，爸爸单位有点事去处理一下，要是回来晚了你就自己回家。"随后又跟了一句现在想来就是个废话的话："知道怎么坐电梯吧？"

"我可不敢自己坐电梯。"不想还没等女儿回答,一起游戏的一个小男孩抢先说开了。

"为啥不敢自己坐电梯?"我故意夸张地问那小男孩。而小男孩支支吾吾,半天说不出个所以然。

读高一的侄子因为一只道听途说的蟑螂便不愿报考外地大学,小学一年级的男孩不敢独自坐回家的电梯,表面上看是孩子的娇气、畏难,而究其原因恐怕还是家长的娇宠。

都说"穷养儿子富养女",而现如今的生活都比较富余,再加上多数是独生子女,充其量两个孩子,往往会不假思索地满足孩子的物质需要,应该说都是在富养。而这个富养仅仅是物质上的,孩子要什么就给什么,父母不给买就去找爷爷奶奶姥姥姥爷买,人精似的孩子们总会找到能满足自己的那个人。面对孩子的需要,大人们也往往是少了一些必要的拒绝和说教。久而久之,孩子们自然养成了"只有我不想要,没有我要不到"的惯性思维,也自然会娇气、惰性、容易有畏难情绪,甚至是跋扈。

"从来富贵多淑女,自古纨绔少伟男。"不管是"穷养儿子"还是"富养女",说到底都是想培养出优秀的人,都是望子成龙、盼女成凤,但由于男孩和女孩生理、性格和内心需求的差异,在教育和培养的方式方法上就必须有所区别,而不能一概而论。

我想,"穷养儿子",说的不是让男孩子从小就受穷挨饿,而是要让男孩子受点挫折、吃点苦头,学会勇敢、担当、自立、自强;"富养女"也绝不是对女孩子娇生惯养,想要什么就给什么,而更多的是精神层面,是品质上的培养,通过开阔视野、增长见识,让女孩子更有智慧、有品位、有主见,自爱自尊。

想来,家长养育子女,最忌讳的便是这"娇惯"二字了。

2016年7月27日于三里河

不能背后说人家坏话

有天晚上,女儿和妈妈、姥姥一起上街,经过一个路口等红灯时,有一个胖女人从身边经过,姥姥便侧身对我女儿说:"你看那个女人多胖啊!"姥姥本以为会博得孩子的迎合,却不想,我女儿踮脚附在姥姥的耳边小声说:"不能背后说人家坏话!"

"不能背后说人家坏话",我们曾经反复要求孩子做的,孩子记住了,而且是照着做了。而我们在生活中常常不去遵守,反过来却是孩子教育我们,让人惭愧。不得不说,在许多方面孩子是我们的老师。

"不能背后说人家坏话",这也曾是我们从小便被父母老师教诲过的,但随着年龄的长大、工作的变迁,往往会忘却,而随波逐流了。初到一个单位,常常有人在你面前说张三如何李四怎样,你若每每都去制止,就算是每次都不去接茬儿,人家便觉得你清高,不容易接触,时间久了便没人在你面前说别人如何如何了,但你也真就会成为孤家寡人了。为了融入一个集体,你不得不在这方面动点脑筋,一方面记着"不能在背后说人坏话",绝不能去一味简单地迎合,否则很快就会把你扒拉到搬弄是非的一撮;另一方面又要讲究方式方法,以免成为孤家寡人,所以不得不用"啊""呀""哈""呵"等连自己都说不清要表达什么的字符来应对，个中分寸只有自己领悟把握。

从这点看，我们成人想问题办事情总是复杂了，复杂了便又觉得累了，哪有孩子的天真率直来得洒脱。假若人人都有颗天真率直的心，世界会变得简单许多。

2017 年 1 月 13 日写于北京三里河

不忍回家午休

搬家了,搬到了单位的后院,上班只需步行五分钟。我想这下中午不用再坐在椅子上打瞌睡,可以回家躺在床上踏踏实实地睡午觉了。可连续回家睡了两个午觉后,女儿的缠绵让我不忍再回家午休。

我一回家两岁半的女儿便格外兴奋,缠在我的身边,小嘴不停地和我说这说那,拿来这好吃的那好吃的让我吃,甚至连她每天只吃一粒的"深海鱼油"(大概是吧)也取一粒非要放进我的嘴里。我不吃,她便着急,我要说老半天她才似懂非懂地放回瓶子里。

我说:"爸爸要午睡,因为晚上加班到挺晚,困了。"她眼睛眨着,像是没听到,该怎么说还怎么说。我假装生气的样子:"爸爸必须睡觉了,你去找姥姥吃饭吧!一会儿我们再玩。"也不知是真的还是假装的,反正女儿也做出生气的样子,一边爬下床一边用鼻子"哼哼"个不停,但也不会忘记给我把屋门轻轻带上。之后,女儿偶尔也会开了门探探头,望一眼,有时也会走到床前,两个小胳膊架在床上,小下巴枕在叠加在一起的小手上,眼睛一眨一眨地看着我。我假装睡着,她望一会儿便又静悄悄地走开。

午休的时间很短,只能眯一会儿便又要上班了。连续两个中午,我起来时,女儿都还没有去睡,而是在客厅里玩得正欢。见我起来,她便立刻放下手里的玩具奔过来,让我抱,嘴里还说:"醒啦?"我说:"对啊。"今天中午更邪乎,正坐在便盆上拉臭臭的女儿一听到我开屋门的声音便即刻站起身叉着两个小腿向我摆来,还是那声稚嫩的童音:"醒啦?!"我说:"啊,你拉臭臭了,坐下接着拉吧!"我扶她坐下,她却无心再拉了。上班的时间到了,我跟她说:"爸爸要上班去了,你在家乖,听话。"她扑棱一下又站起来,我问她:"拉完了?"她说:"嗯。"其实她根本就没拉完,甚至来不及擦屁股,便跑到门前,让正在换鞋的我抱抱,还说:"上班去呀?"没等我回答便又接一句:"接妈妈去呀?"大概是因为昨晚下雨时我曾带她一起去接妻子,所以她才有这一问。那意思像是说,如果我去上班那就算了,如果我是去接妈妈那就要带上她。我说:"爸爸上班去!"她便不再说什么。我关了门,她要在里边隔着门上的窗纱和我说再见。我离开门,她又开了门,光着小脚丫,走出来,嘴里还说了一句什么,她吐字不太清晰,我一时没反应过来,没听懂她的意思。我说:"回去吧!"女儿又重复了一次,原来说的是"送送爸爸"。

于是,女儿一直把我送到电梯口,楼道里就充满了女儿的小女高音:"再见!拜拜!"和我的老男低音(怕扰民):"再见!拜拜!"她一边说着,一边向我挥手,我也学着她的样子,一边说着,一边向她挥手。直到电梯到来,我们俩的小女高音和老男低音的再见声交替着充满了楼道……在电梯合上的那一刻,我看到了女儿失落的眼神。

女儿，你何以如此缠绵？你的缠绵让我不忍再回家午休，是因为不忍看到你与我"再见！拜拜！"时的失落；却又像是更加期待午休时间的到来，是因为我内心渴望着你的缠绵。

2016 年 6 月 16 日

"好爸爸"的背后

每天下班后，我都愿意去接孩子。

自从女儿上了幼儿园，但凡有时间我都会去，不管刮风下雨，决不让予他人。女儿也乐意让我接，或许是因为她撒起娇来会让我抱着，我也乐此不疲。还能抱多久啊，等再长几岁，我想抱都不让抱了吧。接女儿是一种幸福。

昨天也不例外，眼看接孩子的时间到了，我收拾了办公桌，走出办公室，急匆匆奔幼儿园而去。楼道里，遇一同事问我："下班了干啥去呀？"我说："还能干啥，接孩子呀！"同事啧啧赞曰："看看，多好的爸爸呀！"我脱口而出："接孩子不用做饭呀！"

每天接上女儿，女儿都会在外面和小伙伴们玩上很久，多是妻子做了饭等我们回家。接孩子自然不用做饭，这大概也是我埋在心底的小秘密。其实，也不是什么秘密，想必妻子早已洞察秋毫，只是不和我计较罢了，不想今天一不留神把心里话说了出来。

同事听了我的话若有所思地笑着说："看来这每个高尚举动

的背后啊……"他说到这里不再往下说,我很配合地回答出了他要说的后半句话:"都有一些不可告人的目的呀!"

我想,高尚举动的背后或许都有一些个人利益的考量,但这又有什么关系呢?

2012 年 10 月 17 日

高山流水觅知音

——写给女儿第一幅"音乐临帖"

星期天的上午,和六岁的女儿玩的小游戏,让我领会了艺术是相通的。

女儿起床无所事事,想看电视。我提议玩个游戏。女儿一听游戏很是兴奋。我放一段音乐,要她听着音乐画一幅画,她觉得音乐像什么就画什么。天生爱画画的女儿一听,兴奋地跑去里屋拿出了画笔和白纸。于是,我打开CD机,放进一张新近刻录的光盘,第一曲便是《高山流水》。

女儿专心听了一会儿,拿起了一只红色的画笔,先是在纸的左上方画了一个红红的太阳,用黄色画笔勾画出了太阳照射出来的光芒;然后,念念有词地说了两遍"大山",用灰色画笔在红太阳的下边画了两座连绵的山峦的轮廓;接着,又在山的下方用浅蓝色笔由左至右满张纸勾画了水的波纹……女儿画着画问我一句:"苹果没熟的时候是什么颜色的呀?"我说是绿色的。女儿就用红绿两种画笔,在山峦上均匀地画了几个红的或绿的果子,说苹果有熟的,也有生的。然后,女儿又用棕色笔涂满了山峦,之后又用深蓝色画笔涂满了山下面的水。

我有些惊讶,头一次听《高山流水》,女儿便能感受到乐曲中的山和水,莫非艺术真的是相通的?

画到这里,女儿拿起画纸端详了会儿,又拿起棕色的画笔在右侧水面上画了一座山,这次没有用灰色的笔画山的轮廓,而是直接画出了山的形状,这是一座险要的山。之后,女儿又在山上画了一棵郁郁葱葱的大树,看上去像是大树遮蔽了山峰。如此,两山之间形成了一个峡谷,那阵势很有点像三峡蓄水后的长江夔门。

看着女儿的画作(很像是一幅画了),我惊喜万分。女儿放下画笔,拿起画作端详了片刻后,又放回桌案,拿起绿色画笔,在大树的左下方画了两片落在半空的树叶,在空白处画两个像蜗牛似的小造型。我还以为是云,女儿却说是风。风也能画出来?看来这是在幼儿园跟老师学的。

乐曲已经循环放了多遍,整幅作品已很有些模样,她拿起画来端详时我以为已经画完了,便向女儿伸出大拇指,可她说:"还没画完呢。"我纳闷已然画出了"高山"和"流水",甚至还画出了风,还没画完,这是还要画什么呀,莫非是要"画蛇添足"?我不解,但也没有说什么,只静静地等着。女儿琢磨了一会儿后,又在"高山"上面的空白处用黄棕黑红四种颜色的画笔,勾画了一只飞翔的大鸟,向着太阳的光芒飞去。

女儿看着她的画作,终于得偿所愿似的说了一句,"画完了"。接过女儿递过来的画作,我仔细看着,不,是欣赏着。那并不巍峨的高山,颇有几分敦厚;那浩渺的水面,浸透了深邃和动感;那振翅高飞的大鸟,像是刚从那棵大树爱巢里飞出,卷起风，震落叶子，像是去觅食，又像是寻觅知音……

在并不知晓曲名的情况下，一曲《高山流水》，竟在女儿的画笔下再现。虽然画的色彩搭配和景物比例，还显得非常稚嫩，但，"高山流水"的意境确实有了。我在惊喜女儿感受力的同时，也感谢女儿再一次印证了"艺术是相通的"。不论绘画、音乐，还是雕塑、舞蹈，抑或文学、影视，等等，都有相通之处，都是美的代言、美的化身。

看着女儿第一幅"音乐临帖"，我充满了自豪，为我能有这样的女儿而自豪，为女儿有这样的艺术感受力而自豪。我得为女儿的画作起个名讳，我的脑海里顿时闪现了一句话，于是，我拿起钢笔毫不犹豫地在女儿画作上写下了"高山流水觅知音"。

2015年7月26日于三里河

一张白纸

晚上加班时,偶尔会带上正读幼儿园的女儿。

每次带女儿加班,都是我在电脑上敲打材料,她在一旁的茶几上画画。女儿爱画画,小小的年纪画得还颇有些模样。女儿读幼儿园中班时便曾有过两次强烈要求自己待在家里而不去幼儿园的情况,当时无可奈何又放心不下的我们上班中途跑回家,透过门缝查看女儿,她总是在画画,一张接着一张地画……一个还不到五岁的孩子用画画便可抑制孤独害怕的情绪,那是对画画怎样的挚爱?

女儿陪我加班,只要有一支画笔、一张白纸,便会乖乖地、静静地待在那里,而不打扰我一丝一毫。

有天晚上,女儿又陪我加班,临走时,她要带上几张白纸。我觉得不能让女儿小小年纪就学着占公家便宜,便一本正经地说:"不行,这是单位的纸,要用回头给你买。"女儿似懂非懂、不情愿地把已经拿在手里的纸放了回去。

又有一次,女儿看我办公桌上有两块橡皮,像是突然想起了什么似的说:"爸爸,今天老师说让准备橡皮,你这儿有两块,能让我拿走一块吗？"看得出，她对上次不让她拿白纸还是有印象的。我犹豫了一下，还是说："不行，回头爸爸给你买。"

从那以后，女儿再到我办公室便再也没有要求拿过任何东西。甚至有一次，女儿看到我办公桌上同事给的生娃娃的喜糖，也只是"把玩"了几下，然后咽了咽口水又放下了。那一刻，我心里酸酸的，是不是我对女儿的要求过于苛刻了？

说心里话，在跟女儿说"不行"时，我内心也并非那么坚定，假若女儿坚持要拿，或许我会妥协。不承想，幼小的女儿在两次"不行"后，便有了如此强烈的意识。

孩子真的如同一张白纸，只要把规矩告诉他们，把道理讲明白，他们就会遵守，就会按着要求去做。就像女儿手中的那张白纸，既可以画得有模有样、五彩斑斓，也有可能画得七零八落、不成模样。从这个角度看，孩子远比我们大人强。大人总不免有侥幸心理，会觉得是些小东西拿了也就拿了，算不上什么大问题，甚至不当个问题。而孩子，一就是一，二就是二，并不迁就。这就是孩子与大人的区别。

女儿的言行反倒给我上了一课，她让我惭愧，这真的不是几张纸、一块橡皮的问题，而是一个意识问题。过去，我们的物质远不像今天这样丰富时，单位的职工还曾因使用办公电话唠家常而受到处分，并被追缴话费。而今，我们往往不再拿这些小事当问题，或许也正因如此，才使得人们的廉洁意识淡化了，曾经紧绷的那根弦儿松动了，才使得小问题发展成大问题，才使得那么多的人酿成大错，正所谓"千里之堤，溃于蚁穴"。《三国志》讲，"勿以恶小而为之"，今天，我们提倡"抓早抓小、防微杜渐""咬咬耳朵、拽拽袖子"，这正是在防止小问题演变成大问题,这是对我们党员干部的最好的关爱。

我忽然觉得,女儿是我的老师,我在规范她时,她却用行动教育了我。

2015年6月26日写于三里河

一份大礼

三八国际妇女节,对了,人们都不叫妇女节了,前几年叫过女神节,现如今都叫女王节了。总之吧,不管叫什么节,反正过节的对象没有变,始终是我们的另一半,也是那半边天。

这个节是要送给老婆礼物的。算起来,这一年中有许多日子要给老婆送礼物,这也是应老婆的要求。比如春节,过年了总是要给点的,一年到头不容易,咱中国人就讲究个过年,小孩和老人都得送个红包,给老婆红包的话,有点俗了,但礼物还是要给的;还有情人节,这个节要是不给点礼物,弄不好她会怀疑你有想法的;还有生日,你的生日她可以不给你,但老婆的生日说啥也不能忘了给她礼物;再有结婚纪念日,那都不用说,这日子得一份厚礼伺候着;甚至还有女儿的生日,不是说儿女的生日也是母亲的落难日吗?这得给个礼物补偿补偿、慰劳一下。如此等等,一年到头不知要送给老婆多少礼物。

不知从哪年起,这三八节,不,女王节也加入了给老婆送礼物的行列。一旦加入,便不能再落下,你得年年想着呀。今年三八节(还是叫三八节比较顺口)的小礼物是早早在微店邮购了的。说起这微店还是老婆推荐的呢，这是一个广东人开的，主要经营女人的首饰，样样俱全，应有尽有，多数要比实体店便宜，有时还便宜很多。过去老婆经常在这家店里买点小饰物，通常不过百，有一次好不容易花了一千多说是给我买了一件蜜蜡梳子，结果收到货觉得不实用又给人家退了，然而这退货最终的结局就是人家店主把她给拉黑了。这店主一定觉得我老婆麻烦，平时买不了几样小物件，好不容易买件像样的还给退了，干脆不跟她做这生意了。这就是生意火的店主的任性。老婆依然觉得人家的东西比较划算，于是就把这家店推荐给我了，让我替她关注着点，而且每天晚上还要理直气壮看我的手机，说是要看微店。瞧瞧，这微店让我在老婆面前一览无余。

不过说真的，这微店确实帮了我很多忙，从此，给老婆买礼物，不用再煞费苦心地去逛商场，挖空心思想着买啥，因为又省钱（花多了老婆心疼）又得让老婆满意的小礼物这微店里基本都有了。于是，我也养成了每天看这店主朋友圈的习惯。老婆还笑话我一个大男人天天看首饰，我说这叫未雨绸缪，平时看着有合适的就先买下来存着，等到节日来了拿出来便送了。这次三八节的礼物就是提前在这家微店邮购的，两个大小相当的半椭圆的小天河石，那湛蓝的色彩煞是娇艳。晚饭后，我煞有介事地取出来送给老婆。

"过节了，送你一对小懒蛋。"我故意把"蓝"说成"懒"。老婆并不介意说她懒，她早已习惯了我不失时机地开玩笑。老婆接过"小懒蛋"，眼里立刻露出了兴奋的光芒，左看右看上看下看，爱不释手。"可以做一对戒指，不，做个吊坠。"老婆兴奋地拿着小懒蛋一边端详着，一边往手指、胸前比画。又说，"不，颜色太艳了，还是做个耳坠好，戴起来掩在头发里，若隐若现。"

看着老婆如痴如醉的样子，我想，女人真是很容易打发的，只需要用一点儿心，这对"小懒蛋"统共花了我一百八十元。有人说，女人若想让你请她吃饭不一定去多么豪华高大上的地方，也不需要吃什么海参鲍鱼，只需到路边店请她吃一碗酸辣粉就行。女人要的是你请她陪她吃饭，并不太在乎到哪儿吃、吃什么。看来我老婆也是这样，过节的关键是送礼物，不管大小贵贱，说明你心里有她，心里有她，她就踏实，踏实是快乐的源泉。

看着老婆满足的样子，我也是满满的幸福。老婆把玩着"小懒蛋"，突然把头转向我，含情脉脉地看着我，小声说："我也送你个礼物！"

不会吧，三八节送我礼物？这是有啥事要求我吗？我的大脑快速地旋转着。老婆又说："结婚纪念日快到了，那就算结婚纪念日的礼物呗。"我故作受宠若惊的样子："啊，这么好，送我啥礼物啊？"她脸颊飘了点绯红："送你个大礼，你猜！"

我猜猜啥呢，衣服、鞋子、手机……老婆摇晃着脑袋说不是。我望着老婆，希望她能透露点信息。老婆看着我着急的样子，可能实在不忍心了，然后俯过身，凑近我的耳朵声音很小地说了句："孩子！"

我猛地坐直了身子，惊讶地看着老婆叫了一声："真的？"老婆赶紧嘘了我一下，示意我不要吵吵，先保密。正趴在沙发上看 iPad 的女儿抬起头，看着我们说："你们干吗呢？"老婆赶紧对女儿说没事没事。女儿便又低头看起来。我想，傻闺女，你独受宠爱的日子不多了。

其实对于我们是否再生一个，早些年便给女儿打过预防针，但那都是开玩笑。前几年,女儿的几个同学有了弟弟或者妹妹,我便逗闺女:"我们也给你生一个呗。"起初,女儿听了很是兴奋,她一定是觉得好玩,把弟弟或者妹妹当成宠物了。后来又两年再问,她便不同意了,似乎明白了那是来和她"争宠"的。这两年又变了,变成了"都行"。

  我和老婆对视后,我继续盯着问她:"是真的吗?"

  她也用目光告诉我是真的。

  这太突然了,尽管已然放开了二胎,但像我们这种情况能不能再生还不了解;另外,迫于生活压力也不是太想再生,心理准备严重不足啊!但尽管如此,我的心里还是充满了兴奋。奔五的人了又要当一回爸爸,前几年看到一个朋友都五十出头了居然还抱上了自己的娃。这就轮到我了,真是不可想象,日子居然还可以这样过。

  我突然想起了前几天写有关母亲的文章时,写到心痛处还感慨,"倘或有来生,我们能否约定,我再生一个孩子,您来投胎,我们互换一下角色,让我用余生呵护您"。难道母亲真的要来赴约?我想起了有部小说里说,"一个家族里反反复复就那么几个人,走了的先人没准儿哪一代又转世回来了"。

  晚上我做了一个梦,梦里母亲病重做手术,可出手术室时却变成了一个婴儿。那婴儿胖乎乎的,红黑的脸颊,胳膊腿都圆圆的,着实可爱。我两手从医生手里接过来时,这婴儿似乎还冲我微微笑了笑。没人说是男孩还是女孩,我在抱他或她时发现他或她右侧屁股上好像有一片红痣。正当如痴如醉之际,却猛然醒来,原来是南柯一梦,真是日有所思,夜有所梦。

  第二天,我完全沉浸在兴奋中了,我一会儿站起身在客厅里踱几步，一会儿又坐下看着老婆的脸，反复地说："是真的吧？可不许糊弄我！"老婆则娇羞地用眼神儿回答着我。这小礼物送得也太划算了吧，一对小小的天河石竟换个娃娃。我想起了昨天的微信里的段子，说"女人都比男人优秀。无论你给女人什么，你都会得到更多回报。你给她一个精子，她给你一个孩子；你给她一个房子，她给你一个家；你给她一堆食材，她给你一顿美餐；你给她一个微笑，她给你一整颗心……"

是啊，女人总是会给你意想不到的回报。我给老婆一个小小的礼物，她却给了我一份大礼，一个大大的惊喜，而这份厚礼伴我终生。

2017 年 3 月 9 日傍晚于北京三里河

当孩子炫富

下班刚进家,便被上三年级的女儿堵在门口,她兴奋不已地跟我说:"爸爸爸爸,我跟你说今天在学校遇到的事儿吧。"我不知所以,但对女儿如此兴奋地主动要谈学校的事很是欣慰,连忙说:"好呀好呀。"

女儿:"你知道吗,我们班上有个男生在炫富,他挖苦我们班一个女生,说那个女生'你们家房子那么小,我们家一百多平方米呢',还说'我们家有好车,你们家有吗',那个女生被问得说不上话来。我实在看不过,就上去跟那男生说'你们家房子是你的吗,那是你爸你妈挣的,跟你没关系'。后来就有好几个女生都跟着我说那个男生,'你们家车也不是你挣的,是你爸妈的'。那男生被我们问傻了,一句话也答不上来,哈哈哈……"

看女儿那扬扬得意的忘乎所以的狂笑,我也失声笑了。我对女儿竖起大拇指:"好闺女,你说得对,就得这么说他。"

不满十岁的女儿能有这样的生活态度,让我感到欣慰,甚至有那么点自豪。看来,我们对女儿的说教还是起了一些作用了。我们常常跟女儿讲,"家里的房子车子钱等一切东西都跟你们没关系，这是爸爸妈妈的，你们长大后是要自己挣的，我们只管养你们长大成人"。当时也并没见女儿有什么反应，或者闷头吃饭，或者专心看书，或者迷恋着电视手机等，却不想女儿还是听进耳朵入了心的，而且还派上了用场，为同学打抱起了不平教训起了人。

有朋友说我们这种教育方式倒是挺西方的，可我跟朋友讲："我爹就这么教育我们的，打我记事起就常听我爹说'长大了自己挣，我可没钱给你盖房'。"这话在我心里是扎了根的，所以长大后从来没想着要指望父母，只一味地自己打拼，反倒从挣钱的那个月起就知道每月要攒下点钱给父母。

不指望父母的给予，好似没了退路，多了些破釜沉舟的激情和打拼的动力。想想，父母给予的这份动力要远比物质更加珍贵，物质终归是会用尽的，而精神却是会产生物质的。若有本事，该得的总会拥有；若没能力，得到的也终会枯竭。

有句俗话叫"富不过三代"。给子女留的财富越多，子女的进取心可能就会越差，甚至还容易娇宠，甚至奢靡。人一旦奢靡起来，那是多少钱也会造光的，古代如此，现代更是如此，各种花钱的玩法，败家也就在转瞬间，自古及今这样的例子多了去了，正所谓"富贵而骄，自遗其咎"。还有个大家都熟识的对子，"忠厚传家久，诗书继世长"，我理解这副对子的意思，能够在一个家族里长长久久流传下去的是"忠厚"和"诗书"。忠厚就是品德高、修养好；诗书就是知识多、文化厚，唯有此能够传家。

不给子女留太多财富，绝不是西方的专利，我们的先人也是如此教导的，而且不仅警示了"富不过三代"，还告诉了我们应该留给子女什么，那就是"忠厚"和"诗书"。而"忠厚"和"诗书"恰恰是修身齐家治国平天下的本领，倘若我们的子女有了这两样东西，还愁他们不富足？正所谓"授人以鱼不如授人以渔"，对于子女，给其财不如给其才。

当孩子炫富，警醒的是我们这些家长……

2018 年 4 月 23 日于三里河

女儿的直言不讳

这天傍晚,接女儿放学。我在前面走,她和她的同学小婉走在后面,一边走,还一边聊着什么,亲亲密密的。

离开校门口不远,我看到一个男生拨弄路边一辆电动车后座上的一个盖子,他似乎很好奇,拨开来又合上、拨开来又合上……我注意到了这个小男孩的举动,虽觉得小家伙的做法似有些不妥,但又觉得这是男孩的天性——好动,并未理会,依然向前走自己的路。突然,后面传来女儿严厉的声音:"马××,别动!"紧接着又来一句,"手欠"。那男生听到后立即停止了他的动作,而我也着实被镇住了。实在没有想到女儿会像个小大人似的制止她同学的不当行为,而且还是个男生。我停下了脚步,等女儿走上来,我问她:"那是你们班的同学?"她竟用"恨铁不成钢"的口吻回答是。我开玩笑说:"你这纪律委员放了学还在履行职责呀?"女儿则不好意思地笑了,却又补了一句:"给人家弄坏了怎么办啊?"

一个不满十岁的孩子,看到不当行为便直言不讳加以制止的做法,让我欣慰,也让我自叹弗如。女儿上小学后便一直被选为班里的纪律委员,这或许跟她的直率又"爱管闲事"有关。然而,不管是在学校还是在社会,实际都离不开"爱管闲事"的人,闲事还是要有人管的,不然就没有了规矩。而同样从事监督工作的我,作为成年人,在对待这些闲事中,却平添了"怕得罪人"等诸如此类的顾虑。

孩子的心是清静的,是纯粹的,并没有大人那么多的顾虑,做起事来也就多了些直率。看到不得当的,直言不讳,不管你愿意不愿意听;而被说的孩子也往往不去计较,至少不会记仇;即便是当时不痛快,转个身也就一切如常了。从这点看,我们真该学学孩子的处理方式,特别是对于我们这些从事监督工作的人来说,遇到违规的行为直言不讳地指出来,告诉他"不能这样做""这样做下去是会出事的"……也就把小问题控制在了"小"上;而看到不说,久而久之,是非憋成大事不可的。有时,事情本来简单,是我们把它想得太复杂;有时,事情真的很复杂,却往往用最简单的方法处理才能得到最好的效果,正所谓"大道至简"。

感谢女儿教给我:做人,就是要坦坦荡荡;做事,就是要直截了当。

2018 年 5 月 11 日

孩子真傻

参加女儿的家长会，班主任吴老师给我们讲了这样一则事：学校每周会组织一次综合评比，对表现优秀的班集体发流动红旗，本学期我们班的孩子们都很努力，只有两次没有被评上。一次是因为体育课要求不戴红领巾，放学时许多孩子便忘了再戴上，被扣了分；一次是因为自己班的同学担任值周生，对自己要求严，打分低。

我了解到，学校的这种评比还是蛮系统的，学生自己评自己，各班轮流，每周由一个班选定本周的值周生，早中晚都要担负起巡察任务。不按要求佩戴红领巾、不穿校服、乱写乱画、乱扔垃圾、吵嘴斗气、打架斗殴等不良行为，都会有相应的扣分；而仪态端庄、举止得当，还有热心助人、争做好事等好的行为，便会有相应的加分。孩子们很看重这些，他们会因为被扣了分而自责，会在中午悄悄地跑到操场把散落在地上的篮球捡起来集中放进筐里，还要特意让值周生看到，因为这样可以给班上加分。

我听到这些，蓦地心头一热，为孩子们的自尊自强和集体荣誉感而感动。担任值周的孩子们也都会极认真地对待，一丝不苟，丁是丁、卯是卯，对的就加分，错的就扣分，孩子们的铁面无私，让大人们钦佩。而女儿班上的值周生除了睁大眼睛对其他班加分和扣分的同时，竟还会对自己班打分严格，这恐怕就出乎大人们的意料了。听了这些，我已然不仅是感动和钦佩了，而是汗颜。

  回到家，和妻子说起这件事。妻子笑着说："孩子真傻。"我能听出妻子在说这句话时满满的自豪和欣慰。是呀，"孩子真傻"，可"傻"得可爱可敬，正是孩子们的"傻"，才维护了评比的公平、公正；正是孩子们的"傻"，才培养了他们的自尊自爱自力自强。而这"傻"，不又正是我们大人们经常标榜的"严以律己，宽以待人"吗？大人们常常讲"傻人有傻福""吃亏是福"，可一遇到事儿往往便忘记了这些，一味地"宽以律己，严以待人"了，急功近利去了。

  倘若，大人们的世界里也多一些孩子式的"傻"，那该多好。

2018 年 5 月 18 日于北京三里河

聆听孩子的成长

——参加家长开放日活动有感

5月18日,一个蓝天白云、风和日丽的好日子。这一天,我们作为小学生的家长,有幸走进首师大实验小学校园,参加三(1)班第二学期以"项目学习引领 探寻传统文化"为主题的家长开放日活动,切身体验孩子的成长,共同分享孩子的进步。

这是一所传统与现代、秀雅与敏锐交融的学校,高大成荫的银杏树,昭示了学校悠久的历史;宽敞整洁的运动场,蕴含了孩子不息的蓬勃;"知行并进、弘正致远"的校训,彰显了学校对教育的独到见解和对初心的执着坚守……这一切,让我们倍感欣慰。明亮的教室里,我们坐在自己孩子的座位上,整齐地向着讲台,聆听班主任的教诲,那一刻仿佛时空穿梭,我们回到童年那花儿一样的年龄;一位孩子面对满教室的家长一句"中年大学"的脱口秀,引来一阵哄笑,也把我们又拉回当下……

今天的开放日活动,首先观看了一段录像,是校方精心录制的学校这一学期开展的"项目学习引领 探寻传统文化"的成果汇总。孩子们按照五个不同方向分成若干小组,各自从不同角度，合作完成制作风筝的任务，并在镜头前展示，用简短的话语介绍创作灵感、制作过程、风筝知识等。孩子们表现得都很优秀，特别是在镜头前的展示，语言流畅，举止大方。他们的出色表现，让家长们赞许不已。

看完视频介绍，学校还用心安排了要家长和孩子共同完成风筝制作的环节。

家长孩子齐聚，一个教室显然不能满足。于是老师把孩子分成六个小组，其中三个小组在科技教室，另三个小组留在本教室，吴老师对家长和孩子进行了调配，安排了座位，然后分头行动。

孩子们按照早已商定好的分工迅速展开，有的画，有的剪，有的粘，有的练习解说词……紧张而不忙乱，井然有序，有条不紊；有些家长也投入其中，但俨然只是个助手；有些家长也想参与，却被自己孩子挡了驾，似乎是怕大人的加入搅乱了人家的胸有成竹。只一课时工夫，一个个形态各异、内涵各异、五彩纷呈的风筝便做成了。有世界地图形的，上面画满了中国的和外国的各种风筝；有蝴蝶形的，花枝招展，栩栩如生；有银杏叶形的，承载了萌萌的娃娃和五颜六色的花朵；还有一个勇攀高峰形的，诠释的正是学校教学的宗旨"勇攀高峰，绝不放弃"。

家长们看到的不仅仅是一个个风筝作品，还有孩子们的团结、协作、创新、共赢的精神。接下来，每个小组分别向大家展示了他们各自的成果，孩子们面对满屋的家长镇定自若，生动地描述他们的成果，清楚地表达他们的主张。看起来，孩子们都是见过大世面的，让人不得不感慨"长江后浪推前浪"了。这不能不说是素质教育的成就，这要感谢校方的教育理念，要感谢老师的精心培育。

展示过后，孩子们被集中到科技教室，留下的是清一色的"中年大学"生。吴老师给我们介绍了教学情况，也分享了孩子们的点滴成长。她讲了一直倡导并践行的"发散思维"教育理念，强调"答案不唯一"、多角度培养孩子思维；讲了如何让孩子带着问题进课堂、围绕孩子的问题进行教学，提到如何运用"三读五步法"来理解品味语言文字；讲了孩子们当前存在的问题和不足，如何去克服和努力，如何家校联动培育孩子；讲了孩子间应如何相处，家长又当如何对待和处理孩子间的矛盾；还讲了孩子们强烈的集体荣誉感，谈到上学期还经常给班集体减分的最淘气的孩子，这学期却会经常去操场做好事，还要想方设法让值周生看到，好给班集体加分……吴老师娓娓道来，却饱含深情，温热了我们的心。

我们为孩子有这样的老师而骄傲，为孩子们能够在这样的环境里学习成长而幸福！

开放日活动结束，家长们牵着各自孩子的小手走出校园，心情满是清爽，正如今天的好天气，正如5月的好季节。5月，一个鲜花烂漫的季节，一个孕育希望的季节。

校园里，那五彩斑斓的花朵啊，终会结成喜人的果实。

2018年5月18日

爱吃瓜皮

这天,我和九岁的女儿一起吃西瓜,妻子讲究地把西瓜切成了小块,我们用小叉子一块块地叉着吃。我很自然地拣着带点瓜皮的吃,吃着吃着,女儿忽然问我:"老爸,你怎么爱吃带皮的呢?"

我被女儿问得先是一愣,脑海里兀地闪现了自己小时候和爹娘一起吃西瓜的镜头。那时候,虽然家里穷,但夏天里西瓜也还是管够的。母亲不像今天的妻子这样把西瓜切得讲究,而是一把菜刀先是将西瓜一切两半,然后再把半个西瓜切成八块,我们则迫不及待地啃着吃,啃完一块再拿一块。西瓜这东西越靠近芯里越是甜,啃着啃着快到边了觉得不够甜了便把啃得不够彻底的瓜皮扔下拿下一块。父亲见了往往会嘟囔一句"啃干净点",而母亲则会默默地把我们扔下的瓜皮拿起来自己再啃两下。那时的我便有了错觉,以为母亲爱吃瓜皮。

其实,不光是吃西瓜一件事,母亲给小时候的我的错觉表现在方方面面。小时候家里偶尔吃带鱼,母亲总是挑着鱼头鱼尾吃,我便以为母亲爱吃鱼头和鱼尾,长大了才知道不会有人爱吃带鱼的头尾；一锅新蒸的馒头端上桌，母亲的手里总是会拿着之前的剩馒头吃，还说"新的太烫手"，尚不懂事的我竟然会信以为真；一盘菜端上来，母亲的筷子总是绕开那难得可见的几片肉，还以为母亲不爱吃肉……

后来，长大了，我才懂得母亲为什么爱吃瓜皮，为什么爱吃带鱼的头和尾，为什么爱吃剩饭剩菜，为什么把筷子绕开零星的肉片……原来那是母亲对我们的爱。

望着一脸茫然的女儿，我笑了："傻闺女，等你长大了，长大了就明白老爸为啥爱吃瓜皮喽！"

2018年6月28日写于北京三里河

事起零食

　　一天晚上，刚刚步入四年级的女儿收拾自己的书包时，发现带去学校的零食被人偷吃了，不仅被偷吃了，几个小包装塑料纸竟被放回了原处。

　　女儿气得一通乱言："他们，一帮男生竟然偷吃我的东西，肯定是××、×××，还有×××，我说怎么下午他们在课间见了我就跑呢，还傻笑，保准是偷吃了我的零食。吃了就吃了吧，还把包装纸塞我书包里，太过分了……"

　　女儿一边收拾书包一边不停地嘟囔着，"我非让他们赔我，五倍地赔我，不，十倍地赔我……"她肆意宣泄着自己的情绪，但又并不像被激怒的大人一样暴跳如雷，声音比平时也高不了多少，只是一味嘟囔，看上去并不是真的生气。

　　我和妻子安静地看着女儿的一举一动，见女儿嘟囔得差不多了才开始跟她沟通起来。我说："吃了就吃了呗，无所谓的，没必要再让人家去赔你的。"

　　"他们偷吃我的就不行，必须得赔。"女儿的小嘴一点儿也不让步。

"回头我再给你买就是了。"妻子说。

"那也不行,也得赔我。"女儿继续坚持着她的观点。

"带零食去学校,老师让带吗?"正面劝说不通,我便换了一个角度。

"不让带……"女儿看了看我,愣了一下,理亏了似的小声嘟囔了一句。

我一看机会来了,说:"老师不让带,你带了,本身就是件错事;他们偷吃是不对,但你做的首先也是个错事,你让他们赔,事就闹大了,万一有人跟老师一说,老师首先会批评你的。"

还没等我说完,女儿接了一句:"他们不会说的,同学们都带。"

我说:"那也没必要让人家赔你。"

可女儿仍然坚持,我们的劝说看样子没有起到效果。

第二天傍晚,女儿放学一进家门就跟妻子兴奋不已地说:"我猜对了,真的是他们偷吃的,哈哈。"女儿笑得很得意。

"他们都承认了?"妻子赶紧问。

"对,都承认了。"女儿很认真又有点得意地回答。

"你怎么问他们的?"妻子有些好奇。

"我没跟他们着急,都是笑着问的,'××,你昨天吃到口水糖了吗''×××,你昨天吃巧克力饼干了吗'……然后他们就都说'吃了,吃了',我就立即绷起脸来,'哼,偷吃了还把塑料包装放进我书包里,太过分了,你们要赔我'。然后他们就都吓跑了。"女儿说这些话时,像是警察成功破案一样自豪。

说起来,女儿这调查了解情况的过程还是蛮有点技术的,心平气和地跟人家套话,哄着人家承认了,再去跟人家理论。全是套路,不让她当纪律委员算是白白浪费了人才。不过她自己也不是怎么遵守纪律的主儿,竟然带了那么多花样翻新的零食到学校。

又过了几天,我突然想起了这件事,问女儿:"后来是怎么处理的,他们赔没赔你。"

结果女儿说:"哎呀,我都给忘了。"停了片刻又说,"算了吧,不让他们赔了。"

孩子毕竟是孩子,心里所想比大人简单了许多,一个问得自然,一个承认得也自然。承认了便好,赔不赔并不重要。看起来,对于我们的提醒,女儿还是听进去了的,虽然也提出了要赔偿,但也并不像她起初的那样"苛求",然而这也是做人的本分:对人不要苛刻,学会宽容,学会与人友好相处。

还有,或许女儿对这件事有更深的认识,事起零食,而带零食去学校本身就是不当之举,错误的根源还是在她自己,也就不好再去要求别人。果然,在之后的若干天里,至少到我记录下这件事的一个多月以来,女儿再没有带零食去学校。

对于孩子来说,学会得体地处理生活中的小事情,本身就是成长。

2018年10月19日记于北京三里河

享受依赖

这天，步入四年级的女儿突然提出来，放学不用接了，要自己回家。一向黏人的女儿有这样的要求，让我很是意外。但还是乐见女儿的成长，我欣然同意了她的要求。

按照学校的规矩，放学家长不接是要向校方写申请的，于是我便给女儿班主任吴老师递交了申请，讲明孩子觉得自己长大了，提出了放学自己回家的要求，我们经过慎重考虑，尊重她的意见。其实在写申请时，我本想再加一句："倘若有一天，她突然提出上学也不用送了，那便是极好的。"又怕在老师那儿落个真贫的口实，便罢手了。老师自然会同意我们的申请。校方之所以有这样的规矩，一说是为了孩子的安全，而在我的"小人之心"看来，当然更是为了"自身的干系"，孩子的事无小事，责任重大，也是可以理解的。

不用接闺女了，每天的下午少了些许牵挂，省心了不少，可又有些怅然若失。女儿长大了，稚嫩的翅膀算是有些硬朗了，可以自己飞了，听上去是件好事，我却有了"儿大不由爷"的伤感。然而事实上，孩子总是会慢慢长大，总是会挣开父母的庇护，飞离家的巢穴,飞向蓝天,飞向远方,去开辟自己的天地,去建立自己的巢穴。这便是自然之道,任谁都更改不了的。想到这儿,那"儿大不由爷"的伤感也即庸人自扰了。

又一日,在送女儿上学的路上,女儿突然提出晚上让我接她。我赶紧答应,但又不解地询问因由。女儿说周二周三接她就行,理由是孤独。那"孤独"一词说得干脆利索,我更加不解,追问其由。女儿的解释让我豁然开朗,原来是每天放学和女儿结伴回家的那位同学——女儿从幼儿园就泡在一起的好友,周二周三放学后要参加学校的声乐团演练,她只能自己回家,于是就"孤独"了,于是就提出了接她的请求。

女儿就像是一只第一次跑到外面飞了一圈,遇到点挫折又飞回巢的小鸟。看到女儿一脸委屈的样子(尽管那八成是装出来的),又联想起她撒娇时惯用的"人家还小嘛"的伎俩,已然没有理由不接受女儿的请求,我欣然地告诉她:"好的,来接你。"于是,我又在手机上增设了一个闹铃,一个下午四点一刻的闹铃。

对于类似女儿这样的反复,不同的家长或许会有不同的反应,我的反应则是庆幸的,或说是幸福的。因为被孩子依赖的感觉本身就是幸福而甜蜜的,但这种幸福和甜蜜又是短暂的,是稍纵即逝的。随着孩子的一天天成长,他们总是会闯出自己的天地。到那时,她不再依赖你,甚至会变成你的依赖,我们所希望的不过是"我陪你慢慢长大,你陪我慢慢变老",而这份陪伴不正是生命之美、天伦之乐吗?

女儿的依赖让我感到幸福。女儿到现在晚上不愿独立睡眠,我说是女儿天生黏人,可也有人说,其实是我们骨子里黏着女儿。这么说来，女儿对我的依赖，又何尝不是我在享受女儿依赖带来的幸福的同时，不知不觉地自己也陷入了对这份幸福的依赖。

依赖的味道是幸福的，享受女儿的依赖，品味幸福的滋味！

2018 年 12 月 5 日写于北京三里河

今晚不能回家住

幼儿园有了次密接,虽只一个班级的一个孩子,但也一股脑地散了园。病毒面前,果真是马虎不得。

散了园,小女便没了去处——尽管她不乐意去,只得待在家里,由我和妻子轮流看护了。好在我们各自的公司都善解人意,允许我们在家陪孩子。

这天下午,轮到我待在家里陪着小女。看护四岁大的孩子不会太忙,她有自己的玩法,大人则可以干自己的事儿。我百无聊赖,斜躺床上看了一会儿书,终又拿起手机习惯性地看起视频。小女闻声而动,迅速从客厅跑了过来——仿佛爱看视频是与生俱来的,跟我一起看。我通常爱看新闻,不论国内的国际的,也不管大事小事八卦事,并无专门的喜好,跟着感觉走,找着想看的便点一下。这次点的视频是:一位出嫁女子,上了接亲的轿车隔着车窗和妈妈道别,妈妈的双手紧握着女儿的双手开了句玩笑,"今晚不能回家住"。两人先是笑,可笑着笑着便哭了,直到婚车开出老远,妈妈竟俯在爸爸的怀里失声痛哭起来。

这视频看得我不是滋味,触景生情似的联想起自己的两个女儿,她们长大还不都得要出嫁?还不都得"今晚不能回家住"?于是自然地有了些许酸楚,便矫情地对小女说:"等你长大了也是要嫁人的呀,也要不在家住哦!"

可真是没想到,就是这句矫情竟惹得小女难过良久。

小女听完后,趴在了床上,把头埋进被子里,竟然抽泣起来。我以为她又是在故意逗我——她常有逗我们,并未太在意,只是问:"怎么了闺女,不舒服?"

"我擤鼻涕呢!"小女边回答边又往前拱了拱,将头埋得更深,那抽泣声真的变成了擤鼻涕了。我觉得有些不对劲。

"来,闺女,让爸抱抱!"

我伸出手去抱她,可她挣歪着身子不让抱。我强行抱起了她,却发现她的眼圈竟然是红的了,眼里分明还含着泪珠——亮晶晶的。我有些惊诧,难不成四岁的孩子看懂了离别之痛?

"没事的,闺女,爸爸妈妈永远陪着你,永远让你回家住!"

"嗯!嗯!"小女连续点头,却又搂住我的脖子抽泣得更甚,最后竟是哭出了声。

本来还只是些许的酸楚,可这样一来倒让我心碎不已了。这句多余的矫情,竟引得小女如此反应,直哭个抽抽搭搭。我只得将她抱得更紧,不断地安慰:"没事啦,闺女,爸爸妈妈陪着你……"

好在片刻小女又恢复正常,呵呵笑了两声,挣脱了我的怀抱蹦蹦跳跳到客厅玩耍去了。孩子就是这般可爱,坏情绪来得快,去得也快。

傍晚,读初一的大女儿放学归来。我又想起此事,便讲与大女儿听——其实不该讲的,至少不好当着小女的面讲,她跑过来捂着我的嘴，一个劲儿地喊："别说，别说。"我想这是触动了她的小自尊了，便不再往下说，又忍不住问她一句："你为啥难过呀？"

"我梦见大灰狼了，梦见大灰狼要吃妈妈！"她大声说着，却并不看我。我明显感到她是在搪塞。

"哦，是这样啊！"我不再往下问，也不再说与大女儿。但已经惹起好奇心的大女儿不肯作罢，只好趁小女不在跟前时，悄悄讲给她听。大女儿笑得前仰后合。

晚上，妻子下班回来，我又讲与妻听，又不该当着小女的面儿，却又忽略了她的感受。

"别说！别说！……"小女又蹦着高地捂我的嘴。我不再说，深知了她的脆弱，可客厅里的大女儿又接着说起来。顿时，哇的一声，仿佛决了堤泄了洪，小女哇哇的哭声响彻了我们家的每一个房间，估计连楼道里也被她的哭声塞满，左邻右舍也要跟着"沾光"了。

我及时制止了大女儿，是出于对小女的尊重，而不是为她高亢的嗓门闹心。我也没有再说与妻听，妻后来也没再问起。

这件事就这样过去了，可我还时常记起，我情愿小女那次是当真梦到了大灰狼。

2021 年 11 月 3 日写于北京三里河

抓　周

按阳历计算，今天是小女儿满周岁。

依着我的想法是要过农历的，农历生日是九月十一，可简称为911；大女儿的阳历生日则是119，我说这日子好记，一个过阳历一个过阴历挺好的，但妻子坚持都过阳历，我便顺其自然由她去了。家里的事就由"家里的"说了算吧，无所谓的，开心即好！

周岁，对于一个孩子来说是件大事，妻子安排的活动也算得上丰富，又是拍艺术照，又是吃长寿面，还有生日蛋糕、生日派对，从早到晚，马不停蹄，不亦乐乎。

上午到提前约好的"三只小熊"儿童摄影中心给女儿拍艺术照。我对这些摄影机构没概念，但后来听妻子说，"三只小熊"要比给大女儿拍的"格林童趣"好很多，当然价钱也会高许多。妻子对小女儿的"偏心"我也是忍了，一来经济上较大女儿那时要宽松了一些；二来估计这也是我们最后一个娃了，养一个娃成本很高的，第一次过生日可以适当放纵一点，我想以后就不要这么破费了。拍照的地点比较远，在东三环国贸附近，因为是上班时间,我没有请假,只有妻子和岳母以及小芳阿姨一起带孩子去的。妻子说小女儿面对镜头远不像她的姐姐当年那么配合,简直是不苟言笑型,摄影师倒觉得也蛮有意思。我觉得也是。小女儿从出生就能看出跟她的姐姐有着明显的区别,一出产房那小眼珠便东瞧西看的,哪像她的姐姐只勉强睁开一只眼瞄了我一下便又合上。这种"不一样"到后来就愈加明显起来,那小眼神总是像在想事儿,若有所思的样子,有时还挺"犀利",跟她的小手一样猫爪儿似的动不动就挠人一把,出其不意,防不胜防,手快得总让人躲闪不及,弄得从爹妈到姐姐再到阿姨脸上总是挂彩。当我一旦中招,妻子总还要补上一句:"这纯属是在败坏我的形象。"她是开玩笑,意思是担心同事会误以为我娶了个"母夜叉"。

因为小女儿的不苟言笑再到后来的不配合,这套艺术照溜溜拍了大半天。但总算是拍了,据说成果还比较辉煌。

回到家已近下午四点,几个人又张罗着筹备生日晚宴。说是生日晚宴,其实也很简单,先是按着传统,一定得吃面的。姥姥做的长寿面还是蛮好吃的,可人家只吃了两根(一岁的孩子吃这些也说得过去吧),倒是一家人都跟着沾光吃得优哉游哉。接下来是西式的生日派对——点蜡烛许愿切蛋糕,当然小女儿自己还不会许愿,妻子假模假式地代劳了一下。大女儿上完舞蹈课后带上了她的闺蜜姐姐一起来分享生日蛋糕,那场面倒小热闹了一把。比起我们小的时候,这也算得上是奢侈了。时代不同了,生活也在变化,而幸运的是这变化在不断向好。

过周岁,自然少不了抓周。抓周是一代一代传承下来的习俗,小女儿的抓周活动被安排在了酒足饭饱之后。所谓抓周,就是找些物件放在孩子的面前,让孩子去抓,看孩子先抓哪样,先抓到的那样东西，代表孩子长大后会干什么，似乎能预知孩子的前途命运，这抓周便有了占卜一样的神秘和新奇，人们总是乐此不疲。听上去蛮唯心的，权当一个乐子，玩玩罢了。

记得长辈曾经说过，用于抓周的物件通常要有算盘、书本、笔墨以及零食、玩具之类的。为了能够准备得更加齐全一些，在开抓之前又劳驾万能的百度提供了一些信息。多方面的信息综合起来，就地取材，我们为小女准备了如下几样：一个兔宝宝布艺玩具、一个音乐盒（能按出音乐的那种）、一本唐诗宋词书、一支毛笔、一枚印章料，妻子又从她的首饰盒里取了自己最喜欢的那条珊瑚项链，大女儿别出心裁地拿了条火焰般的红领巾。

妻子把这些物件一字排开，我把小女儿抱到这些物件跟前，小女儿立刻被这些物件吸引，环视过后随即向前爬去，她的左手按到了音乐盒上。音乐盒在这些物件里面是个头最大的，色彩也是最炫的，有着粉嫩的底色加五颜六色贴了各种小动物图案的按键，想必是这缤纷色彩吸引了小女儿的眼球，女儿抓它也在情理之中了。正当我们断定她要抓这个音乐盒时，却发现她的眼神压根就没在这上面，而是一直盯着音乐盒右侧并不起眼且个头最小的那枚印章，右手一把抓了起来，举到眼前仔细端详起来，嘴里还叽里呱啦说个没完，又高举着展示给我们看，那兴奋的样子像是发现了新大陆。

我们以为她的表演也该差不多了，没想到她又俯下身，左手抓起了毛笔，就这样左手持笔、右手抓印地手舞足蹈起来，不晓得她说些什么，也不晓得她哪来的兴奋劲儿。说了一阵子又把毛笔交给了我，只拿个印章依然说个没完没了；再过了一会儿，又转过身对着那些物件看了看，左手抓拉过来那个音乐盒，按了几

第二章 孩子清澈 / 173

下又撇下，最终还是把全部精力放在了右手里的那枚印章上。

妻子一旁酸言酸语："我那串火红的珊瑚项链她咋不喜欢呢？"大女儿也粗着嗓子说："你怎么不学习，为什么不选红领巾？"而她依然攥着印章爱不释手、情有独钟的样子，实在让人费解，最后竟用她那几颗刚长出来的小牙啃了起来，印章石上留下了几道细长的痕迹。我说这还得打磨一下，妻子则说留着留着挺有纪念意义的。哦，也是呀，她干的好事，等她长大了说与她听。

小女儿抓到的这枚印章料是雅安绿石，是在她出生前几天"微拍堂"上拍得的。当时一高兴连续拍了数枚，而这一枚是其中价格最高的，也是我最中意的。我跟小女儿说，看来你跟雅安有缘，还在妈妈肚子里时便跟着一起去四川雅安转了一遭，抓周竟还抓起个雅安石印章。估计小女儿还听不明白我说的什么意思，倒更像是说给我自己听。

这么看来，女儿抓周应该是抓了两样：一支毛笔和一枚印章。那毛笔是我用过的，是经常用来写经的那支，我在毛笔的笔杆上刻下了"小女抓周所得"几个字，小心翼翼地珍藏进了抽屉里，之后它便是个藏品了；而那枚印章，也注定有了新主人，我会请一位篆刻家精心雕刻女儿独享的那三个字。

2018年秋写于北京三里河

刻　章

前段日子里，我一直琢磨着请谁把小女儿抓周抓得的雅安绿章料刻成她的名章。一来是要雕刻技艺好的，二来是要人品口碑好的，当然还得要能请得起的，只谈友情不谈钱的尤好。于是，想来想去就把章料拿给了贾炳群先生。

贾先生是我敬重的一位篆刻家，也是行里的名家，更是我多年的朋友，可以只谈友情不谈钱的朋友。他自小酷爱篆刻，十几岁只身从河北跑去杭州，几经周折受尽坎坷戏剧般地拜了西泠印社当时的掌门为师。他潜心研习篆刻，功夫不负苦心人，十年磨一剑。贾先生先是成了河北省地片的名家，后又在五十岁时意气风发地来到北京，义无反顾地带着老婆儿子心甘情愿"沦落"为北漂一族。在那个令多少业内人士魂牵梦萦的琉璃厂荣宝斋的门口租了个摊位，从零做起，靠一枚一枚接散活儿，一点一滴积累名气。他曾低眉弯腰，曾潦倒至无米下锅，也曾被醉酒的同行掀过摊位，被骂作"哪来的小毛贼，敢在荣宝斋班门弄斧"……但他，凭着对艺术的执着，凭着做人的坦荡和做事的坦诚，最终走出了困境，经受住了市场的检验，得到了人们的认可，成了琉璃厂的"一把刀"。多年之后,荣宝斋还专门为他举办了一场篆刻作品展,让曾经掀翻他摊位的那位同行唏嘘不已——没有想到"小毛贼"也可以修得正果。每每说起这段,性情的贾先生总是笑呵呵地说:"在荣宝斋办个展,我就是想让他看看,就是想出当年那口气。"贾先生说的是句玩笑话,但生活总是这样,折磨你的人往往是你前进的最大动力。帮你的和踩你的,都是来渡你成功的。

这就是贾先生,做人地道,做事地道。给女儿刻章非他莫属。为了平衡大女儿脆弱的心,我顺便拿了另外一枚买了许久的寿山石章料,也请贾老师给大女儿再刻个名章(之前已经刻过一枚)。其实,性格比较大条的大女儿自己并未表现出嫉妒,只是我自作聪明地觉得应该平衡一下才好。有些事情就是这样,并不是孩子在意,往往是大人过于矫情了。

把两枚章料交给贾先生时,我特意在小印盒里留了纸条,分别写了两个女儿的名字,还嘱咐贾先生千万不要弄混。

时过两星期,贾先生在微信里告知已经刻好,并发来照片,我先是一喜,小女儿终于也有自己的印章了,而且还是人家自己抓周抓到的。可仔细一瞅傻眼了,两枚印章都刻成了大女儿的名字,一枚为阳刻,一枚为阴雕。我一下蒙圈了,明明说好"雅安绿"是刻给小女儿的,而寿山石是刻给大女儿的,可到头来如何都便宜了大女儿。贾先生恍然大悟似的一个劲儿地说对不起,又说:"要不磨了重刻吧!"我一听赶紧阻止,这怎么可以!

熟悉贾先生的人都知道,他对于篆刻是绝对认真。每次拿到章料,他并不急于雕刻,而是依着章料的形状大小,把要刻的内容用什么字形、怎样布局,反反复复地推敲,仔仔细细地斟酌。

可以说，他的每一枚印章都是一次独立的创作，都是一幅完美的作品，那里面饱含了他的创作灵感和精雕细琢的艰辛。再看印文，比之前刻给大女儿的那枚更加娟秀灵动，这样的作品怎忍心磨掉？磨掉了便是我的罪过了。我连忙阻止贾先生："千万不要磨掉，我再找块章料麻烦您再给小女儿刻一个吧！"

于是，我又上了久违的"微拍堂"，想再拍一枚和之前那枚一样的章料。可这又谈何容易，一连在网上转悠了数天，也没能寻到和那枚一样的章料。最后也只得将就，无奈地拍了枚看上去还有点相近的章料，可等快递过来一看还是差别有点大。艺术品就是这样，如果都那么容易重样，也就不是艺术了。

我在拿到新拍的"雅安绿"的第一时间，便送到贾先生手中，生怕拖得久了不给刻了。好在贾先生对朋友从不吝啬，尽管他的作品市场上已然价格不菲，但对于朋友之托，从来都是有求必应。贾先生接过章料还一个劲儿地自责，让我感佩于心。大约等了十天，贾先生的作品完成，小女儿终于有了自己的印章。尽管不是她自己抓周抓到的那枚，毕竟这么小就拥有了自己的名章，比起她的父辈祖辈已然是美好得多了，这美好得益于贾先生的慷慨。

一枚印章的雕刻，经历了曲曲折折。生活有时就是这样难以预料，你想给予的不一定能给得成，不想得到的也不一定得不到。

2018年秋月写于北京三里河

过把老师瘾

第一次坐在中学的讲台上，心情有些小激动，看到孩子们青春的笑脸，很自然地想起自己中学时代，仿佛变身中学老师了。

女儿进入初三有了晚自习，家长要轮流值班。值班也不复杂，就是坐在讲台上看着这些孩子，看谁来了谁没来，问清楚为什么没来；看他们学习时认不认真，课上有没有交头接耳，有没有人乱走动，有没有人开小差……

未进校门，远远地便见到坐在楼梯口台阶上的大女儿和她的闺蜜霏霏向门口张望。见我来了，两个孩子跳起来迅速跑到我的跟前，霏霏跑在前面，边跑边嬉笑着高声叫嚷："欢迎叔叔……"我伸出手先和她握了握，她也着实配合，并转头向我大女儿炫耀："叔叔先跟我握的手哦。"女儿则做嗔怒状，一把打开那刚刚握上的手，紧接着抱住我一条胳膊。

校门口的保安叔叔被两个孩子的举动逗得笑开了花，他让我签了到，登记了姓名、班级、联络方式等，之后又给了我一张写有"初三（七）班"塑封了的红色指示牌，笑着跟了句："下了课别忘了拿回来哦。"还没等我接，霏霏便一把抢过指示牌，高举着向教学楼冲去。

两个孩子前头带路，一蹦一跳地欢呼着、雀跃着跑向教室。女儿则又回过头来撒娇："你抱着我吧！"这大概又想起了刚才我与霏霏的握手。我说："好啊，那就抱一个。"她又几步蹿到前面，分明是大庭广众之下不好意思让抱的。七班的教室在四楼，没有电梯，跑在前面的女儿回过头来问："老爸，没有电梯，你行吗？"闺女是在心疼我？应该是吧！

其实初三之后霏霏已经不在七班，但她和女儿的友谊似乎更加深了些。上到四楼，霏霏便把指示牌给了我，说了声"再见"便去了她的新班级——六班。

走进教室，开朗的孩子们高声叫喊着："叔叔好！"我也假模假式地说："同学们好！"那一刻，老师的瘾就上来了，虽然并没有班长喊起立——我所熟识的班长小涵同学也被调整到了其他班（好像是二班）。我幻想她若在说不定会喊起立的。小涵那孩子天生有当班长的范儿。

去年暑假，我曾陪着女儿、霏霏、小涵和贝贝四个女孩子到欢乐谷狂欢，当然，我只负责开车接送和拎包看包等服务保障工作。那是我第一次接触女儿的同学，大概因我服务到位又不使她们感到拘谨，我给孩子留下的印象蛮好；而她们给我留下的印象不仅是欢声笑语，还有小涵的范儿。四个人走在一起，小涵的样子让我想起在重庆四面山里见到的猴王——四平八稳，气定神闲。可惜，她去了别的班；而贝贝则去了国外游学一年。四个小伙伴就这样被分散开来，这让女儿很是伤心了一阵子，而这点离别之痛仅是人生"渐行渐远"的开幕，孩子们也自然会学坚强。

我注意到讲台右侧靠窗处的暖气片上依着一对拐杖,我问孩子们:"是有同学受伤吗?"有孩子告诉我那是小翾的拐杖。小翾是个女生,常听女儿提,她也是女儿的好友。以往接女儿时也曾校外见过小翾,很安静,应该是个踏实认真的孩子。前几天还听女儿说她和霏霏为了给小翾打饭而没有抢上饺子(饺子似乎是女儿在学校食堂的最爱,常常听她说吃的饺子)。正想着,小翾走进教室,略拐着右腿,想必已经好了许多。她坐到讲台对面第一排的座位上,紧挨着讲桌。

"你坐这儿?"我问她。

"是的叔叔。"她回答。

"数你离老师最近。"我接着说。

她看了看我,笑了,但没有接话。

这让我想起了去年写的那篇文章《小女生》的生活原型,那是个顽皮好动的小女生,被班主任安排在了能够一伸手便摸得到的讲台一侧,她略有走神便会迎来老师的劝告:"别闹,好好的!"有了这位班主任,她从一个顽皮的小女生,变成了名副其实的学霸,那年高考,她考了齐齐哈尔全市第一。

我又抬眼看了看正埋头写作业的小翾,就这样一个座位,十足的C位,似乎不好好学习都不好意思。

有个孩子一直低着头看抽屉里的其他书(我认为是闲书),有两个孩子偶尔传看作业,后面还有个孩子似乎在打瞌睡,又似乎是闭目养神……但更多的孩子是在埋头写自己的作业。我走下讲台,走到孩子们中间巡视。我先是到了那位低头看"闲书"的同学身旁,猛地一弯腰,想看看他看的是什么书,可分明是作业练习册。女儿就坐在他的右后方,小声对我说:"你还真管呀！"我不仅是真管，也是伸展一下腰腿，放松一下气氛，从晚六点半一直到八点，整整一个半小时，对于十四五岁的孩子来说无疑是个考验。孩子和家长都不容易。现在都讲究家校联教，家长压力早已被传导到位，许多家长都跟打了鸡血似的，盯得孩子没处躲没处藏的。想想自己小时候，家长何曾有过这个"待遇"。这也是时代不同了，学习的方式变化了，家长孩子同学习。

孩子们，加油吧！学习的路上，有你，有我。

不知不觉中，一个半小时即将过去，我似乎还没过够老师瘾就该下课了。对于孩子来说，晚自习天天都有家长坐在讲台上，可能哪个家长都一样（除了自己的家长）；而对于我来说，一个学期也不过是一两次，当珍惜！我对孩子们讲："很高兴能和你们一起学习，可惜只能等下个周期才能再和你们一起学习了。"孩子们你一言我一语地说笑着，下课后的兴奋已让他们不太在意我的举动，而我依然沉醉在老师的角色里："现在谁是班长啊？班长要招呼一声哦！"

"×××（未听清）是。"女儿指了指一个端坐着正收拾书包的女生。

"她就是！"一个本已出了教室的男生又跑回来，指着女儿冲我笑呵呵地说了一句，然后便去收拾桌凳、关窗户。我看他倒像是个班长。果然，他是副班长，一个负责任的副班长，也是一位调皮幽默的小男生。

女儿站在教室门外冲着小翻笑，说了声："你要耐心等待哦！"原来，脚受伤的小翻是要等妈妈进教室来接的。

回家路上，女儿对我说："你的话真多，你是值班家长中说话最多的。一下课我们同学就跟我说你有老师范儿,问你是干什么的,我说不知道。我差点就说了你是坐在家里的作家。"

女儿哪里知道,我难得过一把老师瘾,高兴!

2023 年 9 月 25 日晚

写于初三(七)班教室讲台　于次日晨整理修改

第三章 母爱无形

姥　姥

姥姥走了，走得很安详。

我听到这个消息后，从百里外的地方一路打车赶到她病逝的医院。

病房里，姥姥平静地躺在床上，周围站了一帮人，娘、舅舅、舅妈、姨……他们强压着心中的悲痛，呜咽着。看到姥姥，我再也无法抑制心中的痛，跪倒在床前泪水夺眶而出。

姥姥一生很不易。姥姥小时候，家里还算富裕，姥姥的爷爷是个懂得置办家业的人，断断续续地买了几十亩地，还雇了长工。姥姥的爷爷奶奶家族观念都很强，一家二十多口人始终合过，每到吃饭时，姥姥的奶奶都要亲自掌勺，大人孩子排队打饭的样子很是热闹。

女人无才便是德，受这种封建思想的影响，家里没有让姥姥读书，但姥姥是个能人，那时，村里经常来说书的江湖艺人，姥姥每听一遍他们说的内容，就能记住故事情节、人物姓名。以至于许多年后，儿时的我们还经常听她小时候听到的故事，那故事，多是神化了的"水浒英雄""杨家将""岳家军"。听姥姥讲故事，是我儿时最喜欢的事情，是我今生最难忘的记忆。

姥姥七八岁的时候，她的爷爷、奶奶、爹、娘都因病相继去世，由于自然和人为的灾祸，家里的条件每况愈下，最后不得不靠卖地维持，等到了她该出嫁的时候，几十亩地已所剩无几，穷得连她的哥哥都快三十了还找不上媳妇。在那个年代里，女人总是牺牲品，为了给哥哥找门媳妇，姥姥只得用自己的幸福给哥哥换回了一个媳妇，不情愿地嫁给了大她近十岁的我姥爷。

姥爷给人家当长工，是个老实人，犟脾气。也不知因为什么，结婚三年没和姥姥同房，后来两人终于和好，姥姥一连生了四个孩子。

姥姥虽没上过学，但深知学问的重要。据说，姥姥的祖上做过康熙年间的知州，还曾捐资修筑过运河堤坝——谢家坝。诗书济世长，虽没见到过姥姥家的书面家训，但那传承想必是深入了骨髓。也许正是有了这深入骨髓的传承，日子再苦、再难，姥姥也坚持让孩子读书上学，姥姥也没有重男轻女的思想，不管男孩女孩，都供养上学。为此，她没少和姥爷吵嘴。

姥姥四十二岁那年，正是三年困难时期最严重的一年，姥爷在这年饿死了，姥姥从此守寡，一守就是四十年。姥姥含辛茹苦拉扯四个子女，靠挣工分、卖鸡蛋、捡麦穗等供养他们从初小上到高小，上到初中、高中……能够供子女，特别是女孩子读书，在那个年代的偏远乡村本身就是个传奇。

姥姥对待子女一碗水端平，不管是供养读书，还是吃穿住行。别小瞧这"一碗水端平"，它可以使得子女一生互爱互助、和睦相处。

姥姥教子女严也是出了名的，天生顽皮的小舅小时候没有少挨笤帚疙瘩，但她又从不瞎账（方言，类似"不糊涂"），挨了打的子女从来都是心服口服。

姥姥不光供养子女读书，还教子女做人——要与人为善，要懂得尊重别人，不能瞧不起任何人，哪怕是村里受人欺负的傻憨，能帮的就要帮一把；要有骨气，出门别惹事，遇事也别怕；要本分，不该自己拿的，一分钱也不许碰……或许，姥姥对子女的管教和天下所有善良的母亲一样，并没有特别之处，却是最朴素和美好的传承。许多年过去了，姥姥的子女——不论做工人，做老师，抑或做了将军，始终本本分分，踏踏实实。姥姥的管教，不仅影响着她的子女，也影响了她的子女的子女，而这种影响，还会继续。

姥姥走了，那天也正是她的生日。姥姥带着婴儿般的笑意走了，走得很安详。

2003年12月9日写于北京通州中仓

蒲公英的顽强

都说蒲公英有顽强的生命力,它的种子会随着风飘移,然后扎根生长于各个角落。而为了给母亲治病,我又见识了蒲公英别样的顽强。

母亲患病手术后,有朋友说吃蒲公英可以辅助治疗。于是,我和四弟走入北部山区,挖蒲公英。

这一挖,便不小心挖多了,一时半会儿吃不完。朋友说可以把蒲公英洗净晾干了泡水喝。我们便把剩下的蒲公英择了择,洗干净,晾了起来。

因为是刚开春,又是在山里挖的,蒲公英都很嫩,一部分刚刚长出花蕾,但绝没有开了花的。可晾晒到第三天,奇迹出现了,那些稚嫩的花蕾居然开了花且结出了毛茸茸的朵,那微缩了的朵里嵌着它的种子,那是能够随风飘移的种子,是它生命的希望,飘到哪里,只要有一点儿土壤,给它一点儿水分,它就能生根发芽,它的生命就又得到延续。

我慨叹于蒲公英的顽强,它在脱离土地滋润的那一刻,使尽全身的力气,集全身的营养浓缩给了它的种子。这就是蒲公英,以它独到的顽强不断地完成着它生命的延续。

这段时间以来，已听不少人说蒲公英能够抑制肿瘤，能够救人性命。或许，人们从它的身体里汲取治病的营养时，也为它的顽强所打动——只要有一线希望，就决不轻言放弃。

蒲公英，一棵小草，却给了人们顽强的启迪，给了母亲活下去的支撑，谢谢你！

写在 2016 年 4 月 16 日夜于三里河

官　相

母亲望着走入办公大楼的弟弟的背影说:"这个小个子还挺有官相的,挺有能耐的。"我有些诧异地望着母亲。母亲看了看我又说:"过去你也有,现在没有了。"我更诧异地望着母亲:"啊,是吗,我也有过？"母亲肯定地点点头:"是啊,现在没了,可能是年龄大点了的缘故吧。"

母亲在说弟弟有官相时,脸上写满了自豪,而在说我没有了官相时,似乎又有了一丝遗憾。或许在母亲眼里,做了官的人都得有点官相,或者说,有官相的人才能当得了官。面对母亲的自豪,我心里却满是羞愧。多大点官儿,芝麻大点儿,更何况压根就不是官儿,充其量也就是个吏,是具体干活的,居然还有了"官相",这难道不是一件让人羞愧的事吗？

我们常常要求孩子"站要有站相,坐要有坐相",也常说"当官的就要有个当官的样子",或许,母亲心中的"官相"就是"要有个当官的样子",当真这样,我心里便踏实了许多。

我觉得"官相"要不得,但做官的人务必"要有当官的样子"。"要有个当官的样子"就是当官的不能把自己等同于老百姓,就要严于老百姓，特别是在遵纪守法方面，定是"严"字当头。老话讲"上梁不正下梁歪""己不正焉能正人""正人先正己"，等等，说的都是这个道理。

  几千年来的老百姓都望子成龙、望女成凤，都想让自家的孩儿当个官儿，什么"书中自有黄金屋""书中自有颜如玉"，什么"衣锦还乡""光宗耀祖"……想法很朴素。民办教师出身的母亲望着从乡村走出的儿子步入办公大楼的那一刻，自然满是自豪。然而，儿行千里母担忧，我们做儿女的，无论是当官儿的、做生意的，还是普普通通的上班族，在给予父母自豪的同时，恐怕更重要的还是得给父母一份放心，我们得踏踏实实做事、干干净净做人。

2016年4月19日修改于三里河

中秋节的糖火烧

今年的中秋,我们都聚到母亲身边,在弟弟家刚购得的较为宽敞的房子里团圆,又吃上了母亲做的糖火烧,我仿佛被带回了童年,想起了那时的味道。

小时候,每到中秋节,母亲都会烙上一柴锅糖火烧。柴锅很大,一般都设在一明两暗的中间屋里用土坯(条件好点的用砖)垒的灶台上。灶膛通着里屋的炕,烧柴火时形成的烟顺着火炕里面的烟道,一直通到对面墙里,然后顺着墙里的烟道通到房顶,从房顶上的烟囱里冒出来,那便是炊烟。每到做饭的点,家家户户的房顶上都冒起炊烟。现在的老家也见不到这景象了,虽然还不是楼房,还是多少年来延续下来的骑脊(尖顶)瓦房,但谁家还会烟熏火燎地烧柴锅?谁家还指望用烧锅取暖呢?所以多数屋顶上已然没了烟囱,那"炊烟袅袅近农家""乡村炊烟映晚霞"的景象当真是一去不复返了。

我小时候特别喜欢当"火头军",就是烧火,大概就是杨家将里杨排风干的活吧,坐在灶台前,往灶膛里填着柴,需要大火就拉拉风箱,呼哧呼哧地几下火就旺起来;需要温火,就慢慢放些柴让它自己燃。烧火用的一般就是玉米秸、棉花柴之类，赶上过年炖肉了才烧劈柴（木头）。烙糖火烧不用大火，用温火即可，不然会烙煳了的。母亲在灶台旁边的面板上，不停地擀面、包馅、再擀……然后放进锅里，盖上锅盖，焖一会儿，掀开锅盖，给糖火烧翻个个儿，再盖上锅盖。这时候，还没有熟透了的糖火烧的香气已经飘散开了，弥漫了屋里的角角落落。这香气钻进我鼻子里，我的哈喇子都呼之欲出了，我便不由自主地一个劲儿地往灶膛里添柴。不一会儿，一旁正忙于擀制糖火烧的母亲或许听到了噼里啪啦的火声，或许嗅出了淡淡的煳味，赶紧嘱咐："小点火，小点火……"真是"心急吃不了糖火烧"呀。

一锅糖火烧终于熟了。刚出锅的糖火烧热腾腾、圆鼓鼓的，表皮沾满了芝麻粒，似焦非焦，里面包的红糖熟了便成了糖汁。我们虽心急嘴馋，不是糖火烧的第一批吃客，母亲或父亲总是会取几个盛在盘子里恭敬地放在供桌上，先请各路神仙吃好，接下来才轮到我们几个。过去农村好多家庭都有这个传统，逢年过节都会上供，专门设有供桌，一般设在正堂，供桌后面墙上会贴有"全神"，从玉皇大帝到千里眼杨任，一应俱全。供桌上摆着各类水果、点心等节日里才做的好吃的，比如这糖火烧摆上后，要焚香、烧纸（黄表纸），然后跪拜"全神"，然后再一一跪拜财神爷、灶王爷、宅神、门神、路神、炕神、缸神，甚至还有茅神（茅厕之神）。这跪拜之事一般都是父亲的事，我们也会被要求跟着父亲跪拜。等拜一圈下来，才被允许吃那早已令我们馋得满嘴哈喇子的糖火烧。长大后才似乎明白父母坚持让我们跪拜一圈后才吃这糖火烧的良苦用心，大概是要培养我们的敬畏之心。不过拜一圈下来已经稍微晾凉一些的糖火烧，倒是不至于烫伤嘴巴了。

第三章　母爱无形 / 193

早已急不可耐的我们往往会拿起便咬，红糖汁顺着嘴角往外滋，那感觉，热热的、甜甜的、香香的……

糖火烧，是我们老家每到中秋夜必做的小吃，算是家家户户的月饼。多少年过去了，品了百花齐放、各式各样的月饼，都未曾有母亲做的糖火烧那般清香可口。

今年的中秋，年过古稀的母亲那岁月蹉跎的脸上堆满了笑。她忙于锅前灶下，吩咐着几个儿媳妇给她打着下手。虽然从乡村的土灶换成了城市现代化的厨房，从烧柴火换成了用电饼铛，但那份热闹和亲情依然是那么浓厚。在母亲的引领下，几个儿媳妇有和面的，有调糖馅的，有收拾电饼铛的；有擀皮的，有包馅的，有烙的……母亲的几个孙子孙女满屋地追逐、嬉戏，还时不时地跑进厨房看大人们的进程。我窝在沙发里读着自己刚刚出版的《哑女画家》，脑子里却满是孩子们的欢声笑语，我分明看到了童年的我和兄弟们。我们生命在延续，这个家的美好在传承。

糖火烧终于出锅了。进了城的农家人，已然没了那么多拜天敬神的规矩，直接把糖火烧端上了饭桌，弟兄几个会不约而同地端起第一杯酒敬祝母亲安康，这也算是一种规矩吧。都说"父母亲是儿女最大的佛"，这话说得颇有道理，没有父母哪会有子女，连生命都没有，拿什么来敬佛？所以说父母亲是赐给子女生命的佛，是养育我们的佛，是最该敬的佛。等敬了母亲酒，孩子们便可以开吃了。在外面买来的月饼，我们竟然忘了端上桌。

四个孩子一人抱一个糖火烧吃得那叫一个香。我想起了我们小时候母亲常讲的关于糖火烧的故事，便央母亲再给后辈们讲讲，母亲当然乐意。

相传在元朝末年，官府暴敛，民不聊生，为防止民众联合起来造反，就严禁人们互相交流，即便在街上遇到也不能停下来交谈。那时农村五户为一组，每一组由老百姓私下喊作"元达子"的士卒来监管。监管士卒常常凶神恶煞般欺压百姓，特别是发现有当街交谈者，便施予重刑，轻者割耳挖舌，重者砍头示众。百姓对这些士卒恨之入骨，早已起了反心，只是监管甚严，难以联络起事。这年农历八月十五前夕，有户人家想了个主意，自己在家里烙了许多火烧，中间夹了张小纸条，上面写了联合起来杀元朝士卒的时间就在八月十五中秋之夜，然后分送给其他人家。于是，在那年的八月十五中秋月圆时，一场起义爆发了。这场起义规模或许很小，小得只能算得上一次事件，或许也就只杀掉一两个元朝士卒，却有可能从此掀起了推翻元朝暴政的浪潮。正所谓"星星之火，可以燎原"。后人为了纪念这起事件，便在每年的中秋夜烙起了火烧，只是里面的馅儿用糖替代了最初的纸条。那甘甜的滋味或许象征着幸福生活的开始。

母亲讲完故事，孩子们似懂非懂，只有大一点的正在读初中的侄子说了句："原来是这样啊！"衣食无忧的孩子很难理解那远去的刀光剑影。别说是孩子，就是已然不惑之年的我也很难想象那连当街交谈都被禁止，是怎样的一种白色恐怖。那种连交谈说话的自由都没有的日子，生活在当下的我们又何以能够理解？不可想象便不再去想象，但这则故事在传递着"兔子急了会咬人"、受压迫的人们终究要反抗的道理的同时，更会让我们珍惜今天的富足祥和。

透过窗户，一轮圆月镶嵌在深邃的夜空，暗淡了星星，映亮了一簇龙首样的白云。眺望不远处的卢沟桥畔，那里曾是燕京八景之一，是京城著名的赏月之所，素有"卢沟晓月"之美誉。如今，它仍然是人们中秋赏月的好去处。每年的这个时候都会有许多闲情逸致的人身临其境。借着月光，我看到了卢沟桥上影影绰绰的人们，还有载着人们美好心愿的孔明灯慢慢向上飘去，点缀了半个夜空。

2014 年 9 月 9 日夜

带着母亲去旅行

"娘，带着您去旅行"，这几个字，早在三年前便已写下，然只是写了个标题，却迟迟未能动笔写就，是因为总想能陪您多去一些地方，等去的地方足够多了再写也不迟。

带着您去旅行，大概是从北京举办奥运会那年春节开始的，我们和小舅一家结伴乘火车去海南过了个年，那是您第一次出那么远的门，第一次看见大海，第一次看见椰子树，第一次穿着夏装过年……您喜欢上了三亚，后来又专程陪您来了两次，最后一次是2014年的三四月间，为了躲北京的雾霾。如果说去海南算是度假，那么从2011年夏天的湖南之行便是开启了旅游模式。

十天的工夫，我们把个湖南的著名景点——南岳衡山、橘子洲头、岳麓书院、凤凰古城、张家界等逛了个遍，那叫一个翻山越岭、跋山涉水。湖南之行，也是您第一次坐飞机。

玩真是会上瘾的，当年的"十一"小长假又和四弟一家来了一场京北自驾游，那一路的欢歌笑语，让我有颇多意外感受，回来便成就一篇长长的自驾游记。过了一年，我们去了三晋大地，晋祠、乔家大院、平遥古城，还有五台山，又留下一路您的欢喜。五台山下临时买的小棉袄，您一直穿到最后，不是因为那棉袄有多好，而是因为您珍惜那美好的回忆。又一年夏天，我们陪您去了内蒙古的海拉尔，广阔的大草原、蒙古包里的烤全羊、原始森林里山地摩托、阿尔山的天然温泉，您一路走来，一路欢颜。在此之前，三弟还曾陪您去了趟新疆。我跟您开玩笑说您视察了大美西北，又要考察东北草原。那时，您身体的强健，让我这个做儿子的安心又幸福。后来，我们到了彩云之南，去了弥勒、普者黑、建水、抚仙湖，当然最后一天还去了滇池、民族园等热门景区，行程安排得让我们马不停蹄，您则是一路健步如飞……

在去云南之前，本想陪您去趟沈阳的，因为那里是您曾经奋斗过的地方。20世纪80年代初，乘着改革的春风，四十多岁的您和父亲曾到沈阳做过小生意，从老家——那个冀东平原运绿豆到沈阳一带零售，就为了赚一点点差价，就是用这一点点差价的积累养活着您那四个正读书的儿子。您和父亲瘦弱的身躯却要背起一二百斤的绿豆，进出火车站时，为了不让检票员看出超重，还要一手提一包故作轻松状。您说："全靠超重挣点钱，如果被发现罚一下，不但赚不到钱，弄不好还得赔了。"您和父亲是小镇做这个生意的开路人，开始在沈阳市区很快就能卖掉，但镇上的人见生意好做，许多人也跟着做了起来，背的人多了，利也薄了，而且买的人也相对越来越少了。沈阳市区卖不动了，便往四周扩散，什么本溪、辽阳、抚顺、铁岭，甚至吉林的四平、内蒙古的通辽，都留下了您和父亲起早贪黑、走街串巷的身影和汗水。那一两百斤的绿豆是要一斤一两地卖出去，钱是要一分一厘地挣回来。那时的我们都在上学，而您和父亲不管多难、多苦、多累,都坚持不让我们辍学。每次交学费,我们几个都是最积极的。就连日常花销,甚至连一些过分的要求,您都尽可能地满足。记得上初三时,有天跟您去赶集,看上了一件防寒服,可一看价要六十块,虽爱不释手地翻看了半天,但也没敢说要买,回到家又忍不住念叨了一句。您都看在眼里,没有言语,悄悄回去给买了回来。那可是在80年代中期啊,六十块钱对于一个农村家庭那可不是个小数目,那几乎是全家一个月的口粮,这钱都是您和父亲在沈阳那旮旯一分一厘挣来的呀!

您这样对待您的儿子,对自己从来都是省吃俭用,舍不得吃,舍不得喝,甚至连衣服都是缝缝补补数年不换。一想到这些,我就特别想陪您去您奋斗过的地方看看,这种想法已经有了几年,但始终没有成行。这次去云南之前本来已说好去沈阳,行程都已安排好,但后来又有朋友建议结伴去云南,怕您连续出行身体吃不消,便征求您的意见:"两个地方都去,还是只去一个地方?如果只去一个地方,是去云南还是去沈阳?"我又补充跟您说:"沈阳近,咱说去就能去;云南远,去一趟不容易。"其实明摆着我是愿意让您去云南的,不光是想让您多看一个地方,还有一个从不愿说与人的原因:一想到陪您去沈阳,我便有一种不祥的预感,总觉得去沈阳会是您最后的旅行,所以也就有意地推迟沈阳之行,想让您多陪我们几年。

我们畅想着,四川要去,陕西要去,两广要去,江浙要去,港澳台要去……还计划陪您去坐坐豪华游轮,就在大海上漂呀漂,还能出个国,您一个农村老太,若能出趟国转转,该有多好。

有人觉得陪老人旅行是件辛苦的事,可我从没有这样的感觉。和您一起旅行,有的全是轻松和快乐,一路欢歌,一路笑

第三章 母爱无形 / 199

语。在陪您旅行的过程中，我享受了满满的幸福。收获的远比付出的要多，要多得多。带上您去旅行，已经成了我每年暑期休假的支撑，带上您去旅行，已经成了我生活的一部分。

然而，就在去年的11月，您突染重病，仅半年余便撒手人寰。我们原本约好的旅行，再也不能和您结伴成行。

旅游的路上，再也没有了娘亲陪伴，那旅游，势必孤独……

2016年7月14日记于北京三里河
2017年8月4日整理

当回老家过年不再住家里

今年春节,第一次回老家过年不住家里。

从20世纪80年代末,那个意气风发的少年走出冀东小镇起,到今天老婆孩子一小堆,这么多年了,每到春节,我都会想方设法地回家过年。除了第一年新兵不让请假,在之后的每个春节里我都坚持回家过年,甚至还有一年是偷着回的,为此还被宣传股长批得一塌糊涂,以至于在此后数年被另眼相看,总觉得我是个不守规矩的人。而尽管如此,我都觉得值,春节回家是我们的传统,我要回家,是因为家里有牵挂我的父母。

三十个年头了,每次回家过年都是悄悄地回悄悄地走,而过年那些天也都是住在家里,确切地说应该是"在家窝着",除了必须走动的亲戚,朋友也少有走动。因为我回家过年的目的就是陪父母,长年在外地工作,一年到头也回不了几次家,好不容易回去了再不好好陪陪父母,心里亏欠得慌。前些年有中学老师来京,闲聊中说我回家太少,而了解我的一位同学赶紧更正,"他可不少回,只是回家从不跟我们打招呼"。我怕老师怪罪,只好搬出父母挡驾:"回家次数确实不少,但都待不了几天,也就陪陪父母就走了。"老师很理解地看看我，语重心长地说："父母要陪，父母要陪，但也要抽出点时间来陪陪同学嘛！"几个同学也都随着老师说："对呀对呀，怎么也得抽出点时间和老师同学吃个饭啊！"我连连说是，但心里还是有我的小九九。我并非不好热闹的人，但凑热闹和陪父母相比较，我还是更愿意陪陪父母聊聊家常。正如那首《常回家看看》里唱的"生活的烦恼，跟妈妈说说；工作的事情，向爸爸谈谈"，对于我们这些常年在外地工作的人来说，回到父母跟前扯扯闲篇儿，是一种享受。想来，这个世界上，能饶有兴致、津津有味地听你絮絮叨叨地说那些东家长李家短的琐碎的事情，除了父母，还能有谁？父母才是我们最虔诚、最无私、最渴望的听众，你不说给他们听，还去说给谁？谁还能像父母那样想听、爱听、会听？我体会老师同学的美意，但仍然固执地坚持"悄悄地回，悄悄地走"。

回家过年，风雨无阻，乐此不疲。正像流传的那句话"有钱没钱，回家过年"，要我说还有"有机会，回家过年；没有机会，创造机会也要回家过年"。回家过年，是中国人的传统，已融入我们的血脉。不管你在天南海北、世界各地，只要你是华人，只要你身体里还流淌着中国人的血液，春节了就会想回家过年，是自然而然的，是情不自禁的。要不，怎么会有那"一票难求、如潮的春运"；要不，怎么会有那"千里走单骑""高速路上的广场舞"……这就是年，中国人的年，不如此就不为过年。

回家过年，必然会住在家里。老家住的还是平房，透风漏气，即便把土暖气片烧得烫手，屋里依然很冷，总是要穿着棉衣棉鞋。可屋里再冷，心是热的，因为有父亲张罗的那桌好饭，有母亲没完没了的嘘寒问暖。对于我来说，不住在家里就没了年味。然而，今年的春节，我却住在了县城宾馆。母亲在去年夏天也离我们而去了，父母亲都不在了，没了爹娘的家凄凉透顶。有爹娘在，屋里再冷心里也暖意融融；可没了爹娘的屋子，暖气烧得再热，温度再高，也是凄凉。我没有勇气受这份凄凉，只好带着老婆孩子住在了县城宾馆。可令我没想到的是，县城宾馆的房子着实紧张，从大年初一入住到初四离开，每天都住满了人，想必大家都是漂泊在外回家过年的人。而对于我来说，今年的回家过年不再是单纯的过年，更多的是为了给父母上坟。老家讲究老人去世头三年的正月初二上新坟，而又以第一年和第三年最为重要。老人在时，你不回家过年还没有人说啥，老人走了连新坟都不上是要被骂作不孝的。我并不担心被人们骂作不孝，我更在意父母健在时的那份陪护，人都不在了，上坟燎草再讲究也就是个寄托哀思了。千万别等父母走了才想起孝敬，那就晚了。

　　大年初二，是我上新坟的日子。我起得比平时早些，平时醒了还能再睡，而今天说啥也睡不着了。妻女还在熟睡，我便一个人下楼到车上收拾东西，而这时的宾馆里已经人来人往了。上了电梯，中间上来两人，应该是母女，母亲大概五十来岁，女儿二十出头，她们站在我的身后。电梯继续下行了两层，又上来俩人，一位中年妇女搀扶着一位腿脚不便的老太太。电梯又下行到五层停了下来，中年妇女搀扶着老太太下了电梯，嘴里说了声："妈，咱先去吃饭吧。"老太太在女儿的搀扶下挪动着脚步下了电梯。就在电梯门关上的那一刻，我身后传来呜咽声，继而是痛哭声。我不忍回头望，半转过身，余光里看到年轻女孩搂住恸哭的妇人。那妇人哽咽着说："你看人家还能搀着她的妈妈……"

我想这位妇人一定是刚刚失去了母亲，触景生情。出了电梯，我也泪流满面，看到别人的妈妈，便想起自己的母亲。走在小区里、大街上，哪怕是看个电视，不经意间的一个镜头都会让我不由自主地想起母亲，多想再搀扶着母亲散散步、爬爬山、看看景，多想再听听母亲的嘘寒问暖，多想再看看母亲那满脸褶皱的笑……

那位失声痛哭的妇人，宣泄了失去父母的我们过年回老家而又不能住家里的酸楚。多想有个家，多想那个有父母的家啊！然而，一切都不会再来，就像滚滚东去的长江黄河之水，走过的时光再也不会回转，失去的亲人再也不会复生。

"树欲静而风不止，子欲养而亲不待"，孝敬父母，只争朝夕。

写在 2017 年 2 月 7 日于北京三里河

娘这一生

2016年7月9日，农历丙申年六月初六十七点三十三分，娘永远地离开了我们。生于1942年农历十月二十六的娘，走完了她人生七十四个春夏秋冬。

娘一生仁义，与人为善，常常以德报怨。她凡事总替别人着想，即便是在生命最后的时刻，在住院期间，半夜里看到药液输完了，也不愿叫醒熟睡的护工，而是自己艰难地挪动着身躯按铃叫护士，同室的病友看了都为之动容。

娘一向坚强，即使在最后一段时间里，腹腔内长满了瘤子，一阵阵腹痛（那是一种无法用语言描述的痛），也只是捂着肚子扭曲着腰身咬着牙坚持着，从没喊出声。娘怕喊出声来惊着我们，怕让我们跟着揪心。娘在最后时光仍然坚持下床，拖着病躯在医院走廊里艰难地走上一圈、两圈，还时不时地念叨："这要落了床（方言，意思是瘫痪在床）怎么办啊？"娘是怕她瘫在床上得让我们伺候，给我们增添负担。

娘爱干净。屋子从来都收拾得利利索索，衣服都是干干净净。就是在走的当天，已然被腹水压迫得喘不过气来，她还是坚持洗脸刷牙。娘走的时候是在送她回老家的路上。当时她用着呼吸机，救护车从北京出发奔大广经荣乌、廊沧高速向老家疾驰，快到沧州时母亲便驾鹤西去。换衣服时，我们用消毒纸巾反反复复给娘擦了几遍身子才换上早已精心订制的衣服，也算是满足娘爱干净的性子了。

娘从来乐观。她说话慢言慢语，但会时不时地说些俏皮话，还常常讲一些从她的母亲那儿听来的故事，那些古老的、口口相传的笑话总会让人忍俊不禁。就在娘临走的前一天晚上，从老家专程赶来探望的她的妹妹和外甥女，两人搀扶着娘上厕所时，娘还开玩笑说了一句俏皮话："生吃菜瓜，立劈蚂蚱，俩人架着，赶着个蛤蟆。"而在娘去世的当天早上，我赶到医院，突然被腹水压迫到喘不过气来的娘拽着我的手还说了一句："不要娘了！"我知道，娘不是在责怪儿，娘的这句话三分玩笑，七分不忍离去。

娘一生节俭。她从不浪费东西，无论是吃的用的穿的。饭菜剩下总也舍不得扔，下一顿热热自己吃，以至于儿时的记忆里娘总是在吃剩饭；各类家伙什儿，从锅碗瓢盆到床单被褥，总是要用到实在不能再用为止；衣服袜子也总免不了缝缝补补，这也是许多那个年代走过来的人共同的习惯。娘的节俭的确成了习惯，就在去世前六七个小时，娘吐完几口唾沫要擦嘴，都是只用一张抽纸的，平时我们也知道娘这个习惯，每次也只是给娘抽一张，或用一张帮她擦拭，可这次看着她难受的样子，三弟顺手抽三四张纸要给她擦拭，可还没等擦到嘴，娘却颤抖着右手抢过了纸。本以为娘是想自己擦，可没想到娘硬是颤抖着左手找到右手，揭出一张纸，用一张抽纸擦了自己的嘴。那一刻，我的心针扎一般。

娘平静地走了，走完了她平凡的一生，但就像普天下的母亲在儿子心中的地位一样，娘在我的心里永远是最伟大的，她是世界上最好的母亲。倘有来世，还想做您的儿子。

写于 2016 年 10 月 1 日

入土为安

白　事

　　印象中，在中国绝大多数的农村，对于婚丧嫁娶通称为"红白喜事"。也就是说，人们对待结婚和死亡两个毫不搭界，甚至完全相反的事情的称呼竟然都为"喜事"，这反映了人们对待死亡的态度，是理性的、乐观的、豁达的，是把死亡看得和结婚生子一样自然而然的。尽管失去父母的孝子贤孙们哭得一塌糊涂，但在外人看来，也只是一出戏，一出折子戏，一场落幕前的演出……

　　通常，人们发送逝者的仪式远比结婚生子隆重、讲究，这种情况尤其表现在农村。现如今，许多传统的习俗只保留在了农村，越是在传统的村落便越是明显，而被钢筋水泥包裹了的城市离这些习俗渐行渐远。

　　我的家乡，这些年虽然也发展了不少，但终究还是慢的，人们还是住在一栋栋的平房里，还尚未搭上"上楼"的快车。也正因如此，民间的习俗还是保留着，尽管细节上有了些许简化。

母亲安详地躺在房子正厅临时搭起的灵床上,像是熟睡了,静静地不作声,任由前来吊唁的亲友哭泣呼喊。这一幕永远地烙在了我的心里,以至于在今后的岁月里每每回到老家走进这个院子,脑海里便闪现出母亲安详地躺在厅堂里的样子。

现在的房子是在父亲去世后的第二年翻盖的,母亲说父亲临终前一直有这个心愿,老房子太旧了,下雨漏雨,刮风进风,因为谁家翻盖总会把地基垫高,所以我们的地势越来越低,雨下得大了还会倒灌进屋里,真成了马三立相声形容的"三级跳坑"了。为了却父亲心愿,母亲带着唯一留守在家的四儿媳和还不满三岁的孙女,妇孺三代三人,硬是张罗着把房翻盖了。要知道在农村盖房子可是很操心的,大大小小的物件都得自己去买,每个环节都得自己考虑,远比在城市里装修房子来得复杂。母亲就是个优秀的项目经理,手下只有一个助理,还得照顾着一个小娃娃,而我们这些身不由己的不孝之子能做的只是轮流回去看看而已。这座房子,凝结着母亲的心血,凝结着妇孺三代的心血。而今,母亲安详地躺在厅堂里,静静地等着她的不孝之子们为她送行。

送母亲,我们力求简朴,这也符合母亲一生节俭的品性。但是,简朴归简朴,程序上还是要按照老家习俗进行。尽管母亲弥留之际曾不止一次,也不止和我一人说起"等老了烧了一埋就得了",可那是母亲心疼儿子,做儿子的不能这样办,必要的程序还是不能落下,如同城市里对于逝者再简化也得举行个遗体告别仪式一样。

在我的老家,是三日出殡,逝者逝去第三天入土为安。而有的地区要根据时辰推算入土的日子,有三天的,有七天的,甚至还有二十一天的。记得前几年,一位家在山西大同的同学父亲去世就停了七天,我们专程从北京赶去吊唁。无论三天、七天,还是更长时间,其实程序上都是接近的,"三天"无非更加紧张,孝子贤孙们更加疲惫。

谢　孝

母亲头冲屋外躺在灵床上,两侧的地上放了些被子,女眷们就跪在被子上面。屋门外则用篷布临时搭起了一个窝棚,两侧的地上也放了些垫子之类的东西,孝子贤孙跪在上面。院门外杵一个白幡儿,还要放一架鼓。鼓有专人看着,遇到来吊唁的就使劲敲打鼓,以提醒屋里的女眷和屋外的孝子贤孙,有亲友前来吊唁了,要放声哭。男客(方言读 qie,平声)来了敲一下,孝子贤孙要哭起来;女客(读音同前)来了敲两下,闺女儿媳要哭起来,等吊唁的行礼毕,还会有专人拉着长音大喊一声"谢",于是孝子贤孙和闺女儿媳要分别跪谢前来吊唁的亲友,这便是"谢孝"。其实,不光是要跪谢前来吊唁的人,来帮忙的乡亲们,在当天第一次见面都是要被跪谢的;总之,在这几天里,孝子贤孙从早到晚要不停地给人磕头,特别是在这炎炎夏日,穿得又少,磕得膝盖没有不红肿的。细心的妻子特意为我准备了护膝,使我少受了许多折磨。也许这样做会招来人们的非议,但我想,从来都是替别人着想、心疼儿子的母亲会谅解的,说不定还看着我笑呢:"小样儿,想得还挺周到。"

负责敲鼓的是邻街一位三十岁出头的智障男子,是被称为

210 / 三里河的芦苇

"国际脸谱"的那种,早些年在通州工作时就曾听培智学校的校长讲过这类人天生少了一条性染色体,不管黑人白人,不管男人还是女人,模样都很相像,所以被称为"国际脸谱"。据老家的人讲,几乎整个镇这敲鼓的活都是他抢着去负责的,有人说他是为了蹭饭吃,但我觉得还是因为他的热心,毕竟人家也不缺这顿饭。这小伙子敲起鼓来时常会把"一下"和"两下"弄颠倒,有时"咚"的一声过后,孝子贤孙哭起来,进来的是女客;又有时"咚、咚"两声响过,孝子贤孙干巴巴地跪着,屋里的女眷哭起来,进来的却又是男客。管事儿的多次提醒也不见有改观,而对于我们来说,"一下""两下"都不重要,在完全进入"程序化"之后,那失去母亲的悲伤已然更多地藏在了心里。童言无忌的女儿几次跑到我的后面,搂着我的脖子说:"爸爸好像在假哭。"年幼的女儿怎知,悲伤的表达方式不仅仅是哭泣。

报　庙

母亲去世的当天晚上,有一个仪式叫"报庙",由对门嫂子领着,大哥作为长子扛着幡走在最前面,其他孝子贤孙则按着长幼序列排成一列,紧随其后。"报庙",从字面上理解可能是说向神庙或者向老祖宗报告一下。报庙的地点还是和十二年前父亲去世时报庙的地点一样,在去往田地里的半路上铁路涵洞处,如果有宗祠,或许就不会在这荒郊野外。这个地点也是我儿时常常玩耍的地方,留下了太多嬉笑打闹,而今又平添几多悲伤。报庙过程并不复杂,在到达地点后,对门嫂子让我们跪成一排,她则点燃了一些纸钱，嘴里念叨了一会儿，我没听清说什么，但我想应该是请我们家列祖列宗接纳我的母亲。报庙去的路上是让哭的，一行人号啕着，似乎是要惊天动地；而回来的路上是不准哭的，一行人默默地，谁也不敢吭一声，连咳嗽都要夹着嗓子，似乎怕惊动了天地。

　　守灵是整夜都要有人守着灵床。听老人们讲，守灵主要为防止有小动物滋扰逝者，传说如果有猫爬到房梁上（老辈子的房子都是有房梁的，现在房子少房梁，即便有也会吊顶，猫是上不了房梁的），再有狗钻到灵床下面，与逝者三点成一线时会诈尸。这是一个听起来便令人毛骨悚然的传说，老人们都这样讲，谁也没亲眼看到过。在我看来，这些说道都是用来约束孝子的，为的是让孝子心甘情愿地为先人守灵。我相信，绝大多数的孝子是不需要这个传说约束，便会为逝去的父母守灵的，因为这是孝子当面尽孝的最后一次机会。

　　当老婆孩子和别的亲友们都各自睡了的时候，孝子们要轮流守着母亲，要看着母亲灵床前燃着的蜡烛和香，特别是香，看着燃得差不多了就要及时点燃了新的换上，不能有间断，据说那燃着的香飘起的缕缕烟是母亲升天的路；还要时不时地烧些纸钱，说母亲升天的路上需要打点各类角色，俗话说"阎王好见，小鬼难缠"，这莫非就是"有钱能使鬼推磨"？说到底还是人在胡思乱想，母亲西去的路上一定平坦顺畅。两个晚上，我们弟兄四个轮流守在母亲身边，四弟在老家的几个挚友也在院子里轮流守着。

吊　唁

母亲去世的第二天并没有特殊的安排，主要还是接受亲友的吊唁，有些距离虽远但血缘近的也通知了，能来与否没关系，人走了，总是要通报一声。通知的亲戚中距离最远的当数母亲生前一直惦念的远在乌兰浩特她的姑家也是舅家的两个表妹。听起来关系似乎有点乱，这其中包含着万恶旧社会人们的辛酸。小时候曾听我的姥姥讲起她的身世，姥姥出生在一个已经没落了的地主家庭，当年也曾富极一时，恨不能全村的地都是她家的，但被姥姥的父亲挥霍了，卖地的钱也被他随手造光了，一个富裕的地主家庭很快便堕落到穷得叮当响，到底穷到什么程度？穷到姥姥的哥哥都娶不上媳妇，而不得不用姥姥去换媳妇，这就是传说中的"换亲"。对于今天的人们只有在小说、电影等文学作品里才能见到的事情，而在我的祖辈是确确实实发生了的。也就是说，我的姥姥嫁给了同样穷得叮当响娶不上媳妇而又恰好有个妹妹的我姥爷，而姥爷的妹妹则嫁给了姥姥的哥哥。在那个年代，女人压根儿就没有什么地位。这故事实在是离现在的人太远了，加上现在又有那么多人是独生子女，对叔舅姑姨越来越陌生，尽可能地让大家明白吧。后来，在三年困难时期，母亲的舅舅（也是姑父）饿死了，而母亲的姑姑（也是舅妈）为了生存，带着两个女儿——母亲的两个表妹，去乌兰浩特投靠了亲戚，从此便断了联系。可也从未断了母亲对她们的思念和寻觅，直到20世纪90年代中期，失散多年的至亲总算又联系上了。前年暑期，还特意带着母亲去东北旅游，为的就是让母亲见见她日夜牵挂的两个表妹。母亲的两个表妹同在一个村里，虽离乌兰浩特市二十几公里，但那辆越野车足足走了一个多小时，都是坑坑洼洼的土路，内蒙古东北的"村村通"工程真是任重道远啊。母亲在表妹村里待了两天一夜，老姊妹仨就说了两天一夜的话，仿佛两代人数十年的思念都在这两天一夜里迸发了。虽然只是匆匆相聚，但也了却了母亲多年的心愿。想想，这些年带着母亲去了那么多的地儿，看了那么多的风景，只这一次是最难忘的、最值得的、最有纪念意义的，因为，这次见面算是了却了母亲见亲人的一个心愿。

明知母亲的两个表妹很难赶过来吊唁，但还是通知了她们。这两年里，母亲一直在邀请她们来北京，她们也一直说要来和母亲住几天，但又一直没能成行。夏天里有农活缠着，冬天里又冰天雪地，路不好走，出趟村实在不容易，这些阻碍，导致了永远的遗憾。母亲的表妹无论如何也不曾想到，前年还和年轻人一样翻山越岭的母亲会这么快离去。

有些思念不能望眼欲穿，有些相聚不能一拖再拖。

亲戚当中还特别通知了老家的堂叔。堂叔一直生活在老家。父亲壮年时曾动员堂叔来小镇住，堂叔也曾动过心，但后来不知什么原因，他留在了老家，当时父亲为此还很是懊恼了一阵子。父亲的想法很简单，就是想让他的弟兄们生活在一起，互相有个关照，但多年后再想这件事，当年堂叔最终选择留在老家也是对的，老家还是崔家的根，留下来也就留住了根。

说起老家，其实离小镇并不算远，区区六十里路，但属于山东，隔了省便显得远了。我曾在一篇题为《祖父》的文章里谈到，祖父在十六岁时扛着白铁匠的挑子随着他的哥哥出外谋生，走到这个小镇便留了下来。当时的小镇还很繁华，五天一个大集，四里八乡的都要来这里买卖物品。老实巴交的祖父留在小镇干起了手艺，而且这一辈子就是靠着白铁匠的手艺过活，娶妻生子，繁衍生息，安安稳稳，平平淡淡。而精明干练的祖父的哥哥做起了粮油生意，在小镇做大了又去了天津，生意越做越大，成了资本家，但后来遇上打仗，一夜之间便破败了，又回到老家。

祖父的哥哥年轻时忙于生意，和留在老家的太太聚少离多，中年才得子，而且只留下一个子嗣，也就是我的堂叔。堂叔似乎没有继承他父亲的精明，倒更像是随了他的叔叔也就是我的祖父忠厚老实的品格。不善言辞，从不争抢什么，只一味埋头干活。记得六七岁时，我曾随父亲回了趟老家，看到堂叔满屋墙上贴着生产队发的各种奖状，什么"拖拉机能手""青年突击队员""吃苦耐劳的钢铁战士"……各种荣誉归于堂叔，幼小的我对堂叔的崇敬油然而生，奠定了堂叔在我心中的地位，一辈子不会改变。

特别留心通知堂叔还有一个原因，那便是在父亲去世时，我们慌乱中竟忘记通知堂叔。父亲对他的这个堂弟，虽然是堂弟，但感情一直很深，只是那时节交通没现在这么方便，来往少了些。父亲去世没能告知堂叔，很长时间都堵在我心里。这怪不得别人，弟兄几个里只有我曾经随父亲去过一次老家，只有我对老家有印象。那崔家寨子，两千余口人的大村子一色的崔姓，只一户姓王，说是招婿来的，后又经族人同意改为本姓；那春节舞动的高跷、旱船、耍狮子……那叫一个有板有眼，那叫一个武林江湖，引得四乡八里的都来观赏，就像说书的讲的"围得是水泄不通"，叫好声、掌声不断；那大家庭的热闹和温暖，在几个未出五服的族人家里吃了这家吃那家，我和父亲受到了游子归家的礼遇，使我知道了，我们家的后面还有一个大家；有位爷爷在清晨轻轻抚摸我脸唤我起床的特殊叫早方式，我始终不会忘却，那是这个家对闯荡在外的族人特有的爱抚……这些美好的影像印在了我的脑海，流进了我的血液。

堂叔，他忠厚老实的品性一点儿也没变，未曾随着"物欲横流"而有丝毫的改变，多少年不见了，堂叔还是那个老实巴交的堂叔。他带着堂婶，还有他的两个儿子，也就是我的两个叔伯堂弟，一起来了，两个叔伯堂弟陪着我们一起给母亲守孝，那份亲情，让我仿佛看到祖上对漂泊在外的游子的呵护。我们不再孤独，不再是单门独户。

送盘缠

一整天，都是亲戚朋友前来吊唁，到了傍晚有一个仪式，那就是"送盘缠"。还是对门嫂子领着，后面有两个乡亲抬着一个装满冥币和香的轿子，两个人各自拿着一个金桥、银桥，还有一个人拿着一头牛，当然，轿子、桥、牛都是纸糊的。糊个轿子和桥可能还好理解，轿子是用来抬着母亲的，桥是用来过河的，但为啥还拿头牛呢？据说女人一辈子洗洗涮涮用水太多，到了阴间要把一辈子用过的水一并喝掉，带头牛是替主人喝水的；若逝者是位男性，就要糊一匹马，说男人一辈子走路太多，初到阴间会被要求一口气走完这一辈子走的路，带匹马走累了好让它驮着。

去给娘送盘缠的路上，对门嫂子交代我们要不停地念叨一句话:"旱路坐车,水路坐船。难处使钱,步步西南。"我理解这句话的意思是告诉娘在西去的路上应该注意的事项,告诉娘应该怎样做才能走得更顺畅。这让我想起了电视剧《红高粱》最后一集九儿的儿子送九儿的几句唱词:"娘,娘,你上西南,溜溜的宝马,足足的盘缠;娘,娘,你上西南,你甜处安身,你苦处花钱。"看来各地的风俗大同小异。

给娘送盘缠的地点与前一天报庙的地点紧挨着,报庙在旧桥洞,送盘缠在新桥洞,新桥洞的路是冲着西南方向的,或许正因为此才选在这个地点。到达地点后,把"轿子""桥""牛",还有纸钱、香等一并燃起,那火势很猛,借着风,火苗子蹿得很高,向着西南,不一会儿便成了一堆黑灰。小镇的十个街(也曾叫过大队,每街设一村委会)中前一街和后一街都是在此送盘缠的,每当这里有了一堆黑灰,就知道这两个街上又有人驾鹤西游了。给娘送盘缠的一行队伍还是按着长幼男女排序的,去的路上是边念叨着那句话边放声哭的,回来的路上则被要求一声也不能吭,说是怕惊着先人,使得先人不能安心走。这倒是和佛教提倡的有些相近了,只不过佛教提倡的是一直都不许哭。北京有位吃斋朋友的父亲去世了,我们去吊唁前还想着怎么劝解这位朋友,结果到那一看,她比谁都安静,反倒劝起我们来,"没事的,老爸也是解脱了"。老家街坊邻居也有信佛的,也是这样劝人的。

关于"送盘缠",老家还有一个说法,那就是谁先回家摸到棺材谁就能有钱有福。于是在送完盘缠往回返的路上,总能看到低头疾步甚至小跑的,但也总有不急不慢、四平八稳往回走的,这成了人们关注的一景,乡亲邻居总免不了要看,免不了饶有兴趣地评头论足:"这个媳妇懂,看看人家走得多快,都快跑起来了""那个媳妇还是老家的怎么不着急啊""看看人家这几个媳妇，不但没抢还牵着手同时进屋的"……虽有这说法，但这么多年来，还真没听说谁家哪个媳妇"先摸到棺材就真的有钱有福"了，倒是无端成了人们的笑料。

棺椁

在农村，即便是火化了也是要把骨灰装殓进棺材再埋到地里的，叫入土为安。

我们为母亲购置了柏木棺材，在当地不是最好的，只能说比上不足比下有余，一来是略表儿孙的孝心，再者也要考虑母亲节俭的品性。棺材是在第三天的上午运过来的，小卡车拉到大门口后又用小吊车吊到小平板车上推进院子里，不像十二年前父亲的棺材完全靠乡亲邻居抬进院又抬出院。抬棺材可是个力气活，也是个危险的活，需要一水的壮小伙，由岁数大点又有些威望的喊着号子，众人齐心抬进抬出。现如今农村壮小伙越来越少了，多是外出打工或做生意，留下的多是妇女老幼。老家的情况稍好点，但也比不了从前了，加上机械化确实要安全方便了许多，能用机械干的就不再用人干了。

棺材运到院里后，需要清扫，要糊一层红纸，要铺上一层厚厚的棉絮，再在棉絮上面铺上褥子、单子，还要在单子上用红线纵向均匀地拉出数道，具体多少道要根据多少子女而定，最后再在这些红线绳上均匀地放置些硬币，过去都是放老钱，也就是乾隆钱的，记得父亲去世时还用的是老钱，现如今是没处找了。街上，专门有几个人负责这些事情，都是女的，应该是红白喜事理事会的一个分支机构吧。这个小组的领头大概五十几岁，论辈分我得称呼她为姑，早些年这些事一直由她的母亲负责，那也是位热心的老太太，谁家的事都上心去办，做起事来认真仔细，从未出差错，父亲走时就是老太太热心料理的。前些年老太太去世了，听说就是在做这些事情中倒下的，也算是献身事业死得其所了。老太太去世后，这些事总要有人去张罗，于是这位姑姑便接过了接力棒。这位姑姑和另外一位大姐是主力，另外还有两三个助手，谁家有了白事，她们通常都是一起上，忙前忙后。

在老家，负责料理红白喜事的人们都是自发和义务的，充其量管顿饭，并不像城市里婚庆礼仪公司都是用人民币来说话的，农村的红白喜事体现着"庄乡""远亲不如近邻""一家有难大家帮""众人拾柴火焰高"等文化，这其中饱含的是农村人与人之间纯朴的情谊。前两年有报道说，一对外国夫妻在山东一个小村里居住下来，为的就是了解中国的传统文化，说再不了解，随着城镇化的推进也就没了。这绝不是杞人忧天，现实就是这样，随着逐日消失的自然村落而去的，还有太多传统的习俗，太多优秀的传承。

那一头大一头小一头高一头低的柏木棺材，最少也有一吨半重，用吊车吊到院里的那一刻，我的心比这棺材还沉。棺材被放置在一进院的最南侧，大头冲里，也就是冲东，小头冲外，也就是冲西，横在那里似乎也横在我的心里。几个稍微年轻力壮点的男人喊着号子，齐力移开整木做的棺盖，就放在棺材内侧，用早已准备好的四个长板凳支撑着。我默默地抚摸着棺材，泪水夺眶而出，几个妇人忙说："别把泪流到棺材上。"我知道老家有讲究，泪水是不能落到逝者身上的，所以每在望着母亲的遗容哭得痛心时总会有好心人提醒，"别把泪掉到你娘身上"。看来不光是母亲的身体，随母亲一起走的所有物件上都不能落上泪水，这或许也是为了让逝者走得安心吧。我用一把新买的笤帚一点一点地清扫残留在棺材里的木屑和锯末，这是母亲的新房。

母亲这辈子为这个家先后翻盖过三次住房，其中有两次是父亲为主母亲协助，而第三次则是母亲全权负责的。而不论是协助还是全权负责，母亲都倾注了无数心血，要知道在农村盖房是不单单要用尽十年二十年的积蓄，更是里里外外大大小小都要亲力亲为事无巨细的，等盖完房子没一个不是瘦一圈脱层皮的。

而这次，是儿子为母亲"盖房"，这房子是母亲从今以后要一直住下去的房子，我要让这房子干干净净，不能有一丝灰尘。

入 殓

入殓，按说应该在第二天，因为从季节的角度考虑，便改在了第三天中午之前进行。

入殓，才是生离死别到了最后一刻，从此以后，是真的再也见不到母亲了。我们这些儿孙们要亲手将母亲送到那个棺椁里，送到那个没有一丝灰尘、里里外外干干净净的木头匣子里，送到母亲今生今世要永远住下去的房子里。我抱住母亲的头颈，大哥抱着母亲的双腿，三弟四弟在中间一边一个抬着母亲的腰身，众亲友则填补空白，母亲周边围了一圈人，大家小心翼翼地或抬或抱，将熟睡了一样的母亲，慢慢地从堂屋向屋外移动。我听到那个姑姑和几个长辈反复地叮嘱,"都别哭,都别哭,安放好再哭",我也随着嘱咐着哥哥和弟弟们,泪水模糊了我的双眼。

母亲最终的住所并没有像样的摆设,都是按照老家的习俗,有铺的,有盖的,有脚上踩的,有头上枕的,仅此而已。我给母亲准备了一盒香烟,母亲从三十几岁就学会了抽烟,因为缓解压力也好,消除疲劳也好,那个年代的家乡妇女多数都学会了抽烟,性格随和的母亲就是在这样的环境下学会了抽烟,这一抽就是一辈子。母亲体会到了抽烟的种种不利,便毫无商量余地地不许我们抽烟,我们弟兄也听话,都没有学会抽烟。母亲每到我们各自的小家时,总是刻意控制自己抽烟,实在忍不住了,便到阳台上开着窗户,或到灶台边开了油烟机,赶紧地吸几口再掐掉。

每每看到母亲这样抽烟,我心里不是滋味,不禁说上句:"娘,您想抽就抽吧,没事。"但也总是收获了了,并不真能让母亲放心去抽。母亲也很知趣地按着她的方法抽烟,或者干脆到外面去抽几口。人,一旦学会抽烟是很难戒掉的,母亲也一样,直到得了这个要命的病,才停止了抽烟,母亲说:"没滋味了,不想抽了。"我想,天堂里没有疾病的缠绕,母亲在那里,或许偶尔会想起要抽上几口。我悄悄地在母亲的右手处放了一盒我认为最好的香烟,而且在之后每次上坟时,我也总忘不了带一盒香烟给母亲,当然还有父亲,因为他也抽烟。

父亲不仅抽烟,还喜欢喝几盅,五十岁上下时还曾在内蒙古集宁的一个酒厂做过零工。他对酒是有感情的,但酒量并不大,在不同场合,常常把自己喝醉。父亲的棺椁里不仅放了烟,还放了一瓶酒,而且是茅台。说起这瓶茅台,还是我当年参军时一位长辈特意在贵州买了带给父亲的,想让父亲用这酒请请人家以确保我能参军，而父亲掂量来掂量去没有舍得这瓶酒，而是在镇上买了两只烧鸡，再加上他那"三寸不烂之舌，两行伶俐牙齿"，就把我送部队了。其实，不是那烧鸡管用，更不是父亲那"三寸不烂之舌，两行伶俐牙齿"管用，倒是要感谢那个年代社风民风的纯朴。于是，这瓶酒就被父亲珍藏了下来，父亲一辈子也没舍得喝。父亲去世后，在衣箱的一角发现了它，我毫不犹豫地把它放入了父亲的棺椁里。或许，父亲在天之灵又会骂我是个"败家子儿"，"留着它，越放越值钱"，可多少钱能买得回父亲的深情？或许，那个世界里的父亲不再那么舍不得吃舍不得喝，在父亲下葬的那一刻，我仿佛看到父亲正捧着那瓶茅台跟先一步到达的老朋友们炫耀，进而又推杯换盏。

然而，烟也好，酒也罢，还有十月一送去的寒衣、过年带去的饺子、每次上坟烧了的纸钱，不过是活人寄托哀思的一种方式罢了。人，抑或所有生命，都是独自来独自去，也都是生不带来，死不带去。看那么多的人，活着的时候争来抢去，哪怕是家财万贯，妻妾成群，可到头来往往竹篮打水一场空。万恶贪为首，人不贪，便少了许多麻烦。

母亲安详地躺在她的被装饰一新的房子里了，我凝视着母亲的面颊久久不愿移目，我握着母亲的左手久久不愿放开。母亲的手的关节依然能够活动，并不像传说中的僵硬，我只是感觉不到了母亲的体温。或许正是这一握，在之后的一个时期里，至少到母亲去世半年多，在我写这一段的这个时候，我不再吃肉了，那是很自然的一个过程，并没有想刻意做什么，我似乎理解了古人所讲的"守孝三年""三年吃素"。生命，理应受到尊重。

那厚厚的、沉重的棺盖，被众乡亲抬得高过了棺椁，从母亲头的上方沿着棺椁，向母亲脚的方向移动。再也见不到娘了，再也见不到娘了……那哭声，那被撕裂了的哭声，响彻了院子，响彻了巷子，响彻了镇子……当永别成为亲身体会，那悲痛无以言表。

埋锅造饭

入殓后，人们开始吃午饭。

当下的老家还延续着红白喜事，特别是白事，在院子里埋锅造饭的习俗。村里有几个厨师，谁家有事了，招呼一声，能来的就全都来了。当然，也要看主家的人缘，人缘好的自然会来得积极些，母亲在村里的人缘是极好的，正式厨师便来了四五个，另外还有些打下手的。锅碗瓢盆、桌椅板凳，在老家称"家伙什"，都是租借的，有人备着专门用于红白喜事租借，就连炉灶也有现成的租借，不再像父亲去世时那样在院里现盘炉子了。对门大哥便是厨师领头的，算是个小组长吧！从租"家伙什"到买油盐酱醋菜，做什么、做多少、怎么做，都是对门大哥统一指挥。这两天里，对门大哥为减少浪费，总想把饭做得恰到好处，但总是会有人说不够吃，便有人埋怨对门大哥，"这又不是你家的，揍嘛那么抠不拉叽的"。对门大哥大嫂是把我们家的事当成自家的事办了，不，比办自家的事还上心，那是他们多年来和母亲的交情使然，在外人看来还以为他们是为了某种利益。但我清楚，对门大哥大嫂没有一丝的私心杂念，有的只是对母亲的深情。

两天里午餐和晚餐都做大烩菜，主食一般早上会买些，中午晚上都是馒头，而早餐通常是到街上买些油条豆浆。老家红白喜事上的大烩菜有种特殊的味道，用材也无非是些猪肉粉条白菜千豆腐（老家方言，应该就是豆皮）之类，但经这几位厨师做出来的味道就不一样了。

记得一位友人曾说，一个镇要有几样特色小吃、几个特别的菜肴才能称得上是古镇。

从这点来说，我们小镇是当之无愧的古镇。"鸡蛋布袋"，通俗讲就是在面里打上鸡蛋过油炸，那味道、那口感，出了这个镇再没见过；"粉饹馇"，也是小镇特有的，老魏家做得最地道，是用绿豆面摊出来的，十六开纸张大小，百十页纸的厚度，专门用来做一道菜"焖饹馇"，好吃，想起来就流口水；"小镇烧鸡"，是以李家为代表的，我一直跟德州籍的妻子说，小镇烧鸡是德州扒鸡的鼻祖，就像赖茅是茅台的鼻祖，她不信，我说有书为证，那文章其实是我写的；还有"羊杂碎""羊肠子汤"，是小镇回族居民的杰作，前些年镇上有人每天跑一趟北京就是专门给一些饭店送羊杂碎的；还有吊炉的"盘丝烧饼""油酥烧饼"，后来又加了个"麻酱烧饼"，论起味道来，比黄桥烧饼更好吃；还有小镇的香油、芝麻酱、五香花生米，等等。

这些小吃，如果还不能撑起"古镇"的美誉，还有"八大碗"，别以为只有北京这等古都才有，小镇也有，而且绝不逊色。小镇的八大碗主要用于红白喜事，八大碗有个统称叫"鸡鱼肘肉丸"，有鸡有鱼，讲究的是吉庆有余；有豆腐，取"福"之意；当然更少不了以猪肉或者牛羊肉为主料精制的菜肴，有"金钱肉""东坡肉""肘子肉""氽丸子"……

就这几大碗，特别是其中几样肉菜，是要用三天时间，经过若干道工序才能做成的。

先是要选好肉,单是这肉的挑选便有许多学问的,选哪个部位的,前肘、肋扇,还是后臀尖;肥一点的,还是瘦一点的,都是要精心的,因为肉材是基础。肉选好了,然后便是制作,先要把大块的肉在一口大锅里煮,这个大块通常要切成新华字典书大小,要煮两个开,然后捞出来晾上半天,这道程序大概是为了去其油腥之气,姑且叫"煮腥"吧。等肉晾凉了,要往肉上面抹上一层蜂蜜,再过油炸,这叫"上色(老家念 shai,平声)",涂了蜂蜜的肉再经油炸会变得金黄,然后还得晾上半天。等肉晾凉后便可以按照菜品的要求,用刀切成想要做的菜的样子,这一环节算作"刀切",体现刀功技巧,切得薄了下一个环节—蒸说不定就蒸化了,切得厚了口感又不好了,切过的肉片或者肉块会按照一定顺序排码在大碗里,这刀功也是考验厨师的要紧地方。然而,更要紧的环节还在下面,那便是"研汁儿"。老家说的"研汁儿"应该就是"熬汁儿",也就是用花椒、大料、肉蔻、桂皮等,还有许多叫不上名字的各种调料,按照厨师自己掌握的比例,加上油盐酱醋糖,然后在铁锅里小火精心熬制,那又得熬上半天。

这个环节也是厨师最为拿手的一个环节,一般是不让人看的,就像电视剧《大宅门》里白老太爷在调药的关口总是要闲人免进。

等汁儿熬制好了,给各大碗都舀上一勺或者两勺,然后,整碗放大锅里用大火蒸,通常都是在红白喜事时现砌的土灶上用劈柴取火蒸,那肉里便又多了些柴火的味道。这一蒸是要很长时间的,要把肉蒸透,把肉里的油蒸出来才能肥而不腻,那么这个环节唤作"蒸荤"吧。蒸好如果不急着吃，是可以放在阴凉处保存下来的，据说春节前后能放半个月不坏，甚至更长。有需要了或者想吃了，再在锅里蒸一下，热透了便可以美美地食用了。但吃也不是在碗里直接吃，而是先要用盘子扣在碗上，然后快速地倒过来，再拿开碗，于是，一盘盘色香味俱全的佳肴便呈现在面前。

那几大碗的品相尤以"金钱肉"最为形象，是把煮熟再过油炸然后一分为二的鸡蛋，镶嵌在肉中，在碗里时鸡蛋的切面冲内，看不出有什么特别，一旦反扣到盘子里，那品相便一下子亮了眼球，六个被切成两半的鸡蛋切面向外，镶嵌于油红的肉里，很有几分铜钱的味道，但在我看来更像是一只只眼睛，萌萌的，大瞪着食客，让人不忍下筷子。

这就是家乡的八大碗，用色香味俱全来形容一点儿也不为过；用肥而不腻、香绵柔滑来称道一点儿也不为过。我所介绍的也仅仅是个大概的程序，而真要想做好这几大碗，可不是一朝一夕能练好的，每个环节都需要把握火候，差一点儿都不是那个味道。对门大哥便是做这"八大碗"的高手，村里的红白喜事多是请他掌勺。县城有家酒店也想请他去当大厨，月薪两万，他不去，他说不想受那份约束，还说离开乡亲礼道的就做不出这个味儿了。"离开乡亲礼道就做不出这个味儿了"，我信，因为那不只是用材的问题，也不只是几道程序的问题，那里面饱含了千丝万缕的乡情，那是在大酒店里永远也不会有的味道，那是留得住的乡愁。

我很想学会做这八大碗，可一直也没能成功拜师，好在对门大哥说了可随时收我为徒。还有自家大姑也会这一手，这些粗略的程序竟是请教于她，也算是拜大姑为师了，今后有了闲暇是一定要深学的。

在老家，这"八大碗"多用于红事。也就是说娶媳妇是必用的，就是在娶亲的当天中午，把媳妇娶进来，拜了堂，送入洞房，便开饭，这叫"坐席"，随了份子的、帮忙干活的、街坊邻居都可以来吃，这席的重头戏便是那"八大碗"。这"八大碗"是上一盘光一盘的，过去大家生活不富余时如此，而今富余了，也是如此。而白事上则用得少些，只在"五七"时做几桌，具体几桌要根据子女多少而定，作为供品摆到坟上祭祀用，也就是说，红事是给活人吃的，而白事则是给故人吃的，体现的是对逝者的敬重。

为母亲送行，只有母亲享用这八大碗，而前来送行的亲友只能吃些粗茶淡饭了。

出殡前的这顿午饭比前一天要复杂一些，除了"大烩菜"，还要炒几样菜。对门大哥还是想尽可能做得恰到好处不浪费，于是就又显得不够吃了。"总管"憨憨地笑着说："干活找不到人，一到饭点全来了，真是为难大师傅啦。"在农村，红白喜事来的人多是好事，说明乡亲们瞧得起，总比做了饭没人吃要好得多。"总管"姓杨，是村里的能人，红白喜事多由他来料理，他也是对门大哥的亲弟弟。我宽慰杨总管："没关系，我们几个披麻戴孝的不吃炒菜，有大烩菜就行，大烩菜好吃。"

孝子贤孙在吃这顿饭之前，还要往一个瓦罐里添加菜和主食，那是要给母亲带去的。瓦罐不太大，直径大概十几公分，高度也超不过二十公分，里面要盛满饭菜，然后插上一双筷子，老家有吃饭不能把筷子插到碗里的习俗，或许是源于此，说插着筷子是给死人吃的。最后要用红布把罐子包起，出殡时由长媳抱着，这叫"兜罐"，不是长媳还没这个资格，就像打幡总是要长子来。长子长孙的重要性在许多传统习俗里体现着，所谓"长兄如父，长嫂如母"，父母在时，一个家庭和与不和要看父亲；父母不在了，这个家还能不能和在一起那要看长兄，当然，还得看长嫂，甚至长嫂更关键。过去大户人家选儿媳，要看长得俊不俊，但更重要的是看品行，贤惠比俊俏重要得多，有道是"娶个好女人旺三代，娶个衰女人败六代"，不管中国还是外国，不管东方还是西方，古往今来都是这个理儿。

我们几个争着为罐子里夹着菜和馒头油条，特意多挑了几块大烩菜里的五花肉。母亲自从得了这个病就没吃过肉，大概去世前一个月跟我说特别想吃红烧肉，我特意到饭店做了一份带回家，可母亲只吃了一小块便说："也不是那个味儿了呢。"我想天堂里的母亲会恢复味蕾，品尝美的滋味。

听　戏

出殡前，戏班子是要唱几出戏的。

说是戏班子，其实也就是三五个人组成的小组，有敲的，有打的，有吹的，有唱的。在老家小镇周边，这样的戏班子好像有两三个，但白事请的最多的还是这个戏班子，红事一般则是请"洋鼓洋号"。这个小戏班子多少年来一直活跃在老家的四里八乡，十二年前父亲去世时请的便是这家，领头的还是老王头，七十岁的人了，精神头儿已不如从前，声音也没过去那么洪亮了。

出殡前的唱戏，说是唱戏，其实顶多是个片段，都算不上折子戏，更多会唱一些歌曲，一些饱含怀念、感恩的歌曲。亲朋好友还可以点歌点戏，当然，点歌是要表示一下的，十块、二十块都行，随缘；当然，再给多点人家会唱得更加带劲。

而在这一波的演唱前，还有一个细节，也是发丧中的一个风俗，那就是"请母亲听戏"。这个环节也主要是那位姑姑操办，她搬来一把椅子安放在屋门的一侧，然后让我们去挑选一件母亲生前爱穿的外衣，粗心的儿子其实并不知晓母亲最爱穿哪件，只是翻出了母亲平时穿得比较多的一件黑红相间的呢子袄。姑姑接过袄，双手慢慢将袄挂在椅背上，又让人把大门外的灵幡取来立在椅子上，用母亲的袄裹住，又找来一个餐盘大小的圆镜子，支在椅子上，最后又找来母亲生前用过的洗脸盆，盛上半盆水，放在镜子外侧的椅子上。姑姑在做这些时，口中似乎念念有词，但旁人是听不清楚的。做完这些事后，姑姑便让我们四个儿子轮流跪在椅子前面，说是让孝子恳请母亲前来听戏。还说，如果对母亲孝顺，跪得实在，请得真切，便能在镜子里看到母亲。我跪得很实在，请得也很真切，我是多么想真的能再看到母亲啊！可我真的没有看到，或许，我对母亲还不够孝顺。而我更愿意相信，母亲已经来了，已经来听戏了，只是不想让我看到，不想让我们难过。

不管孝子们能不能看到母亲，这一波的演唱还是如期进行。而每当这个时候，人们会鼓动孝子点一出悲戏，这也是出殡前人们要看的重头戏。对门嫂子悄悄跟我说："按家里的习惯，孝子通常会点一出《诸葛亮吊孝》。"既然家里有这个讲究，那咱也入乡随俗。

但说实在的，在这个时候唱《诸葛亮吊孝》，我觉得并不合适。小时候常听外祖母给我们讲《水浒传》《三国演义》，外祖母不识字但记忆力超凡，她小时候听"说书"，只要听一遍，便将故事情节和各种人物都记得清清楚楚。她说《三国演义》里诸葛亮和周瑜都能掐会算，但诸葛亮前知五百年后知五百年，而周瑜只能前知三百年后知三百年，所以诸葛孔明总是会高周瑜一筹，后来就有了三气周瑜，最后把周瑜气死了。孔明先生掐指一算，说周瑜是假死，周瑜只要在棺材里躺足七天七夜便可死而复生，且死而复生后的周瑜能掐会算的本领要胜过诸葛亮一倍，到时候他就不再是周瑜的对手了。孔明先生又掐指一算，说必须借吊孝之名拍打棺材方致周瑜真死。于是，这位诸葛孔明先生不顾东吴的强烈反对而执意去吊孝了，而且哭得痛心疾首，死去活来，打动了东吴上上下下，直哭得忠厚老实的鲁肃竟忘怀了周瑜临"死"前，千叮咛万嘱咐的"千万不要让诸葛亮拍棺材"一事。孔明先生如愿以偿地狠狠拍打了三下棺材，于是乎，周瑜便再也没有了死而复生的机会。

就这么一出戏，诸葛亮哭得再悲伤那也是别有用心啊，就像站在母亲棺椁前唱这出戏的那两个中年妇女，穿上孝衣、戴上孝帽，面对棺材，虽然哭唱得也算是一把鼻涕一把泪了，可那也不过是演戏，不过是为了烘托一下气氛，不过是唱给围观的人看个热闹罢了。而对于孝子贤孙来说，你唱与不唱都一样，该悲伤的自然会悲伤。

倒是对门嫂子是很认真地对待这出折子戏，她觉得这是对母亲的去世表达哀思的最好方式，她说如果我们不点她就为母亲点。说完这句话，对门嫂子便哽咽着走开了。对门嫂子和母亲的感情是真挚的。这些年，母亲一个人在老家时，对门嫂子没少照顾母亲。一个人的饭不好做，为了不让母亲吃饭瞎凑合，她常常做了饭端过来，或让母亲去她家吃。"远亲不如近邻，近邻不如对门"，这句俗语，在母亲和对门嫂子身上被诠释得最为彻底。

堂　祭

听完折子戏，便是出殡了。

出殡的第一个仪式是"堂祭"，我理解就是在"堂前的祭奠"，所有亲朋好友一一祭拜，或行跪拜之礼，或三鞠躬。农村的亲友还都是行跪拜之礼，而在外上班的多是行新礼，三鞠躬即可。母亲棺椁的东西两侧跪着孝子贤孙，而南侧紧挨着摆放了一个供桌，上面放的是供品，供品都用大碗盛着，有几样菜，有几碗馒头，而每个馒头上面还套着一大早专门到街上买回来的套腿馃子（方言，即油条），当然，还有那个准备让母亲带去的瓦罐。紧挨着供桌南侧的地上铺了厚厚的一层棉垫子，这便是人们祭拜的地方了。

主持祭奠的人叫铁路。铁路是他的乳名，人们叫惯了他的乳名竟少有知道他的大名的。铁路是村里的秀才，通常负责红白喜事的账房，用毛笔记账，虽然够不上书法家，但写得认真规整。铁路是父亲的忘年交，也是大哥的同学好友，父亲在世前，他是我们家的常客，我们有着两代人的交情，我们习惯地叫他路哥。堂祭开始时，总是会有许多人围观，有大人，有孩子，有男人，有女人。路哥为了显示他的重要性，便搬来凳子站在上面高人群一筹地主持着。他手里拿着一张长长的白纸，上面按亲戚远近列满了名单，什么吴桥的陈亲家、北冬的谢亲家、戈家坟的张亲家，他念着名单，喊"行礼啦"，等每个亲戚行礼毕，又紧着喊一声："孝子，叩谢！"每喊一个亲戚行礼时，戏班子也会配合着吹奏一些曲子，唢呐声声，哀乐连连，连同孝子贤孙的哭声合成特别的交响。

　　堂祭过后，就要起棺了。

　　这在过去，是要人来抬的；而今，各种机械已然替代了人，起棺也是用机械的。棺椁是一直放置在平板滑轮车上的，众多亲友四周扶着推着，一吨半重的棺椁慢慢地向南再向西移动，缓缓地出了大门。大门外，南侧是一辆小卡车临时改装的灵车，北侧还有一辆小吊车，早已候在那里。吊车伸出长长的臂膀，牢牢地抓住捆绑在棺椁上的绳子，徐徐地向上拉起，在几个乡亲的扶助下，稳稳地停放在灵车上。

　　想象不出，这厚重的棺材如果全由人力来抬会是怎样的艰难。

　　过去白事上的力气活有两个：一个是"打窝子"，也就是挖坟，那都是一锹一锹地挖出来的，哪像现在都是用"挠机"，也就是挖土机，人工只是修修补补即可。再一个就是抬棺，那可是实实在在一步一步抬到坟上的，丧葬的整个过程中最累的恐怕也就数这抬棺了；难怪过去抬棺的人最受敬重，孝子贤孙是要多磕几个头的。但也往往不是临时磕头管用的，主要还是看平时的表现，若平时不食人间烟火，关键时刻弄不好就会被撂挑子。

　　听起来像笑话，但这不是笑话，在邻村真实地发生过。村民都很质朴，出门在外的人，特别是混得有点头脸的人，回到村里，只要主动跟人家说个话别假装看不见，就说明还没忘本。有个当了县长的人，开始是注意这些的，但随着官当的时间长了，架子也就大了一些。有次回村探望父母，轿车陷在泥泞的路上，几个乡亲过来帮忙推了出来，这位县长愣是没下车说声谢谢。农村的口口相传何等了得，他在乡亲的心中从此没了地位。过了几年，县长的父亲去世了，乡亲们把棺材抬了一半便撂在了路上，说"这一半是给你弟弟抬的，那一半麻烦你让县里来人抬吧"。这就是农村，管你当了天王老子，你在外面怎么牛都行，但回村里你还就是个村民，村里的事儿还得按村里的规矩办。

虽然我们弟兄几个都长年工作在外，但幸好我们弟兄们没有当成县长，更没有养成官架子的；幸好我们还会主动和乡亲们搭讪，甚至还保持着嬉笑怒骂的融洽。

一切准备就绪，总管高喊一声，"起——灵"，一行亲友随着灵车，缓步前行。

我一直觉得，人们对待死往往比生更热烈隆重，你看这送葬的队伍，多像皇帝出行。孝子贤孙头戴高高的孝帽，腰上缠着麻绳，这叫披麻戴孝；女眷们则头缠孝巾，身穿孝衣，包括还不谙世事、不识离别恨的女儿。看到女儿头缠孝巾跑来跑去的样子，我想起了《红楼梦》里送葬的画面。孝子们是按长幼排序的，大哥走在最前面。每个孝子还会安排两个晚辈搀扶，每个孝子贤孙手里都攥着一个哭丧棒。这哭丧棒是用三四截半米多长的高粱秸捆绑而成，表面用白纸包裹，一头剪成纸穗，也不需一直拿到坟上，等行完路祭后扔到半路即可。长子除了哭丧棒还要打着幡，这是长子的特权，就像那个瓦罐需由长嫂兜着。送葬的路上，所有男人都是走着的，而女眷则是有专车接送的，这或许是从"小脚女人"便有了的风俗，但我更希望这体现的是对妇女的尊重；

而在老家的过去，这种体现往往是不多见的。

走在送葬的队伍最前面的是一辆卡车，车斗里装着花圈等祭祀的物品，后面跟着戏班子，再往后便是孝子贤孙，最后才是女眷乘坐的卡车。这一队伍从家所处的胡同出来后，先是向西上了一零四国道，擦着国道的边向南逆行大约一里路转向东行进，过了京沪铁路的一个涵洞后，再向东大约两百米便到了行路祭的地点。

路　祭

堂祭，已然是隆重热闹了，然而更隆重热闹的还是"路祭"。

路祭的地点选在了一段比较宽阔的柏油路上，在南北两个厂子的中间。印象中，20世纪80年代以前，这里曾繁盛一时。那时候，北边的厂子是省里直管的油棉机械厂，主要生产棉花加工机械，据说必要时还能民转军用，就是说如果遇到战争，还能生产枪支，听说与上海的一家油棉机械厂齐名，并称"南北二厂"。而马路南边的厂子当年则是油棉仓库，因为当时小镇火车站的优势，周围沧州、衡水、山东德州的许多个县产的棉花制成的棉絮以及棉籽油都要集中到这个仓库里再运出去，所以当年这里总是车水马龙。而今，已然看不到车水马龙的迹象，两个厂子也早已不再是当年的厂子，变冷清后的马路成了村里送别先人行路祭的地方。

杨总管不停地指挥着，先是让载着母亲的灵车停了下来，就停在马路中间，又让打头的车停在离灵车前方大约二十米的马路上，然后让孝子贤孙们在两辆车中间的马路北侧依次跪成一排。

有人到头车上搬下供桌摆放在灵车的前面，又整齐摆放了供品。而供桌的东南侧还有两个人坐在一辆小三轮车上，架着一个"传盘"，传盘是旧时饭店里上菜用的，长方形的木制品，就像这送葬仪式一样古老而传统，传盘里放的也是供品，比较亲近或讲究的亲友会在行路祭时放些赏钱在传盘里，赏给端盘人。端传盘算得上是个美差了。在供桌前面两三步远的地上还并排放有两块砖，砖上则扣置着一块青瓦。行完路祭后，长子要将瓦摔在砖上。这叫"摔瓦"，所谓"打幡""摔瓦"就指如此，这都是长子的差事，其他儿子没这个待遇。摔瓦里面的讲究很多，先是要扣摔，不能摔得满地都是，说那样会聚不住财，扣摔便不至于散落一地。然后，青瓦下面并排的两块砖，在葬了逝者回来的路上还要把这两块砖捡回家的，说垒砌到墙里会使得墙体更加稳固。

父亲去世时的路祭是在门口胡同里进行的，那时候用于摔瓦的不是两块砖，而是一块石头，需要四五个人才能抬起的砸布石。儿时常见母亲浆洗完被面床单后在晾晒到快要干的时候叠好平放在砸布石上，一手抡着一个棒槌有节奏地砸，发出叮叮当当的能绕梁一生的音符，而这块砸布石在承载了为父亲的"摔瓦"两年后，翻盖房时被顺势用在了房基上。关于摔瓦还有个讲究，据说摔瓦后的砖或石头下面会出现足印，但不一定是人的，也可能是牲畜的或者禽类的等，出现什么足印就预示着逝者来生会投胎什么，说好人还会投胎成人，坏人就不好说了，没准是猪牛马羊等牲畜。然而，牲畜还好，死了再转世还有可能再转回人类，而若投胎硬嘴的禽类，则再也不能变回人类了。

我想，这些讲究更多的是劝人行善，否则来生会当牛做马，甚至永世不得做人，家乡熟识的人都未曾亲眼见到传说中的各类足印，但大家仍然坚信：好人会有好报。

母亲一生向善，如果真有来生，那下辈子我还想做你的儿子；但，我更想再生育一个孩子，让你转世做我这一生的孩子，让我像你对我一样地报答你，让我用我的余生呵护你，因为我不知道喝了孟婆汤的来生还能否再识得你——我的娘亲，索性你就趁我余生再来一次。

路祭，程序上基本和堂祭差不多，但因为场地宽敞了，人们施展的余地也就大了。主持路祭的还是路哥，这次他索性站到了前面卡车的后斗上，手里又举起了那张长长的白纸，按着提前排好的顺序依次呼唤着亲友。喊完亲戚后还要问一声要不要碟子。"碟子"是供品的代称，比较近的或者讲面子的亲友会点"碟子"，也并不是真的让亲友上供品，三轮车上两人架着"传盘"全代表了。等亲友点了"碟子"后，路哥便紧接着高声一喊"碟子一桌"，接下来才开始祭拜。

进行祭拜的亲友们先是走到马路中间，拿出一些零钱，一块两块不嫌少，十块二十块一百块也不嫌多，作为赏钱给戏班子领头的。然后，慢慢地向灵车方向踱步，戏班子会吹吹打打地跟在后面。说踱是因为确实走得很慢，但又不是悠闲地踱，而是庄重肃穆地踱。但也会有不庄重肃穆的，比如姑爷，姑爷是白事中的一个看点，也很容易成为笑点，人们心里明白，姑爷都不会真心疼，便常常开姑爷的玩笑，越是熟识的便越是容易被开玩笑，而最容易引起哄笑的场合便是这路祭。管事的会特意把姑爷的孝服弄得很长，长到踱起步来一不小心便绊自己脚，一个趔趄一个趔趄的，引来围观者的笑声。戏班子往往也会故意出一些情况，姑爷都踱到灵车前了，回头一看吹吹打打的却还在半路，姑爷不得不又折回来重踱，也会引来人们的笑。

母亲唯一亲生的女儿生下来便夭折了，但母亲有一个干女儿，和母亲的关系一向很好。母亲的干姑爷也是镇上人，大家所熟识的，于是母亲的干姑爷便在为母亲行路祭中享受了亲姑爷的待遇，几个爱开玩笑的人不停地起哄架秧子，引来围观者阵阵笑声。这笑声，仿佛是在诠释"红白喜事"的"喜"字。

祭拜者要一直踱到"传盘"前放了赏钱，再退到那两块砖后面。地上铺了一床棉被，是专为亲友祭拜铺设的，这要谢谢管事人的细心，孝子贤孙是直接跪在水泥地上的，因为不可能带那么多的棉被一一垫上，能照顾到亲友已然很是感谢。接下来便是跪拜之礼，这跪拜通常是要磕四个头，老家的习俗，"神三鬼四"，就是说给神仙磕头磕三个，人死入鬼，那就要磕四个。当然，也有更多的，比如姑爷，有时候还有外甥，那是要三拜九叩的。据说还有更为复杂的礼仪，说是一步一磕，要磕足七七四十九个头，但也只是听说，未曾见过。祭拜时，先是双手各自同时由下往上画一弧抱拳拱手作揖，再立直身体，左脚向前一步，右腿顺势跪下，双腿跪齐，然后磕头，脑门要触地，磕一个头再直起腰身，再磕下一个，按照规定的数磕完，最后再起抱拳拱手作揖。

一位北京长大的友人在参加了母亲的葬礼后说，在沧州能看到许多武林的影子。不仅是沧州有武术之乡的盛誉，许多生活的细节都能看到武林的影子，而数这祭拜的仪式最能彰显，那一招一式、一举一动，无不宣示沧州的武林。她说武林已经融入了沧州人的血液，还建议我写本书，就写"武林沧州"，这倒是个不错的主意。

不论是堂祭还是路祭，亲友祭拜的同时，孝子贤孙都是要放声哭的。围观的人不仅是来看个热闹，还要看孝子贤孙的哭，似乎哭得不厉害便是不孝了，然而，孝与不孝岂是用哭来度量的。

说到这哭，家乡的人们最懂得，不同的人会有不同的哭声，有形象的描述："儿子哭，惊天动地；女儿哭，真心实意；媳妇哭，虚情假意；姑爷哭，驴子放屁。"这描述并无恶意，也无歧视，只是道出了血缘关系的重要性，人与人之间的关系差一点都不一样。

当然也有特例，也有儿媳妇真心实意哭的，比如四弟媳妇。四弟媳和母亲单独在一起的时间最长，而且娘俩从未红过一次脸，在外人看来，她们更像是母女，所以四弟媳的哭更像是女儿的哭。

其实，一个人表达难过的方式有多种，沉默、发呆、顿足捶胸、大呼小叫……而哭，不过其中之一。

过了那条小河

路祭过后，送葬的队伍起身继续向东行进。没走多远，便路过一条小河。

河的名字不曾记得，或许它压根儿就不曾有名，只知道是京杭大运河的一个支汊，主要用于灌溉，是当年毛主席时代大修水利的成果，没少为这里的庄稼出力。这河基本是东西走向，西起大运河，东与宣惠河相接，南北两面都是良田，我们家地在河的南面，去地里干活是要过河的。

小时候在这里玩耍，那时河里的水很足，且是清的，顶多长些绿色的水草，小伙伴们有的到河里捞鱼虾，有的会到河里洗澡（老家管游泳也叫洗澡）。洗澡多是在桥洞下面，因为桥洞下面的水流最急，人们会从桥洞的西侧下水，被冲到桥洞的东侧再上来，不停地反复。不少胆子大的小伙伴会从桥上往水里跳，可见水是有足够深的，我从未敢跳过，不单是因我游泳技术不好，也就会个狗刨，还因为我胆子小。天擦黑的时候，总会有干完农活的父母在桥的两侧喊自家孩子，什么大狗子、小豹子、四虎子的乳名，当然也有"拥军""爱民""国庆"等有时代感的雅名，且等一声声"回家吃饭啦"喊得不耐烦了，淘气的娃娃们才依依不舍地从水里爬上来。

母亲在这个地方也没少喊我和兄弟几个，现在想起，母亲的呼喊仍似在耳畔。

后来，这河里的水越来越少，便洗不了澡了。再后来，仅有的刚没过脚脖子的河水也不再清澈，变成了褐色，别说鱼虾，就连泥鳅也见不到了，据说是上游造纸厂排污的原因。全然不知的乡亲居然还用这水浇了地，那地立马板结了。心地善良的村民以地试法，领教了这污水的肆虐，此后的很长一个时期，不敢再用这河里的水了。只是听说前几年，造纸厂被叫停了，又随着南水北调的推进，河里终于又有了水，有了清水，能灌溉的清水。

架在河上的桥梁是最近几年又翻建的，但还是老样子。那座老桥，留下了父母亲扛着农具走过去走过来的身影。日头还没升起，父母亲便要下地干活；太阳已经落山，疲惫的父母，才劳作归来。小桥见证了一对农村夫妇养育子女的艰辛。小时候的我也经常过这河，是因为要到地里打草砍菜，却常常扔下竹筐下水玩耍了；十二年前的我也曾随送葬的队伍过这河，那是父亲的葬礼；而今，我又参加到送葬的队伍过这河，却又要送母亲。

在过小桥之前，送葬的队伍又被叫停了，对门嫂子到路边抓了一把泥土，加到了由长嫂兜着的瓦罐里，说这叫"换土"，似乎是说过了这河换了这土，母亲便是那边的人了。这又让我联想起了传说中的忘川河、奈何桥、孟婆汤，还有那望乡台。倘若人真的有灵魂，我想，母亲的灵魂一定会一步三回头，她一定不情愿喝那孟婆汤，过那奈何桥，她得了重病在生命最后一刻也并没有想到自己会这么早离开我们，她曾亲口对我说过数次，说她怎么也得活到姥姥走的岁数，会多陪我们几年。可母亲没能兑现她的许诺，太早地离开了我们。我们不甘心，半年前还和我们一起天南海北、跋山涉水的母亲，怎么说病就病，怎么就得了绝症，才刚半年就离我们而去？这个扣始终解不开。

大半年过去了，我在写这一段时，依然不认为母亲已经走了，不认为她已经永远地离开了我们。我只当母亲出远门了，就像小时候看着母亲单薄的身子背起一百多斤的绿豆去东北做生意了，总想着不几天就又回来了。即便是每次给母亲上坟，看到那堆黄土，依然不能正视那里面竟是自己的母亲，母亲怎会躺在这黄土之下？我想，母亲也不甘心。母亲从来都不食言，从不哄骗我们，说啥就是啥，一个唾沫一个钉，可这次咋就没能履行自己的承诺？病魔弄人，我恨这病魔，是这病魔让一辈子都不会说谎骗人的母亲食了一次言，而这唯一的食言便再也没有弥补的机会了。

倘若，人真的有来生，娘，您就喝了这孟婆汤吧，忘却您的不孝顺的子孙，忘却今生的酸甜苦辣。我们能否约定，如果我再生一个孩子,您来投胎,我们互换一下角色,让我用余生呵护您?

过了这河,再向东走大概三四百米的样子,路的左边便是自家的那点地了,母亲的坟地便设在自家的地里。

小镇地少,记得20世纪80年代初分田到户时,我们家当时六口人,一人六分地,总共分了三亩六分。2000年初又进行了一次调整,由于我们都离开家乡,户口也迁了出来,只有父母和四弟的户口在老家,只能按三个人分,被划出一亩八分地,剩了一亩八分地,倒真成了人们俗称的"一亩八分地"。

后来,四弟娶妻生子,添丁进口,但地还是那么多,并未再给调整。不可能为一家调整,要调整就得大调整。但大调整那可就复杂了,这家少了,那家多了,谁家的是肥地,谁家的是盐碱地,分配起来着实劳神费力,一碗水很难端平。农村人朴实,实在得可以把心掏给你,但对有些事情很是看重,说啥也不会让人。比如这地,看成命根子一样,那可是寸土不让,分厘必争,能为一分地争得面红耳赤、六亲不认、反目为仇,甚至能打个头破血流,闹出人命。这么看来,这分地真的是农村的大事了,也是最难的事了,村干部们都晓得这事不好办,索性不到万不得已不做调整。

这一亩八分地就在刚才经过的那条小河的南岸,南北走向细长的一条,母亲的坟便在地的北头。

在那里,已然有了爷爷和奶奶以及父亲的两座坟茔。爷爷奶奶的坟要大一些,父母亲的坟则要稍小一些,这叫长幼有别,尊卑有序。还有什么"阴靠阴,阳靠阳,妇女不能占明堂"等讲究。"明堂"一词有的也叫"神路",强调要由男的占,延续的是男尊女卑的习俗。总之，这坟地的事是颇有些讲究和规矩的，但我知之甚少，不可乱言。

这些讲究和规矩，是否也算得上是我们的传统文化？我想，应该是吧！

入　土

按照习俗，母亲是要和父亲并骨的，也就是合葬。

亲友们在上午已经早早地开了坟，紧挨着父亲的棺椁的东侧把坟茔挖开了一半。老家把挖坟称为"打窝子"，过去都是村里的壮劳力用铁锨一锨锨地挖，这和抬棺一样，也是个力气活，少不了要给包烟，中午还要喝上些好酒，孝子们多磕几个头。如今，"打窝子"却也是机械化了，一个小挖掘机便替代了当年的壮劳力，倒是比一锨锨地挖轻松了许多。当然，在挖掘机挖开之后，还是要有人用铁锨再做些修整，铲一铲、平一平、拍一拍，也把个墓穴修得方方正正、有棱有角，几个亲友认真精心地修整，好似要给母亲盖一座房子，生怕一向细心的母亲不如意。当然，挖掘机不能白用，是要花钱雇的，倒是修整的人还都是村里的乡邻；当然，对于"打窝子"的乡邻也是少不了要给包烟，中午再喝点好酒，孝子们多磕上几个头的。

开坟之后，在埋葬之前，坟地便不能离人，要请专人看护，防止有鸟兽之类往里拉屎撒尿，弄脏了母亲的睡房；或有不良之徒往里扔不好的东西，好在母亲一向与人为善，也一直这样教育我们，自然不会有人和母亲过不去。倒是鸟兽之类不通情理，不得不防，便请了宝臣叔从上午开完坟便一直待在那里。宝臣叔是村里出了名的老实巴交的人，也是个固执的尽职尽责的人，所以街坊邻里遇到这种事大多请他看守，他也从不让人失望。一个人在漫洼地里看着坟不容易，主人家通常都要备些好酒好菜伺候着，爱好（讲究）的人家还会给点钱表示谢意，这些，我们自然是做到的。7月的天骄阳似火，表弟延峰、延岭在家里胡乱吃了几口便早早地把酒菜送到宝臣叔手里。他是在替我们为母亲看护"房子"，那点谢意一定是要有的。

　　为母亲送行的队伍算得上是"浩荡"了，也不全是亲友，还有看热闹的小孩子、半大孩子。在母亲的墓穴南侧站满了人，亲友们都伫立着，默默地等候着下葬的仪式。

　　我们弟兄四个在管事的指引下，轮流跳到墓穴里用铁锨平整着墓壁和墓底，这平整是象征性的，像是特意安排孝子们再为母亲做些什么，尽一份孝心。大哥和四弟先是平整了一会儿，我和三弟又陆续跳下去分别用铁锨修整着母亲的墓穴。实际只有半边墓穴，另一半父亲已经占有。我注意到，父亲的棺椁只暴露了一个侧面，看上去虽还完整，但已然有些腐朽，筷子粗细的芦苇的根不规则地横竖在棺椁的周边，有几条居然嵌在了父亲棺椁里，从棺壁的缝隙里长出和长进。我厌恶它长进父亲的棺椁，惊扰了父亲的安详。我试图用手去把它拽断，但它的韧劲有些出乎意料，任由我拽了几下，它都没有断的意思。我又不敢太用力，怕惊到了父亲，还担心损毁了父亲的棺椁。站在墓边的亲友劝我放手："没关系的，你拽断了它还得长。"杨总管也说："上来吧，行了。"我环视了一圈母亲的墓穴，算得上是平平整整、干干净净了，确认是能随了母亲爱干净的性子了，便准备跳出母亲的墓穴。

第三章　母爱无形 / 243

在墓穴的上边一位乡友伸出手来准备拉我一把,这位乡友比我小几岁,乳名"小小子",虽已到四十多岁的中年,但始终不曾记得他的大名。"小小子"与三弟是小学同学,他的父母和我的父母年轻时还曾一起做过小本生意,两家算得上是父辈子辈的关系了。小小子二十来岁时曾在北京当过保安,如今早已返乡,但身体一直强壮。他把粗大的手伸向我,我没加思量地便把手递给了他,正当我准备把左脚踏在墓壁上一个凹坑时,那是特意留的,是专门供"打窝"的亲友和孝子们跳出墓穴用的,可还没等我的左脚踏上,"小小子"便用力了;而他这一用力,我便悬空了,一个趔趄,人总算上来了,鞋子却掉了一只在墓穴里。"小小子"很是尴尬,甚至比我还尴尬,他慌乱地望着我不知如何补救。众亲友也似乎被突发的这一小情况惊住了,一时都不知如何是好。倒是三弟机灵,快速弯腰拾起那只鞋给我扔了上来。"小小子"再次向三弟伸出了手,可三弟像是吸取我的教训似的没有接招,而是向后退了两步,一个箭步跃了上来,引来亲友们的一阵笑。

把鞋子掉一只在墓穴里,在颇多讲究的农村里不知会生出多少浮想。我却想,一定是睡在棺椁里的我那个永远"没正形"的父亲在跟我开玩笑。父亲是个爱开玩笑的人,不管何时何地,不管是跟长辈还是跟晚辈,不管是跟男还是跟女,总是会不失时机地说个玩笑话,做个玩笑事,用老家的话说就是"没正形"。但父亲的"没正形"是受人喜欢的,所以,父亲在世时走到哪儿都有个好人缘。

为母亲平整墓穴,应该是在父亲走了十几年后最近距离地接触他老人家了,想必是我在试图拽断芦苇根时惊动了父亲,被惊动了的父亲是不会放过这个开玩笑的机会了。我在心里默默地反复地念叨：爸，我娘来陪您了……

管事的开始指挥下葬。他让我们在坟茔的南侧稍远的地方跪候着，我看到吊车又缓缓地吊起了母亲的棺椁，四周有亲友扶着，把握着棺椁的方向，慢慢地向着墓穴移动。那个大家公认的会看风水的老王站在墓穴的北侧负责指挥大家如何放置母亲的棺椁，主要是方向，要和父亲的棺椁平行；再有就是位置，须在父亲棺椁靠后一点。母亲的棺椁在众人的合力下，终于徐徐放下。母亲紧挨着父亲安详地躺在那里了，他们又在一起了，而这一次再也不会分开，这里，成了父亲母亲最终的归宿。这里，有着父亲母亲升向天国的密道。

母亲的棺椁平稳地躺在墓穴里了。望着静静躺着的棺椁，心痛到难掩。这是最后一次看母亲了，等到黄土覆盖成一个小山包，便连这母亲的棺椁也看不到了。管事的开始喊我们："都别哭了，埋吧！"他让我们围着墓穴转一圈，从墓穴的南侧起始，沿着墓穴逆时针转一圈，并不停地弯腰抓一把黄土抛撒在母亲的棺椁上。这又是老家的风俗，好像是叫"添土"。人们并不知晓这习俗的由来，我想，这或许也是让子女再尽一份孝心的讲究吧。

我们遵循着习俗，认真地完成了给母亲的"添土"，又胡乱地跪成一片，哭成一团，任由挖掘机一爪一爪地挠起黄土向着父亲母亲的墓穴里填去，眼睁睁地看着母亲的棺椁逐渐地被黄土淹没，直到堆成土包。老家有个讲究，下葬第三天"添坟"，其实就是把坟修整好，因为此后三年内不准再动土，不管风吹雨打成什么样都是不能动的。而今，老家的讲究简化了，把三日添坟挪到了下葬的当天，也就是说今天必须得把坟添足土，修整好，否则三年内不能再动了。三年的风风雨雨，新坟总是会折的。所以，得把父亲母亲的坟培得高高大大的、结结实实的，而又不能超过爷爷奶奶的坟，我们便先给爷爷奶奶的坟添大。可尽管如此，父亲母亲的坟在经历了百天后还是出了些状况，东北侧折了一个小坑，甚至露出了母亲的棺椁。惊慌自责的我们到稍远的地方徒手挖了些土把那小坑填满。

其实，今天的老家在送葬方面的许多习俗都在不断地简化。记得父亲去世时，在下葬之后也是有许多讲究的，除了刚才说的三日添坟，还有三日的谢孝，那是在天蒙蒙亮时便挨家上门谢孝的，是由专人带着，穿梭于一个个的胡同，带领的人不停地重复着喊："崔家谢孝啦……"据说，这么早出来谢孝就是为了少磕几个头，这个时候的人们通常还没有起床，在大门口喊上两嗓子，并不一定真跪，但若真是遇见人，那则是真的跪谢了，那是要把孝子的膝盖跪破的。还有，头七、三七、五七都是要到坟上烧纸祭奠的，特别是"五七"，也就是第三十五天时，除了前面说的要供上几桌席，也就是隆重的"八大碗"以外，还有将纸糊的房子车子，甚至是彩电冰箱等一应俱全的家伙什，当然还有足够多的纸钱，送到坟前，摆放好了，然后烧掉，这就是"烧五七"，烧得好不隆重热烈。似乎经过五七后，先人就可以安详地生活在天国里了。也听说，有些地方是"七七"祭奠得隆重，说逝去的人七七四十九天方能走到极乐。但，不管是在"五七"还是在"七七"进行隆重的祭奠，都是活着的人思亲心切，都是活着的人希望逝去的亲人在天国里有个好日子。

现如今，这些讲究都被简化，说大家都很忙，上班的上班，做生意的做生意，能简化就简化了。看来这生活节奏快了，就连丧葬习俗也省掉了不少，过去数次的祭奠都挪到了下葬的当天，"三日添坟"进行完后，杨总管招呼我们给亲友和庄乡们谢孝，那是齐刷刷地向着亲友和庄乡跪拜的，是实实在在拜谢的。一些亲友和庄乡在接受这一拜后，就可以返回了。但我看到大家并没有返回的意思，这是要和我们一起为母亲"烧五七"了。杨总管并不理会大家的去留，依然按照既定的程序，摆放好包括房子在内的各种纸糊的生活用品，然后点燃。那干烈的"生活用品"瞬间火起，高高地蹿着火舌，熊熊地燃烧，最后烧得只剩灰烬。乡亲们说，烧得越旺说明逝去的人越高兴。想来，母亲对给她的生活用品还是满意的。其实，对于一生总是替别人着想的母亲来说，给她送的好与不好，她都会满意，都会高兴。

"烧五七"结束后，这一天的隆重繁多的仪式算是完成了。人们对逝者发丧的仪式隆重，讲究繁多，这源于对逝者的尊重，逝者为大，也源于对"五福"的敬仰，"善终"是"五福"的最后一福，古人将"长寿、富贵、康宁、好德、善终"并称"五福"，而不是如今一些人推崇的"福、禄、寿、喜、财"，古人把"好德"列为五福之一，听起来像是说教，但却是关键的一环，没有这一福，何来富贵、康宁？没有这个品行，哪来的长寿、善终？在古人眼里，一个得了"善终"的人才配得上"五福"齐全，善终又是"五福"的收官之福，人们常常骂人"不得善终"，这骂最是恶毒。母亲一生好德，才成就了自己的"五福"。

母亲入土为安，可从此以后，再看母亲便是要隔着这黄土了。

当我跪在这堆黄土前和母亲说话时，不知母亲是否还能像以往那样面带微笑地倾听。母亲最爱听我说话，从我记事起便有这样的印象。小时候每每放学回到家，我会坐在灶前往灶膛里添着柴火，帮正做饭的母亲烧火，母亲则或贴饼子，或蒸馒头，或馇黏粥……一边做着饭，一边听我说学校里的那些事儿，母亲总是微笑着，认真地听，落不下一个字；我也总是眉飞色舞的，越说越带劲儿，那情那景，每每忆起，犹在眼前。

娘，您走了，走得那么突然。您可知道，您这一走，从此我便成了没娘的孩子……当我想您时，我会跪在这堆黄土前和您拉拉家常，说说我工作的事儿，说说咱家里的事儿，让娘放心。

眼前的这堆黄土啊，让我强烈地意识到，母亲是真的走了。对于一个失去母亲的儿子来说，那痛苦，岂是用泪水能够表达，即使也哭成了泪人，哭哑了嗓子；岂是用语言能够表达，即使早已有前人总结出的痛断肝肠、心如刀绞……其实，没有任何一种肢体语言能够表达，也没有任何一句话语能够形容失去母亲的痛苦，只有心——独自承载。

变　迁

送走母亲，当我们回到家里时，已是傍晚时分。

屋门前的自来水恰好有水，这自来水每天只在早中晚相对固定的时间内各送三次水。想来家乡从20世纪70年代前要去水井里挑水喝，到80年代的各家各户在院子里打个压水井压水喝，再到90年代后期通上自来水，这就是家乡饮水的变迁。虽然这水还不能全天二十四小时供应，但已然比起70年代去水井里挑水要方便多了。

这水是地下水。而这里的人们，过去一直以来也都是喝这地下水。20世纪70年代的井水,用水桶打上来便是可以直接喝的,那水叫"井拔凉",喝进口里咽进肚里那叫一个痛快,特别是炎炎盛夏,来一舀子井拔凉,那叫一个沁人心脾、痛快淋漓,比吃根冰棍雪糕还要来劲儿。后来变成了压井子,弄个铁管子往地下打个七八米便有了水,开始还混着泥汤子,抽上一阵子便清澈如泉水,喝上一口同样地凉爽痛快。那个年代的地下数米深的水便是可以直饮的。而再后来,通上了自来水,自来水虽也是地下水,但都是深层水,按说深水井的水是更加清澈了,然而人们反倒不敢直饮了,原因是附近有了化工厂。据说那厂里排出的水能毒死树木;据说那厂子方圆数公里的地下水已被污染;据说这污染了的水喝多了会致癌;据说到市人民医院就诊的癌症病人,光这个县的人就占了四分之一……所以,镇上的人们再也不敢直饮这地下水了。可不直饮又能怎样?烧开了还不是一样地有毒,这可不是什么微生物,那是化工污染,单靠烧开是没有用的。再后来,有了"南水北调"这个词,人们就盼着南水北调,盼着穿镇而过的大运河能承载起南水北调的重担,小镇的人们也能跟着沾点光喝上长江的水、黄河的水……又据说,前些年市里的居民已然喝上了,紧接着县城里的居民也喝上了,可镇上的人们始终没能喝上。

依稀记得,2008年盛夏我被派到重庆工作了一段时间,其间一个周末,我到四面山参观,见山里有个望乡台,望乡台上有个瀑布飞流直下,便想,这水是要汇入几江的,而几江水就是长江的上游,因弯成了"几"字,故名几江。这"几"字中便是重庆的江津主城区,古称"要津",可谓"长江画几生要津"。望着那飞流直下的瀑布,我想起家乡的母亲,想起了家乡的亲人们都

盼望喝上南水北调的长江水,想到动情处,竟编了首打油诗。这诗如下,姑且称为《思乡》:

> 望乡台上独望乡,
> 乡愁化作雨茫茫。
> 四面山秀心安在?
> 瀑水飞下可寄肠。
> 截得巴山相思泪,
> 注入长河画几江。
> 敢问何时水北上?
> 托福东海绕高堂。

当时的我独自站在望乡台上,满眼的风景无心观赏,脑海里却满是母亲。想母亲一个人在老家,虽说有亲友乡亲做伴,但毕竟几个儿子都不能陪在身边,内心是孤寂的;想自己天南海北地跑,却不能经常回老家陪陪母亲,愧为人子。看到那飞流直下的四面山水,便渴盼早日将这南水北调,早日让母亲喝上这水,也算是游子尽一丝孝心。可如今,母亲走了,也没能享受到南水北调的福音。

但总的来说,母亲还是有福的,至少善于知足的母亲自己是这样认为的。母亲总是觉得自己是享福的,在我看来,这福源于"知足",就如同《道德经》里说的"知足者富";又源于"好德","好德"是五福之一,也是五福之根基。

院子里仍有些零乱,尽管有亲友们已经帮助收拾了一番。我们稍坐了片刻，便开始打扫起院子来，将近一个小时终于把院子打扫得干干净净。如果不是大门上依稀可见的白纸痕迹，已经看不出刚刚办置了一场丧事。

我和兄弟几个坐在屋前的台阶上，谁也没有话说，只是默默地坐着，发呆。不知从何时起，几个孩子打破了宁静，开始在院子里玩起了游戏。起初的他们还有些拘谨放不开，不一会儿，便有了笑声，有了喊声，开始追逐，有了活跃的气氛……年少不识离别恨，我开始被孩子们的举动感染了，我微笑地看着他们，正如数十年前母亲一边做着针线活，一边微笑地望着玩耍嬉戏的我们。我想：母亲是否也在天国里正微笑地望着我们，望着我们静静地看着孩子们玩耍嬉戏？

难道这就是人生？这就是一代又一代的生活？想来，应该是吧！

写于 2016 年 10 月 16 日夜北京三里河
整理于 2017 年 7 月 17 日午北京三里河

送　别

　　母亲术后一个半月后的周末，我把在北京的亲戚、家人请到一起，举行了一个家庭宴会，名义上是因我升职，而实际是为了答谢大家为母亲治病的付出和努力。如今，想起来，那次聚会成了为母亲举行的一场告别会。

　　那次聚会，有我们弟兄四个的小家庭的所有成员，还有舅家的、姨家的、姑姑家的，几乎所有在北京工作的家人、亲戚，大大小小来了三十几口人，聚集到八大处附近神农庄园——一个环境优美的生态园里。那天的天气也特别好，虽然还有点冷，但春光明媚，大家的心情也随着天气一样明媚起来，家人们有说有笑，有感恩，有激动，那情那景，其乐融融，好一个幸福的家庭。

　　大病初愈的母亲，被她的两个弟弟搀扶着端坐于右侧餐桌的正中，而母亲的两个弟弟、弟媳，也就是我的两个舅舅、舅妈，分别坐于她的两侧，再接下来的两侧坐着母亲的儿子、侄子、外甥、姑爷……而媳妇和孙子、孙女、外甥女们则都围坐在了左侧的餐桌边。安排座位是件很闹心的事，就像在单位布置会场，谁坐中间、谁坐右边、谁坐左边都是很有讲究，我们家庭聚会不像单位来得那么复杂，但总是会参照一些。等长辈们坐定后，我便"胡乱"安排了大家的座位，好在大家都没啥怨言，乖乖落座了。

等着凉菜上来热菜刚开启的一刻，小舅提醒我说几句，其实我正想着说几句，便站起身，走到两个餐桌中间的一侧，正正规规地和大家讲了几句话。

我说："今天的聚餐名义上是因为我升职请客，而实际上是为了庆贺母亲大病初愈。我知道，大家都是奔着我娘来的，都是来看我娘，那我就来讲几句感恩的话。这次我娘患病治愈有三个环节非常关键，我要代表我娘、代表我们弟兄四个感谢大家，特别要感谢这三个环节的关键人。第一个关键环节是春节前，娘已经病重又得了感冒，一向坚强的娘，仍然坚持在家挨着，可三天水米不能进的娘呕吐不止，极度虚弱，是我姨悄悄给四弟打了电话，而四弟又及时告知了我，而我则又像是受了不知何方神圣的指引，毫不犹豫地打通了海军总医院一位医生朋友的电话，求他安排住院，并与此同时四弟马上去接娘住院。而当四弟把娘送到医院时，娘已步履艰难，就连说话的力气都没有了，不得不用轮椅推到病房。当护士为娘输上液，娘的病情稍有好转时，娘说了一句话，'幸亏来医院了，不来这人就没了'。娘是个坚强的人，不是轻易说这种话的人，那一刻，或许娘已经感受到了死神向她走近的脚步。所以，在这个关键的环节，多亏了姨，我要感谢姨。

"第二个关键环节是手术。这个环节要感谢小舅，是小舅帮助联系上了最好的大夫，一个在国内甚至国际同行业知名的专家，为娘主刀。手术非常成功，娘在术后十天便出了院。一个七十四岁的老人，胃切除这么大的手术，这么快就能恢复到出院，连医生都出乎意料。所以要感谢小舅，感谢小舅给请了个好医生。

"第三个关键环节是术后恢复。娘出院后便一直住在大哥家,大哥大嫂给了娘无微不至的关怀,像呵护婴儿似的照顾着娘。特别是大嫂,为我们树立了榜样,也使娘在术后一个多月便恢复得像未得病时的样子,又能健步行走了。所以说在这个环节,我要感谢大嫂,是你和大哥给了娘康复的支撑。

"这是我想说的三个关键环节,而在娘得病的这段时期,在座的与不在座的家人亲友都给予了娘精心的关怀。娘在手术时,您的弟弟、弟媳,您的侄子、侄女、外甥、外甥女,还有儿子、儿媳,甚至还有咱们的驴友,二十几口人焦急地等在手术室外。这些亲人陪护着娘,给娘鼓励,为娘加油。家人的呵护、亲朋的祝福,这些都是娘康复的支撑。在这里,我感谢所有为我娘献出爱心的人,也借这个机会,祝愿我娘早日完全康复,祝愿我的老娘健康长寿,活到九十九。"

在说这些话时,我几度哽咽不能自持,不得不中断,调整情绪后再说。而在座的亲人哭了,娘也哭了。本来想高高兴兴地说这些事,可不知为什么,不争气的眼泪就是止不住地流淌。

这次聚会,大家待的时间很长,但似乎都没怎么吃东西,几个孩子匆匆吃了几口后便满大棚玩耍去了;大人们则只是一个劲儿地聊,像是有说不完的话。还是小舅提醒说娘大病初愈不宜久坐,于是大家才恍然醒悟了似的说赶紧让娘回去休息,娘却兴致勃勃,丝毫没有疲惫,反复地说:"再坐会儿,再坐会儿。"

聚会散去,我站在饭店前的院子里,指挥着车辆和一个个家人打着招呼、说着再见,当看到娘坐着大哥的车离去时,心里又莫名地生出难舍之情,那一刻,我又一次在心里默默地向着苍天祈祷:娘,您一定要早日恢复健康,一定要多陪我们过些年啊。

而在此后的第三个月，娘癌症复发，又不到两个月，娘的腹部便长满了肿瘤，从海军总医院到武警总医院，从301医院到肿瘤医院，甚至连传说中的"江湖神医"我们能联系到的都去看了，但他们都表示无能为力。娘最后因严重腹水导致心脏衰竭而去。

娘走了，那次聚会成了娘参加的最后一次大家庭的聚会。而这聚会像是冥冥之中的安排，成就了娘和亲人的集体告别。那聚会的场景，娘那依依不舍的眼神，娘那"再坐会儿，再坐会儿"的依恋……每每想起，肝肠寸断。

娘，您走了，可儿想您呀！

2016年7月22日夜记于北京三里河

送娘回家

一

赶到医院,已是九点多了。

进了病房,看到母亲斜靠着被子坐在病床上,陪护了一晚上的四弟在床的内侧搀扶着母亲的左胳膊。母亲见到我,颤抖着抬起了右手朝我伸来,我赶紧快步走上去紧握住了母亲的手。我真切地感受到了母亲的手的颤抖,和以前有了明显的不同。而接下来母亲的一句话更加刺痛了我。

"不要娘啦?"

母亲是个只会替别人着想而从不指责人的人,这话里有她特有的风趣。母亲这次住院期间我坚持每天都到医院,唯有昨天,因为巡视的到来一直工作到夜里十点而未来医院,仅一天未见却让母亲说出这样一句半开玩笑的话,那是母亲意识到了什么,是对儿子的留恋?而刺痛我的还不仅仅是话的内容,而是母亲说话的语气,母亲说这句话时气喘吁吁,她因病而导致的腹水已压迫到了胸腔,压迫到了心脏。我那一刻什么话也说不出来,只是用力地抓着娘的手,默默地看着娘的眼睛。儿子怎么会不要娘啊!我突然实实在在地感受到了危险的来临,我仿佛看到,病魔在撕裂着娘的躯体,死神在一步步向娘走近。而面对这一切,做儿子的只能默默地看着,那是世界上最痛苦、最无助的时刻。恨自己没有降魔神杖,恨不能用自己的躯体迎上去阻挡死神的脚步。

我感受到了危险的来临。我双手握着母亲的右手不停地抚摸着,让她感受着儿子的存在,心里不停地重复着:"我要娘,我要娘……"母亲又气喘吁吁地说:"赶紧去找医生要药,疼我还能忍的了,这憋可受不了啊,这要是一口气上不来,就麻烦了。"我恍然清醒了似的,松开握着的母亲的手,赶紧出了病房去找医生。而医生给我的答复是:"这种病到最后都是这样,现在也没有什么好办法,随时都会有危险。"医生的话印证了我的预感,我的大脑随即一片空白。我挪到电梯间,用额头支撑着墙,任由眼泪奔淌。

在片刻宣泄后,我飞快地想,在这个时候我应该做什么。我迅速地给大哥和三弟发了微信要他们尽快到医院来,随后又喊出四弟商量如何把母亲送回家,农村人讲究叶落归根、入土为安的,母亲虽然不曾要求,但一定会有这个愿望,只是怕给我们找麻烦不说而已。肯定得回,怎么回?一定得活着回,不然出不了院;一定得坐救护车回,要不路上会有危险。幸好我们早有准备,前几天四弟已联系了救护车,说能随叫随到。我又想起了昨天刚从老家赶来看望母亲的姨母,以及姨母的女儿我的表妹,恰好表妹是县医院的主治医师,得让她抓紧到医院。姨母和表妹头天晚上陪母亲很晚才回房山,一打电话,她们说已经在来医院的路上。

在焦急等待中，姨和表妹赶到了医院。简要说明情况后，先是跟姨商量是否立即通知我的两个舅舅。两个舅舅都在北京，母亲患病以来得到了他们深切的关爱。姨和我的意见是一致的，我们通知了我的两个舅舅，但在电话里并没有说的那么危险，也是本心里并未确定有那么危险。然后，我和表妹商量如何劝母亲答应出院回老家。我让表妹起头，说对于腹水这个病还是表妹的医院中西医结合治疗得最好。于是我和表妹在病床两侧坐着。表妹开始游说母亲，可母亲抓着我的手，看着我，说的第一句话竟是："回不去了呀！"这句话让我针扎了心一般，我强忍着泪，跟娘说："能回去，咱找救护车让医生跟着。"娘沉默了片刻，又说："我不管了，你们弟兄几个商量着定吧！"

二

我像得到圣旨一样赶紧安排找车，北京这边的车只有护士没有医生，怕路上有危险，表妹说她们医院可以派医生带车赶过来。可老家的车赶到北京少说也得三个半小时，我又去值班医生那儿说明了母亲的病情，我说今天想办出院，下午出没问题吧。医生说，"这不好说，但看目前的情况应该没问题"。我心稍微踏实了些，随即让表妹安排老家医院派人来接。表妹是老家医院的"一把刀"，做人又厚道，院里同事领导都尊重她，说明情况后，不到一刻钟便回话说，医生和车已安排妥当，马上出发。

这时，大哥和三弟也都到了医院，我们商量回家之前需要做的事情，一件件安排好由谁来落实。我和四弟回去取为母亲送老的衣服，那是我们在一个月前特意到门头沟区为母亲订制的。民间有个说法，人老了病了准备下寿衣可以冲一冲能延缓寿命，有地方还在寿衣里搁几根大葱，大概是取谐音"冲"吧。为母亲准备寿衣，一来是病情的缘故，再者也有朴素的美好的愿望在里边。在老家，像母亲这个年龄的老人，许多都是自己提前做好了的，而母亲的身体一直很好，包括她自己，我们所有家人都从来没有想到过母亲会这么早地离开，所以之前也就从来没想过要准备寿衣，总觉得那是遥远的未来，总期望把那个未来推得越远越好。

做衣服的地点是在网上找的，比较来比较去觉得还是这家好，在一个周六的下午，大哥、我和四弟开车专程去了一趟，导航指引着出了西六环又往前走了一段，进了一个村庄便到了这家店，说是店，其实开在自己家里。做衣服的是一位六十岁出头慈祥而利落的妇人，她很有耐心地介绍着，包括式样、布料，以及风俗讲究、价格等，我一边挑着还不时地打电话给老家对门嫂子，询问老家的习俗。因为"五里不同音，十里不同俗"，一个地方有一个地方的风俗，母亲的事还是要按照老家的习俗办。但终究都是北方，大同小异而已。我们用心挑选了式样，又用心挑选布料。布料都是编着号的，第一次选中的布料是75号（我们三个不约而同地想到了母亲的虚岁年龄恰是这个数字），有点不祥的感觉，于是又重新选。选来选去终于看上了一个，结果对应编号是43号，又恰是母亲这次住院的床位号，我们三个默默地对视了良久，那不祥的感觉愈浓。莫非是冥冥之中的暗示？我不敢再想。我们又翻箱倒柜地折腾了半天，最后选了一个我们认为母亲应该会喜欢的布料，但再没有问什么编号，只是反复叮嘱那位妇人要用心做、仔细做。

母亲送老的衣服做好后一直放在母亲的住处,我和四弟一起去取了放在车上,然后又先后回各自的家取了几件换洗衣服等物品,想着回老家的医院能再伺候几天母亲。赶回医院时已是十一点半左右,看到母亲还是像刚才那样憋得喘不过气来,并没有减缓但也似乎没有加重。听大哥讲,母亲刚才催着让大家轮流去吃饭,还让三弟带着姨和表妹先去吃了。自己都病得不成样子,可还惦记着别人的疾苦,母亲就是这样一个人,时时处处为别人着想。我对大哥说,等三弟回来你们先回家准备一下东西,救护车已经走到半路了,别耽误了。

三

大哥和三弟从医院出来时大概是十二点多一些。母亲见了我,还是不停地让我去找医生要治憋闷的药,还是重复着早晨跟我说的那句"赶紧给我治这憋啊,这要一口气上不来,非憋死我啊"。什么叫手足无措,什么叫无可奈何,什么叫有劲使不上……在这个时候一股脑地朝我袭来。我只能出去找医生,尽管心里明白医生也不会有什么好办法,但还是对母亲说:"娘,我这就去找医生,这就去拿药。"我追着医生,一个身体胖胖的年轻医生,我恳求他想点办法,止住母亲的憋气,而医生理性的回答只能让我更加无助、更加不知所措:"到这个时候了,真的没有办法,随时都会有危险,你们得做好准备。"没有神仙,即便是有神仙,在这个时刻也是回天无力。

正当我在医院的走廊里追着医生时,四弟从病房里冲了出来,脸涨得通红,急切地喊着:"医生医生,快来看看我娘怎么啦!"身体胖胖的年轻医生,此时却敏捷得一个箭步冲进了病房。我紧随着医生,我看到,母亲朝向房门躺着,眼睛直直地瞪着。年轻医生弯下腰用手翻了一下母亲的上眼皮,然后站起身,按动护士站的铃,呼叫着:"你们赶紧过来,抢救。"不一会儿,四五个护士疾步来到病房,医生吩咐着护士们,护士们忙来忙去的样子,脑子一片空白的我已经看不清他们在做什么,感觉眼前都是模糊的。这时,年轻医生似乎发现了什么似的,对我喊着:"家属都出去,所有家属都出去,关上门。"我猛然惊醒,只好听从医生的吩咐,转过身,却发现一帮亲人挤在门口,有弟弟、有侄子侄女、有姨和表妹,还有刚刚赶来医院的大舅一家人、小舅一家人……

我们焦急地等候在病房外的走廊里,那一刻,真的是没有任何办法,你只能在心里一遍遍地向上苍祈祷,祈祷上苍护佑老娘。亲人们也三三两两地拥在一起抽泣着,又相互劝慰着。我赶紧打电话喊大哥和三弟回来。我想起了十二年前父亲离去的那刻,我和母亲、四弟、大姑几个人帮父亲换好衣服后,父亲还活着,确切地说还有一口气,我被安排去请"管事儿的"。在老家,红白喜事有专门管的,大概也叫司仪,俗称"管事儿的"。我骑车到"管事儿的"家里说明情况求得同意后快速地向家里奔,快到家里时,有个同街的长辈说:"人已经没了,你这一出来就把魂带走了。"农村有个说法,在人即将咽气的那刻,一旦有亲人离开病人,病人的魂魄就会跟着走了。莫非这种说法又一次在母亲身上显现,莫非母亲的魂魄跟着大哥、三弟走了。我不相信,我就是不相信，我相信胖胖的年轻医生有回天之力，我相信胖胖的年轻医生能够唤回母亲的魂魄。

表妹不停地打电话询问救护车走到了哪里，而得到的回复是刚刚走了一半的路程，到医院少说还得两个小时。怎么办？母亲已经出现了危险，如果抢救过来，或许还能办理出院；如果抢救不过来，那真就应了娘之前讲的："在北京一烧，悄悄把骨灰运回家埋了就得了。"其实这是母亲心疼我们，在老家发送老人那一系列的讲究是会让做子女的脱层皮的，母亲是不忍心让长年在外工作的几个儿子受那份折腾。但我想，母亲内心里还是想回家的。母亲可以心疼我们，我们不能不为娘着想。我跟四弟商量，在当地赶紧找救护车，不然怕来不及。四弟也同意我的想法，便又抓紧联系当地救护车，幸好之前已经有过联系，救护车也是蛮拼的，说是半小时内一定到医院。落实了当地救护车，家人们又七嘴八舌地商量是否让老家的车回去，最后还是商定让老家的车继续往北京赶，中间会合。老家的救护车上有专业的医生、护士，我想这是最好的办法。

四

在抢救了大约一刻钟的工夫后，胖胖的年轻医生满头大汗地走出病房。我快步迎过去，医生告诉我抢救过来了，但是非常危险，得去ICU病房。我说："去了那儿还能出院吗？"医生说："去了那儿就不能再出院了，如果不去也需要上呼吸机。"我又问："上了呼吸机还能办出院吗？"医生说可以。我赶紧说："那就上呼吸机。"医生转身回了病房，随后，一个护士跑出来，去护士站取了一包东西又回到病房。过了一会儿，虽然时间并不长，大概也就十分钟的样子，但感觉像过了很长时间，因为每一秒都是煎熬。医生走出病房，语气比刚才缓和了许多，说："已经上了呼吸机，暂时平稳了，但你们得抓紧时间叫救护车，否则就来不及了。"我说又叫了当地的救护车，马上就到。医生说："我先给你办理出院手续，如果救护车来得及时家属就签字，如果来晚了，病人就走不了了，我们也没办法。"我千恩万谢了年轻医生，同时叫四弟火速催促救护车。

在我们焦急的等待中，救护车到底还是到了。我赶紧去找医生要求办理出院，医生也是善解人意了。或许医生这样做是冒着风险的，我要替母亲更是为自己向这位医生深深致谢，医生的善良成就了我这个做儿子的孝！在等救护车的这个时间里，我没有顾上去病房看母亲，与其说没顾上，倒不如说是不敢去，是不敢去面对戴了呼吸机的母亲的样子。救护车只带了一个护士，她把担架车推上来，和医院的医护人员共同把母亲从病床抬抱到担架上。戴着呼吸机的母亲被推出病房时，母亲在北京几乎所有的亲人都来了，小二十人一下子围上了担架车。我看见母亲睁大着眼睛，眼珠还在转动着，似几分惊恐、几分焦急的目光，仿佛是要把亲人们都看一遍，又仿佛是在寻找着谁，当看到小舅时，母亲的目光平和了许多。小舅一家恰是在母亲被抢救的当口赶到的，没有来得及和母亲交流，当躺在担架车上的母亲看到小舅时，或许便没有了遗憾。她所有的弟弟和妹妹都到齐了。母亲是兄弟姐妹里最大的，从小就知道爱护着弟弟妹妹，吃的用的先尽着弟弟妹妹，三年困难时期会省下自己的口粮让给弟弟妹妹吃。也正是因为母亲的仁爱,几个弟弟妹妹从小就很尊重她。有种说法叫"长嫂如母",而对于我的母亲来说,长姐更如母。母亲望着她的弟弟的眼神似乎在说:"不能陪着你们了,你们要好好的啊!"

家人们一起把母亲推上了救护车。我和大哥、四弟以及做医生的表妹留在救护车上,救护车在前,三弟开着自家车拉着大舅和姨,表弟自己开着我的车随后,我们送母亲回家。

五

开车回老家有两条路可选,可以走"京沪",还可以走"大广"。走"大广"稍微复杂些,中途得换到"荣乌",再上"廊沧",最后还是要上"京沪"才能到家,虽然绕点,但距离上与走"京沪"差不多,关键车比较少,好走,所以回老家走这条路相对多一些。老家医院的救护车就是从大广高速来京的,我们便迎着老家的救护车,沿西四环向南奔大广高速。

在救护车上,母亲的身上盖着医院的被子,虽然是盛夏,但母亲的手脚有些发凉,我和大哥把双手伸到被子里面分别握着母亲的手,四弟则坐在最后一直用双手焐着母亲的双脚。一路上,我们兄弟三个和表妹轮流和母亲说着话,尽管母亲不能再跟我们交谈。母亲的眼睛大睁着,我知道母亲的心里有许多话想和我们说,可戴着呼吸机的母亲已经不能说话,且以母亲现在的病况也说不了话。但我们坚持和母亲说着,都是些安慰的话。

"您别担心,一会儿就到老家的医院了。"

"到了老家医院咱就摘了呼吸机,您就能跟我们说话了。"

……

表妹和救护车的护士不时地检查着母亲身上的各种管子，看着显示器的血压和心跳数据，而我的眼睛几乎没有离开过母亲的脸。开始，母亲的眼珠随着我们话语还能轻轻地转动，那是跟我们交流，但到后来，母亲瞪大着眼睛直直地看着一个方向，看着看着，又轻轻合上了眼。我突然意识到了什么，急切地喊护士。护士马上翻看了母亲的上眼皮，然后，迅速地打开显示器下面的一个箱子，取出一盒药，拿出两小玻璃瓶药剂，用镊子削打掉玻璃瓶的细长的部分，然后放下镊子，取出针管，将小玻璃瓶的药剂吸进针管，又注入输液管里。这一连贯的动作在极短的时间内完成，我知道，母亲的生命再次有了危险，护士给母亲注入的一定是救命的药剂。在注入药液后，护士双手重叠开始有节奏地按压母亲的胸部抢救。我不忍再看母亲，只是半低着头，闭着眼，那一刻，心针扎一般疼，却没有泪。我，一个布尔什维克，一个辩证唯物者，却只能在心里默默地重复："苍天保佑，苍天保佑……"

母亲的病情终于稳定了下来，血压和心跳又恢复了刚才的指标，但悬在我心里的石头并没有丝毫的下落。我隐隐约约地意识到，母亲现在的处境更加凶险，母亲的生命就像只有黄豆粒大的一盏灯，来不得一丁点的疏忽，经不起一丁点的风吹草动。

为了能尽快让母亲回家，在抢救娘的过程中，车子并没有停下来，依然快速地行驶在大广高速上。只在中途一个服务区和老家的救护车进行了会合，老家来的医生和护士换到了北京的救护车上，四弟被换到了表弟开着紧随其后的车上，同时为防止不测，又把母亲的寿衣从后面车上拿到了救护车上。

在紧张短暂的调整后,几辆车又继续行驶在大广高速上。按着我们最初的想法,是要把母亲送到老家医院的,我们都认为母亲还能在老家的医院里住上一段时间,哪怕是几天,还可以和老家的亲戚、朋友见个面、道个别。在救护车上,刚上来的老家的医生起初也是这样安排的,连续给医院打着电话,安排着怎么接、怎么救、怎么住……但后来,车子又行驶了不到一小时,母亲又一次出现了危险。我不忍再叙述那抢救的过程,在之后的许多天里我都不敢再想,我觉得我这辈子都不忍再想那抢救母亲的锥心的画面。

虽然又抢救过来了,但母亲的意识似乎更加模糊,她的眼睛半睁着,目光变得有些呆滞;显示器上的"血压""心跳"指数变得更低;母亲的手和脚也比刚才变得更凉,尽管我们一直抓着焐着。医生翻看了母亲的上眼皮,说:"瞳孔都开始散了,可能来不及去医院了。"医生的话比较委婉,后来我才明白,其实那个时刻医生心里已经明白人要走了,甚或说已经走了,但医生考虑到我们的感受,所以才不直说。在这个时刻,做儿子的都不往坏处想,我们不认为母亲已经不行了,我们坚持着,还在不停地和母亲说着话。一位护士说:"她现在已经没有意识了,你们说的话她听不见了。"我极为不满地看了她一眼,明明还有血压和心跳为什么就说没有意识了?我在心里一遍遍地对自己说:娘一定能听到,娘一定能听到……娘只是无力控制自己的躯体,不能再很好地用她的躯体来回应我们……但理智告诉我,护士是出于科学的角度来看待这件事的,而作为一个即将失去母亲的儿子来说,是无论如何都会失去理智的。

六

　　车子继续向着老家行驶，已然经"大广"，上了"荣乌"，又驶上了"廊沧"。救护车开得很快，时常超速行驶，而慌乱和痛苦中的我还是觉得开得慢，恨不得插上翅膀，一下子飞回去。浑浑噩噩中，已是傍晚时分，不知何时起，天空中有了云层笼罩，使天色比往日这个时间变得更暗。车子向前行驶，云层愈来愈厚，还下起了雨，雨不大，滑出细细的白光，像慈母手中的线。

　　又行驶了一段，虽然天空还是布满了云，但已穿越了那片雨，也进入了沧州地界。

　　显示器上的"血压""心跳"又降了下来，母亲第三次出现危险，护士无奈地说："人已经不行了，不能再抢救了……"表妹只是哭着俯下身，双手重叠再次有节奏地按压母亲的胸部。护士又说："别再抢救了，人已经不行了，再按就把肋骨按断了。"许久没有说话的老家的医生也开口附和着，劝说着表妹，更是劝说我们。护士对我们说："得穿衣服了，不然身子僵了就不好穿了。"我和大哥无语地对视，片刻，我说："大哥，给咱娘穿衣服吧！"我看着大哥的泪水顺颊而下，我强忍着泪水说："穿吧，让娘穿好衣服再走。"

　　车子逐渐减速，慢慢地停在应急车道。紧随其后的三弟四弟也停下车上了救护车，看到娘当时的样子，做儿子的心情无法用语言表达，可我还是止住弟弟的哭，我们得好好地给娘穿上衣服，让娘安心走啊！护士拔着母亲身上的各种管子，我恨恨地说:"把所有管子都拔掉,让我娘轻轻松松地走。"娘自从做手术就恨这些管子,什么导胃管、尿管、引流管、输液管……好不容易出院了、恢复了,身上再没有管子了,可刚三个多月病又复发,先后又两次住进医院,每次都要插胃管、输液管……这次住院还在母亲右大臂上埋了一根叫什么"PICC"的细针,说什么能管一年,每次输液就不用再现扎针了,上午在医院抢救后又插上了导尿管,还上了呼吸机。我想娘心里一定是恨透了这些管,不仅累赘,还阻止了她和我们之间的交流。所以,我才有点气急败坏地跟护士说,可那不是针对护士,而是恨透了病魔,恨透了死神,恨透了肿瘤……

娘是个爱干净的人,我们在给娘穿衣服前几乎用了一整包湿纸巾擦拭了她的身体,然后由里到外一件件地为娘穿上。母亲在临终前没能像家乡其他老人那样亲手制作或亲眼看看自己送老的衣服,但我想,您的儿子,为您精心挑选订制的衣服一定合您的心,合您的意。

在给母亲穿衣服时,我忽然想起了父亲去世的那一刻。那是在老家的老房子里,那时房子还没有翻盖。

十二年前的农历四月十三的早上,我们轮流陪着病重的父亲。我吃了早饭到里屋换下四弟,依被子斜坐着的父亲说要躺下,我抱着父亲轻轻地帮他躺下,躺了大约半个小时,父亲又说要坐起来。其实这个时候,连续多日水米未进的父亲已经非常虚弱,就像即将耗尽的油灯,稍有不慎,稍微有点风吹草动,就会熄灭那微弱的光。而我的举动就是那"不慎",或者那"风吹草动"。可能是我扶抱着父亲起来的速度猛了些、快了些,尽管我做得已经很慢很慢,可对于一个虚弱的病人来说或许还是猛了些、快了些。在即将扶坐起来的那一刻，父亲突然身体挺了起来，任由我使劲儿地抱，也无济于事。我似乎意识到了什么，高喊着母亲和四弟。母亲和四弟冲进屋，恰好走进院的大姑听到喊声也冲进屋，几个人有的抱着父亲的胳膊，有的掐着父亲的人中，手忙脚乱做着民间的抢救。然而，大家终究不是医生，终究止不住父亲的离去。大姑哭着说："趁着还有一口气，赶紧给我哥换上衣服吧！"母亲哭着去取来父亲送老的衣服。父亲的寿衣是父亲自己早就准备下的，没有当过兵但送四个儿子都参了军的父亲，特意为自己准备了一身军便衣。大家哭着一起帮父亲换着衣服，父亲的身体一直打着挺，穿起来非常吃力，直到穿完所有的衣服，父亲虽然还有一丝气息，但身体依然是硬挺着。和父亲不同，母亲的身体，从开始穿到穿完衣服，甚至在一个多小时后赶到家时，还都是软的，关节还都能活动。有人说，母亲这是走得安详，走得踏实，走得不痛苦，走得没有牵挂……

给母亲穿好衣服，时间定格在了十七点三十三分。具体地点说不清，但周围的环境印在了我的脑海。这里，无疑成了我的伤心地，以至于在之后的许多年里不敢再走这条路回老家。什么"五七""七十天"，按着老家的习俗，我和妻女都回到老家祭奠母亲，不敢走"大广"，怕路过这伤心地。到了祭奠母亲百日时，更是少不了回家祭奠。老家讲百日，和对新生的小孩过百天的庆贺一样，先人的百日也是要上坟祭奠的。母亲的百日恰好是星期天，头一天便往老家赶，和前两次回去祭奠不同，因为妻子要考职称而不能同行，便也没让女儿跟着，又因单位有事定不下出发的时间，也就没让弟兄们等着，等处理完公事，只好自己开车回。走在西二环上时，突然有了走"大广"的冲动，但当走到玉泉营桥时，看到前面堵车，便又拐上南三环奔了"京沪"。说是因为堵车，其实还是借口，还是没有勇气走那伤心地。驶入天津静海地界时，天空开始下起了雨，而这雨一直伴随我到了老家，一直下到后半夜。见了雨，我突然想起了母亲，想起了为母亲穿衣的那个伤心地。"京沪"和"大广"以及"廊沧"应该都是近乎平行的路线，再往前应该就和那个伤心地同维度了。想到这儿，右脚下意识地踩上了劲，无意间加大了油门，车速快了许多。车子飞驰在雨中，虽然雨不大，但由于车速的原因，雨滴还是噼里啪啦地打在车窗上。在以往，那一颗颗雨滴落在飞驰的车窗上，便立即化作一个个透明的蝌蚪，沿着车窗玻璃，向着斜上方游去。而今，那点点雨滴，打在车窗上，立刻化作了串串的泪珠，恣意流淌在儿子的心中。

"娘，我好想你！"我疯了般地狂吼了几声，可我觉得还不够，又把车停在应急车道上，下了车，站到车的右侧，朝着"廊沧"的方向，扯着嗓子吼着，吼着……任由雨滴打在我的头上、脸上、身上，任由雨水和着眼泪流淌……

七

给母亲穿好衣服，再也忍不住泪，几个人俯在母亲的身上哭着、喊着，可母亲只是平静地躺着，再也不说话。

车子又踏上送母亲回家的路，大约过了一小时，终于驶进了故乡小镇，驶进了母亲辛勤养育我们的那个小镇。在拐进胡同的那刻，我看到，在我家的大门外已聚集了许多人，有大姑、小姑，有叔婶，有对门嫂子，有母亲的干闺女，还有更多的母亲的好友、街坊邻居……足足几十口子人，他们早已等候在门前，迎接着母亲，就像迎接归来的重要人物，满脸的凝重和悲伤。

我的泪再次夺眶而出，我为那么多亲戚乡友们能早早地等在那里而感动，母亲一生与人为善，在最后时刻，有那么多人来给母亲送行，是对母亲的福报。

在大家的簇拥下，我们弟兄，还有几个亲友，一起小心翼翼地抬着母亲，下车、入院、进屋，最后安放在乡亲们刚刚搭就的简易的灵床上，我泪眼模糊，一直絮叨："娘，咱回家了……娘，咱回家了……"

娘，咱回家了……

于 2016 年 10 月 21 日

又相聚

这个"可爱的大家庭"再次相聚,是在娘走后一年零三个月的秋天里,离上次相聚已有一年半有余了。这天是个星期六,有些蒙蒙细雨,像是对故人的思念。

上次相聚是在娘术后一个多月,为了庆祝娘大病初愈,但不想却成了给娘的送别宴。娘走后的这段时间里,这个大家庭的成员都沉浸在失去亲人的痛苦之中,再加上又发生了一件让人痛心疾首的事,整个家庭都被突如其来的不幸和悲伤所裹着,哪里还有聚会的念头。

可日子总是要过。生老病死,来来往往,演绎着一代又一代的人生,也构成了生生不息的家族和传承。随着时间的推移,终究是要把悲痛藏起来,把快乐放大。这不,在大舅的号召下,我们这个大家庭又重聚在了一起,这是我所期盼的,也坚信是娘所期盼的。

大表弟延峰把聚会的地点挑选在了通州区台湖的一个别具特色的饭店里。这饭店的门前摆竖着的巨大的黄瓜、西红柿等各类蔬菜雕塑,像在宣示他们是素食主义者,起的名也是"番茄菜馆",但餐桌上的菜肴却是鸡鸭鱼肉样样精通,既有农家特色的一锅炖、菜团子,又有貌似高大上的臭鳜鱼、香酥鸡,当然更少不了利用西红柿制作的各样菜品。自从娘走后,我便很自然地戒了荤,一年半过去了,已习惯了吃素。但也偶有"犯戒"——遇到有人质疑"是否信了什么",我便吃些给人家看看,因为不愿把真实原因说与人;或有食客已经给夹到餐盘里也会吃了,以践行母亲"不能浪费"的教诲。在今天的家庭宴席上,都是家人,大家都不会客气。我不老不小的,自然不会有人帮我夹菜,便能固执地吃素了。素菜并没有太多特别之处,若当真像饭店宣示的是有机的那便极好;而对于鸡鸭鱼肉做得好吃与否我又没有发言权,但我听到了大家一片赞声,还说可以把这个地方定为家庭聚餐的一个点儿,大家说好才是真的好,我随声附和便是了。

  我们这个小家因为女儿上课的缘故迟到了,尽管下了课便马不停蹄地赶路,四十公里的路程还是走了一个小时有余,都下午一点半多了才赶到。虽然晚了,但大家都还在等我们一家三口,不,确切地说是四口,因为妻子肚子里当真有了一个即将出生的小宝贝。这份等待着实让我感动,这大家庭的温暖从来就没有消减过。

  这次聚会又把大家庭活跃了起来,那"可爱的大家庭"微信群也一下子热闹了。这个微信群正是在上次聚会时建的,三弟作为群主思来想去给这个群起了个活泼的名字叫"可爱的大家庭"。那群为的就是大家联系方便,为的就是让这个家更有家的气氛。然而,这一年多来两件不幸的事使得这个群也沉寂了,总被阴云笼罩,不见有人说笑,安静得让人心慌。好在时间是抹去伤痛的良药,人总归是要走出伤感,回归正常。还好有了这次聚会,

"可爱的大家庭"又焕发了生机和活力，一下子又被快乐和温暖包裹了。

微信真是个好东西，天南海北的亲人可以同时进行交流，就像是在一个大房子里，一个可大可小、能恰到好处又无限放大的房子，可以容纳所有的亲人，不管你在京津冀，还是在长三角，抑或在内蒙古，还是在云贵川……也不管你是在家待着，还是出差了、出游了，抑或出国了，你，就在这里，就在这个可爱的大家庭里……让你不得不为科技的进步而感叹，若不建个微信群，都枉生在这个好时代。

就在这个群里，就在这个虚拟的空间里，你可以写文字，也可以发出声音，还可以发动画、发照片、发视频，以及千姿百态、五彩斑斓、百家争鸣的各种各样的链接；还能够位置共享，无论你在哪里都能彼此一目了然；亲人们在这个空间里七嘴八舌，你一句我一句，嘻嘻哈哈，全部放下了工作的压力、生活的不悦，犄角旮旯都被家的温暖所包裹着。此情此景，仿佛把我拽回了童年，回到了年轻的时代，一家人其乐融融，好不快活。这个虚拟的空间，不正是家的写照吗？见过许多群里经常发一个动画，一群人手拉着手欢呼雀跃转圈，还有一行字"我们是相亲相爱的一家人"，那些群有的是同学群、同事群、乡友群、孩子家长群……之间有的熟悉，有的不熟悉，有的甚至不曾谋面，但彼此都能喊出"我们是相亲相爱的一家人"，更何况我们这真的是一家人，没有理由不好好利用微信群来增进家人间的感情。这个"可爱的大家庭"群从今天开始，又找回了欢快祥和的气氛，这正是我梦寐以求的。

我们赶到后，我被安排到了主桌，姑且称为主桌，也就是两个舅舅和舅母落座的餐桌，而另一桌则多是中间一辈儿的媳妇和晚辈了，妻子和女儿自然去了那桌。我们落座后，宴席才正式开始，先是大舅致辞，是在当了大官却又没落下官架子的小舅的鼓动之下进行的。大舅是个在家里特别讲规矩的人，我们所践行的许多家庭规矩大多源于大舅的教诲。印象里，大舅的大眼一瞪，我就乖乖就范了，也正是因为有了大舅许多次的大眼一瞪，才懂得了"酒要满，水要浅""先让戚（客人）动筷""壶嘴不能冲着人""吃着饭不许说话""吃饱了要说一声才能走开"，等等，那诸多的讲究。而今，这些讲究已经融入了血液，成了习惯。大舅的致词颇为实在，把气氛烘托得更加浓厚。致辞之后，便开始了今天的开怀畅饮。其实，没几个喝酒的，好多人兼职司机，女眷也都不胜酒力。然而这些都不重要，正应了那句"只要感情有，喝啥都是酒"。倒是开始没多久，便仨一群俩一伙地开起了小会，拉起了家常。这就是亲人，总有说不完的话，道不尽的家常。这就是家，在这里，没有钩心斗角，也没有虚伪遮掩；有的就是亲切，就是放松，就是愉悦。要不怎么说"家是港湾"呢，那正是走累了歇一歇的地方。这聚餐，一直吃到，准确地说是一直聊到下午近四点钟，若不是四弟、弟媳要去衡水看他们刚入衡中就读的大女儿，要先走会儿，大家还不会散去。宴席总归要散去，但家的感受正是在这一次又一次的欢聚中渐行渐浓的。

在起身准备离开时，我突然意识到，在我的右侧一直空着一个座位，而整个餐桌整个聚会期间都只空着这样一个座位。我突然想起了娘，一阵痛楚，又一阵欣慰，莫非苍天特意安排，莫非娘就一直坐在我的身边，一直看着我们畅谈欢饮？或许这只是个巧合，但我更幻想更愿意它是真的。整个欢聚的全过程，都被娘看在了眼里，我那个善良的、像水一样能包容一切的娘，一定在微笑着看着我们："瞧瞧，这一大家子，多好！"

窗外的细雨，一直绵绵地下着，那是儿子对母亲的思念！

2017年10月14日夜写于北京三里河

昨夜，又梦见娘

昨夜，又梦见娘。

梦见娘已不是走之前的模样，像是年轻了许多，皮肤略黑了些，穿着黑色的连衣裙，那可是娘生前绝少穿的衣服。娘跟在一个人后面，冲着我笑，我想跟娘说话，娘却有几分羞涩似的转身走了。我悄悄跟着娘，看着娘去了一个地下室，又说是太平间，又说是阴间。我看着娘步履轻盈地走了进去。这时，有一个一袭黑衣的面容慈善的中年女子走了出来，说她是能来往于阴阳两界的人，拦住我，塞给我几个黑色棉球状的东西，说这东西能告知我娘在阴间的情况，说一会儿给我讲如何使用，然后让我在这个地下室的入口拐角处等她。

我站在入口拐角处，看到入口进去一点儿的地上有一具尸体，已经七零八落的尸体，说是车祸造成的。我想起了在娘出殡的当天，小镇运河西边有两个人被"太脱拉"翻斗车碾压，是用铁锹收的尸骨，或许这就是那两个人。入口处的这具尸骨，很惨，我看见后却没有害怕的感觉，就像看到平常堆放的物品。

我站在入口拐角处，看到不时地会有新的尸体被运来，或抬，或抱，或架……有一个花白头发的老妪居然又活了过来，一旁的人赶紧扶她出去。

我站在入口拐角处，感觉有些碍事，便向上移了几步，在一个接近平常路面的地方继续等候，但仍然不见黑衣女子出来，等得有些焦急。又过了一会儿，终于等到了黑衣女子。她把我领到空地上，又说是医院的一个地方，告诉我，娘在那边挺好的，让我别担心，还说以后想见娘时再找她。

我千恩万谢了黑衣女子，还托她给娘关照，她答应了下来，但并未告知我黑色棉球状的东西如何使用，便消失得无影无踪了。

我正想着怎么再去找这黑衣女子问清楚那黑色棉球状的东西如何使用，突然听到有个孩子的呼声，激灵了一下，却是被东屋小侄女的梦话吵醒。

适才的梦境还犹在眼前，起来方便了一下又躺下，满脑子还是梦的境况。

娘，您在那边当真安好？

2016年8月9日晨

第四章 凡人素描

地铁上的阅读者

昨天傍晚，坐地铁去参加一个活动。因为正值下班时间，车厢里人很多，虽然没有传说中的挤成照片那么邪乎，但也算得上是人挤人，人挨人，风雨不透，水泄不通。尽管拥挤得如此无厘头，可人们还是会"苦中寻乐"，不论坐着的，还是站着的，绝大多数人都抱着个手机，或发微信，或看影片，在如今这个手机依赖症泛滥的时代，看手机早已是司空见惯了，但我在拥挤的乘客里惊奇地发现了一个特例：一个小伙子捧着一本书旁若无人地阅读着。

小伙子二十几岁的年纪，中等个子，有些清瘦，因为瘦的缘故，脸颊有了几分棱角，侧脸看过去有些像唱陕北民歌的阿宝，发型也像，权且称他为"阿宝"吧。

阿宝上身穿一件黑红相间、连着灰色帽子的休闲夹克，时尚又不另类。我恰好站在小伙子的左后侧，我很好奇他读的什么书，但由于角度和车体晃动的原因，瞅了好多眼才看到封面上"挺立在""废墟上"几个大字，后来网上一查才知是《挺立在孤独失败与屈辱的废墟上》。小伙子和大家一样随着车体的晃动身体也摇摆着，但书与眼的距离始终如一，看得出，他是地铁上看书的高手。我不时地投去好奇的目光，但小伙子丝毫不理会周围人好奇的目光，完全沉浸在自己的世界里，捧着书旁若无人地阅读着。

地铁到站刹车，小伙子一个趔趄向前挤到了前面的姑娘，他连声说："对不起，对不起……"姑娘并没有一丝的不悦，微笑着说了声："没关系。"看得出，姑娘的微笑有对读书小伙子的几分敬重。我想车上其他人也投去的是带几分敬意的目光吧。不管怎么说，喜欢阅读的人是值得敬佩的。

二十年前，甚或十年前，在地铁上看到读书的乘客并不稀奇。不但不稀奇，且还是常态。那时候，上班一族的包里总是会放一本书，地铁上你总会看到许多人一上车便会从包里取出书阅读。车厢里有许多乘客是抱着书阅读的。阅读，成了地铁车厢里一道风景。但后来，随着电子化、数字化的突飞猛进，"掌中宝""爱派"等，越来越多的科技产品替代了纸质图书。还好，大家还是在阅读，只是把纸质的图书换成了电子的，不过费点眼力而已。可是，随后而来的智能手机各项功能齐备，娱乐替代了阅读，人们更多的是在看剧、聊天、看琐碎的信息，面对面无话可说，却跟远处的人聊得火热……这就不光是费点眼力的问题了，分明是要废了阅读功能的节奏。

与多年前相比较，小伙子在地铁车厢里的阅读倒成了一道特别的风景。我要感谢小伙子在地铁上旁若无人的阅读，是他唤醒了我对阅读的记忆。

写在 2016 年 12 月 6 日傍晚于北京三里河

副教授

刘忱老师是副教授,但已近退休年龄。

课后,她下意识地拿起手机又放下,若有所思,似寻觅什么。有六七个同学走上前要加微信,她才又拿起手机开机(上课关机是规矩也是美德),又似乎犹豫了一下,但还是说了句"这应该是我退休前的最后一课了";几个女同学与她合了影,我注意到,她的眼里似乎有了湿润;加了微信合了影的同学们陆续离开教室,而她依然站在讲台,低着头慢慢整理着教材和书包——她对讲台的不舍,让人心酸。

她说她退休后便到农村租个院子,过农民的日子,因为她喜欢田园生活,喜欢农村的质朴和清纯。而从她的讲授中,一字一句都能让人体会到她对农村的热爱和对农民的深情。

看得出她去过太多的农村,走过太多的村落。她讲曾经一年间消失十几万自然村落的年代,让人感同身受她心中的痛,因为随之而去的还有乡俗文化——那是中华传统文化的根脉;她讲在农村的所见所闻,讲述发生在新农村的每月一次的"孝老敬亲饺子宴"、一年一度的"全村福"集体照,让人有置身其中的暖意温馨；她讲新时代农民的创新活力，讲"乡村咖啡馆的新客人""石头文化墙""村歌计划""筑巢引凤"，还有那幅冲击视觉的油画《炙心已飞》，让人心潮澎湃，有说走就走背起行囊去村落的冲动；她讲到老农民谈这些年生活变迁时忘情地喊出"共产党万岁"时，竟有些哽咽——那是老农民对她，以及像她一样支农爱农人的最高褒奖……坐满了五十余名学员的教室里，静静的，一时间没有一丝响动。

马上要退休的刘老师，是副教授，但她的讲授并不亚于许多正教授，甚至有过之而无不及。或许刘老师一直忙于走村串户，没有时间去写论文，更没有精力托人去刊发（如今的一些学术刊物多已沦为"评选职称"的工具）；也或许是不屑于虚名，只是想做点实事儿，实实在在做点接地气的学问，实实在在为新时代农村、农民做力所能及的事。这就是刘老师，虽是副教授，却秉持了传统而难得的师德——不仅是传道授业解惑，还有"身教"；在她的身上，我看到更多的是脚踏实地，实事求是，孜孜以求之，这也恰是刘老师所供职的党的最高学府的校训。然而，这精神到什么时候都最为珍惜、可贵、可敬。

刘老师说她退休后就到农村租个大院子，和农民一起，过田园式的生活。我仿佛看到了村口那棵活了几百年的大树下她和父老乡亲的有说有笑，看到了她置身"敬老饺子"志愿者队伍的笑脸，看到了她在田间弯腰收获大白菜的身影……好一幅美丽的画卷。

衷心祝愿刘老师退休后的田园生活，美好如斯！

2022 年 10 月 21 日

买　车

一

中午刚过，我先是把女儿送到护国寺附近上课，又扫了辆"小绿"共享单车赶去白塔寺附近的一个专卖自行车的商贸行，准备给妻子对付个生日礼物，买辆新车——俩轮的，后来还挑了个"永久"的。

一路骑到店前，却是锁不了车，总是提示我"未按指定位置停车"，应该是这词儿，于是又往前挪了一截，一锁，还是那词儿；索性又往回骑远些，再停，那词儿如故；见马路对面停有"小黄""小蓝"，那指定是没问题了，于是又往南绕到红绿灯骑过去，一锁，还是那词儿。此时的我瞅着那小绿，已然没了绿色好心情，它全不再是一辆好骑的车子，而是一辆让人窝火的小破车了；我真是有点抓狂了，有一脚踹烂它的心。可冲动要不得呀，踹坏了还不得说咱损坏公共设施，或是他人财物，吃不了兜着走。可又耽误不得，再耽误闺女该下课了，这老婆的生日礼物就买不成了呀！

于是,我干脆骑到商贸行门前,也不锁了,丢了算我的。

第一次来这家店,店面不算小,二层小楼,却是青砖青瓦红门红窗(说的是框)的古建,很有老北京的样子。进门左手最里边有个柜台,柜台前面有个小茶桌,里外各有一个长条木凳,有俩人对坐两边,都五十岁上下的样子,按如今的标准,算是中青年。俩人也没喝茶,一个干坐着,一个在摆弄着车辖辘。干坐着的目光一直随着我,我便以为他是店主。他见我东瞧西看张嘴便问了句:"买车吗?"听这话冷冷的,根本不像一个店员跟顾客说话的口气。我看了看他,圆脸,脸色有点黑,又有点红亮,像是刚喝了点,尤其那脑门儿冒油地亮;两眼不大,又有点长——一道缝,也放着亮。

我张了张嘴漫不经心地啊了一声,算是回应,心想,来这儿不买车还能干啥。

这人不再言语,便又轮上里边正摆弄车辖辘那位问话了。这位是漫长四方脸,脸也白了许多,五官周正,各司其职地分布在脸上,鼻梁上还架了副深棕色扁圆框的眼镜。目光从镜框上端射向我,问了句:"买什么车?"

"上下班用的,女士的。"我看这人话也不多,但语气倒像个开店的,心情便好了许多,语调自然是常态了。

"这几个都是。"他腾出左手指了指他左边的几辆车,然后又放下车辖辘,站起身走到这几辆车前,分别做了介绍,说了价钱,从一千三到六百六不等。然后又坐回原来的位置,继续摆弄车辖辘,像是在装辐条。

圆脸的又站起身,似乎是帮我选车,又不太像。

"能不能优惠点呀?"我问了一句。

圆脸的犹豫了一下，扭头看了看长脸的，长脸的并没有抬头，圆脸的片刻又转回头，说："优惠不了。"

"那就是一口价呗！"我干笑了笑，没话找话地说了，是在为自己找台阶。那人也不在意，来回踱了一圈，还不时地望向门外，像是有心事，又像是在等人。他这一往外张望，倒让我想起了那辆小绿。

"刚才我骑了辆共享单车，转了几圈也没锁了，真是邪性了。"

"噢，你骑的是小绿车吧！"

"是啊！"

"那就对了，这块儿只有小绿车停不了，你得往西，过了白塔寺宾馆才行。"圆脸人不再冷冷的，看样子是个面冷心热的人。

"啊，这样呀，我还是先选车吧！哪个更合适一点？"我把目光又转向长脸推荐的那几辆，问那圆脸的。

"这个最合适，永久的。"他伸出手指了一辆，不像是随意的。

"好，那就这辆。"我一向听人劝吃饱饭，也省得挑花了眼。"永久"又是个老牌子，虽也听说仅是个牌子了，但总是有情结在里面。

见我选好了，长脸的便站起身走过来。我感觉这家店还是他说了算。我跟他说后架要安装个小孩车座，然后再上把锁。他告诉我这些都是另加钱的，我说："行，装吧！"

"得嘞！"他回应了一句，然后走到屋子的西北角，才发现那里还有个楼梯。他爬上去，不一会儿又爬下来，手里多了个后车座。

"您先安着，我把那小绿车找个地儿给停好再回来。"我想这得装一会儿呢，趁这工夫先把那小绿停好，省得多扣费或被别人骑走了。

那圆脸的和长脸的都看了看我，圆脸的又强调说："往西过了白塔寺宾馆就行。"长脸的则没言语。我没理会，径直出门骑走了小绿车。果然，过了白塔寺宾馆没多远便锁了车，不再有那句让人无奈的"未按指定位置停车"的提示。

停好小绿车走回商贸行，发现我选好的那辆车仍原样地停在原地，后车座也只是虚放在后车架上，见我回来了，长脸的才又放下手里其他活计来给安装后车座。我突然有了小人之心：莫非是怕我放了他的鸽子？也许是被忽悠过，有了提防。圆脸的问我："是宾馆西边就能停了吧！"我说是的。又问他："怎么就你们这地儿不能停呢？"圆脸的说："不知道，可能是哪炷香没烧到，也可能是要退市了吧！"说完不再理我，使命完成了似的，转向长脸的说了句："不聊了，我得赶紧去接我媳妇。"推门走了。像是专门等我回来，给长脸的一个交代，不然我这个客户便成了被他支走的了。

二

停放小绿车的这工夫，店里又多了一个人——一个姑娘，身材高挑，不胖不瘦。短发不过肩，白皙的脸颊，有一双明亮的眸子。上身穿一短款黑色棉衣，下身穿一条深灰色暗条纹的肥裤子，若不是腿修长，这大肥裤子是断不好穿的，足蹬一双白色运动鞋。姑娘悠闲地踱着步子东溜西逛，左瞧右看。

"我这车骑了没半年，你给我卖两千多是不是亏了点？"姑娘指着门口一辆红色车架的单车，像是自言自语。

"亏吗？不亏！谁让你想换呢，能这价卖出去就不错了。"长脸的低头干着活，嘴里嘟囔着。

姑娘不再吱声，晃到小茶桌内侧坐下来摆弄起手机。我有些好奇，便问了一句："这车多少钱买的啊？"

"五千多呢，骑了没半年，赔了将近一半。"长脸的继续嘟囔着。然后看了一眼那姑娘："又买新的了呗！"

"啊，买啦，樱花。"姑娘长得喜庆，一直乐不滋滋的，说话也慢言慢语，纯一口京腔，纯一枚北京大妞。

"现成的，还是攒的？"

"攒的呀，谁买现成的，肯定得攒啊！"

"噢，呵呵……"

这俩人的对话，听得我云里雾里。不禁夸了那姑娘一句："你还挺在行啊！"

"哼，她玩车的。"还没等那姑娘回应，长脸的回应了我。姑娘看了我一眼，浅浅地笑了笑，露出雪白的牙，还有一圈银色的小光点，应该正在牙齿矫正。我问了一句："你十几了？"其实我以为她有二十几岁，女孩子长到这个年龄本身就不好分辨的，再加上小的想成熟，成熟了的又想小，这穿衣打扮言谈举止横竖看不出年龄的。

"十九！"姑娘看了看我，又躲闪了目光，那"九"字是北京孩子特有的长音，还带拐弯的，是习惯性的，并不代表是为十九岁而骄傲。

我心里倒是庆幸，这要问人家二十几了，或许就没得聊了。

"我还买了一辆呢，放大学里了，舍不得来回骑！"她说了车子的牌子，但我没听清，想必比樱花更好些，或者更贵些。

第四章 凡人素描 / 289

"你看那车,才半年,架子上就一道道的了,心疼!"姑娘先是冲我和长脸的看了两眼,又把下巴向右前方抬了一下。她是在说那辆红色的单车。

长脸的没搭茬,埋头干手里的活。我也不知说啥,本来咱就一外行,充其量也就知道个永久凤凰飞鸽,还有变速不变速啥的,进了这门,才知道这小小的自行车还这么多牌子,这么多道行。

三

正说话间,又进来一中年人。

这人个子矮矮的,穿一件蓝灰相间的冲锋衣,一条浅灰的运动裤,一双运动鞋,一看也是个爱运动的主儿。发浓又长,齐肩,有点花白,乱蓬蓬的,胡乱地从脑门儿中间斜分向两侧,隐约地遮住半拉浓眉和三分之一眼睛。也许是头发盖住脑门子的缘故,看上去有点髑髅腮。髑髅腮不好叫,还是叫他冲锋衣吧。

冲锋衣进门并不像我那样东瞧西瞅,而是径直站到我和长脸的旁边,就这么呆呆地站着看长脸的安装我买的那辆单车。长脸的只抬头看了看冲锋衣,并未说话,又低头干活。这让我觉得,冲锋衣要么是老顾客,要么是长脸的老朋友。

冲锋衣看着看着,开了腔。

"现在这胎,嘿,差远了。原来我那车,从山上下来,不用蹬,五十迈了。哎哟我的妈呀,我可没那本事。"

"现在这,都不成。"冲锋衣停顿了片刻,不等人接茬,又接着说,"那——阵势,有俩老外,老外厉害,来比赛,从山上往下骑，咱们都撤了，就这俩老外，一男一女，那速度，得七十迈。哎哟我的妈呀，我可没那本事。"

我和长脸的还有那姑娘，大眼瞪小眼（我是小眼），不知怎么接茬，搞不明白套路，场面一度有些尴尬。我试着接了一句："人家玩的就是刺激。"

"哎哟我的妈呀，我可没那本事！"冲锋衣没看我一眼，一直盯着长脸的安装单车。

"那——车，九万五，欻的一下就到拐弯的地方，啪的一下就摔在那儿了，那女的撺出老远，那——车，两半儿了，救护车给那女的拉走了……哎哟我的妈呀，我可没那本事！"冲锋衣自说自话，像是没我们仨。

这时又进来一位顾客，这回真的是顾客，进门就说买车胎，要马牌的。长脸的起身去给那顾客取车胎，冲锋衣跟在后面，说了句："马牌的也不行。过去那……胎，那……叫一结实。"

正低头取车胎的长脸的不禁抬眼瞟了一眼冲锋衣，看样子有点想抽他的意思。好在那顾客不在意，瞅都没瞅冲锋衣，说："就要马牌的。"

顾客拿了车胎，推门出去了。冲锋衣继续随着长脸的回到刚才那地儿，继续看着，从衣兜里拿出多半瓶农夫山泉，仰脖喝了一口，又装回兜。老半天不再说话。冷不丁，一转身推门走了。

长脸的又从眼镜框上方喷出两道光，射向店门外："咱不是说瞧不起人，你看骑的那车，还聊这些！就一神聊！"

我不懂车，只看到冲锋衣骑上一辆山地车——是有点旧了，也是马路上常见的那种车子，脚用力一蹬，便消失在我的视野里了。

第四章 凡人素描 / 291

"我以为他是来买车的,敢情是来演讲的。"坐旁边一直玩手机而没言语的姑娘,眼睛依然盯着手机,嘴里却笑呵呵慢声细语地说了一句。

哦,我突然理解了刚进门时圆脸的那冷冷的问话。敢情进这门的真不光是来买车的,还有来演讲的。

2021 年 11 月 21 日写于北京三里河

别闹，乖

班里有个女生，有个不太一样的小女生。

小女生年龄最小，她爸为了让她早点上学，特意虚报了两岁。小女生不仅年龄最小，个子也是最小的。一直到了中学，小女生依然是班里年龄最小、个子最小的。

因为个子小，小女生成了班里名副其实的小女生，但她的掉猴丝毫不像个小女生。

小女生个子小，自然被安排在第一排。第一排虽在老师的眼皮底下，但小女生天生闲不住，上课时经常站起来，摸摸这个同学的脸，掐掐那个同学的胳膊，然后再坐下。老师开始还说她几句，时间久了也习惯了，一堂课下来看不到小女生站起来几次，似乎这堂课便上得乏味了。

后来，小女生越发大了胆子，不再只是站起来走两步，而是整出许多恶作剧——把草稿纸撕碎或者揉成团，趁老师不注意，一抬手便塞进同桌脖子里，那叫一个眼疾手快；旁边同学站起来回答问题，她便驱着一只脚悄悄把那人凳子挪开，等人回答完问题往下一坐冷不丁来个仰八叉；又常常趁人不备蹲下身把旁边同学的鞋带拴在桌子腿上,老师一提问,那人往起一站便一个趔趄……每到这时,总不免引得全班哄堂大笑。

小女生变着法掉猴,一天到晚尽出幺蛾子。老师也没少罚她,最多的便是罚站,有时整堂课得站着。可被罚站的小女生依然闲不住,不是挤眉弄眼逗愣同学,便是东倒西歪地打瞌睡,使得同学们的关注点全然不在老师的讲课上。老师又让她面壁思过,清静了一阵子,却又不时传来噗噗屁声,寻着瞧,却又是小女生的花样掉猴。

有段时间,小女生安稳了许多,也不站起来走动了,也不挪同桌凳子了,也不拴同学鞋带了,可也并不怎么听老师的课,而是聚精会神一声不吭地埋头看书。早已习惯了小女生各种掉猴的老师,猛然间有些不太适应她的安静,悄悄走下讲台,摸到她的身边——哦,原来小女生是在看闲书,"你也说聊斋啊,我也说聊斋",得,闲书没收,继续罚站。

过一段时间,小女生当真不再看闲书,却又玩起了新花样——常趁老师写板书的工夫,便取了棉毛坐垫(东北那旮旯天冷,学生都自带坐垫),钻到桌子底下鼓捣半天。老师转过身不见了小女生,探头一瞧,却是在桌下,又只见个后背,不知就里。老师想由她去,可又觉好奇,一边假意讲着课,一边走下讲台,踱到小女生桌边。小女生玩得正投入,全然不知危险将至,蹲在地上,一张一张地排在坐垫上,细瞧才知,竟一个人玩起了扑克。原来是她爸出差捎回一副"吉卜赛扑克",据说是能算命的那种。小女生一下便玩上了瘾,悄悄揣进书包带进教室,得空便玩上两把。老师收了去,小女生写了保证书——保证不在课堂玩。"吉卜赛扑克"又失而复得,小女生收敛了许多,当真不咋在课上玩，课间却成了同学追逐的热点。人们都争着让她给算一卦，而要求算得最多的竟是哪个同学和哪个同学能不能处成对象……

小女生掉猴是掉猴，也是听课的，却总是只听上半截。她说老师的课前半截讲的都是新内容，听得还挺带劲儿，后半截多数是在重复，听着就没劲儿了。听着没劲儿了，便想着整点事儿，不整点事儿就觉得没意思，闲得难受。

小女生最盼着早点下课，老师一拖堂，她就百爪挠心。

有次老师拖堂，小女生实在听得难受，就悄悄蹲下身从第一排往后爬，一直爬到后门，开门跑了出去。

小女生变着花样地掉猴，老师实在忍无可忍，并不和家长通报，更不去征求意见，干脆把小女生调到了最后一排，而且刻意远离前一排，让她孤零零自己一排。孤零零自己一排的小女生几乎"走出"了老师的视野，越发拉开架势：看闲书那都不是事儿了，离前面同学远扔纸团也够不到了，凳子也挪不着了，鞋带也拴不上了……恶搞不了别人的小女生感到很无聊，于是便把个小脚丫子伸到抽屉洞里，跟个大爷似的边听课边看着同学边发呆，结果，下课了她的脚丫子硬生生被卡在了抽屉里，怎么抽也抽不回来，弄得全班跟着那叫一个乐。

小女生的掉猴实在是没谁了，任凭老师想了百种法子，也跟不上她的千变万化，她简直就是个大闹天宫的孙猴子。"想这泼猴是天生地设的"，老师无可奈何，任由她掉猴去也。于是，小女生越发随心所欲，花样翻新地掉起猴来。

老师同学像是习惯了小女生的自由自在，若是一堂课下来，没有小女生搞点"恶作剧"，这课像白上了似的。也有同学利用起小女生的"特权"，让她帮着传递纸条。小女生对纸条上面写的啥内容并不感兴趣，只是觉得好玩——让传就传呗，反正闲着也是闲着，全然不知无形中当了个别同学的"爱情使者"。她有时也觉得好奇，便问一男生，为啥没人给她写纸条。那男生哈哈大笑，说："你跟个猴子似的，上课不爱听了还往出爬呢，谁给你写纸条呀！"

后来，换了个班主任，一个刚从大学毕业的男老师。男老师教语文，讲课不光讲课文，还会讲课文后面的故事，小女生爱听。男老师觉得小女生虽说是掉猴了点，但掉猴的孩子也往往是聪明的孩子，不聪明便不会有"大闹天宫"。聪明的孩子，若放任不管，那聪明劲儿就用到别处去了，岂不可惜？于是，他便又把小女生调整到了前面，但也不再是第一排，而是在讲桌旁边专门为她安排了个小桌子。这是一个一伸手就能摸到小女生头的位置，每当小女生有躁动苗头时，男老师都会伸出一只手摸一下她的头，也不言语，但分明在说："别闹，乖！"

自此，小女生逐渐稳当。

……

后来，小女生考中了复旦。那年高考，小女生是市里文科状元，她的分数是能稳上北大的。

……

一天天，一年年，日子就这样过着。那只宽厚有力的手，伴随了小女生的初中生活；而那温热的感觉一直未曾离开过她。

看她，如今能够专心听得黑格尔的辩证法，不由得让人联想起她中学老师那温热的手，那无声的安抚——"别闹，乖！"

2022年6月1日夜写于北京大有庄
6月5日下午改就

要有"活一天赚一天"的好心态

昨日，和同事一起去看望一位老干部，一位八十五岁的老人。

老人住在朝阳区，6号线再有一站便是通州的地方，从单位开车出发到进老人家里，足足用了一个半小时。一路上听着同事介绍这位老人，说老人刚刚做了膀胱癌手术，还在恢复期。又说老人过去一直在南方居住，得病了才回到北京的。听了同事的介绍，我便主观臆想，这样一位身体羸弱的老人，我或许得坐在他的床前和他寒暄几句、安慰几句、鼓励几句。

老人居住的小区算得上高档，人车分离，车都是进地库，而地面上满是绿化，其间有许多冬天还能保持绿色的植物。在北京，隆冬腊月，能有满眼的绿让人觉得舒服；这绿意间竟然还有些红的紫的黄的花，又让人眼睛一亮，可细一看却是插了些塑料假花，陡然又添了些不自在。冬天就是冬天，每个季节有每个季节的美，这样把春天的色彩硬是插在冬日的园子里，倒有些刻意了，有些浅薄了。假花永远是假的，它的色彩再娇艳也是没有生机的，把个塑料花硬充于冬日的凋零里，初衷是美好的，效果在我看来却有些画蛇添足。

我们在老人所住楼房的单元门处输入了门牌号按响了门铃，接通后，老人没有开门，而是说要下楼接我们，容不得我们再说话，老人便挂断了电话，我们也只有耐心地等他下楼。我在想，让一位八十五岁大病初愈的老人下楼来接，简直是一种罪……正焦急自责间，里面有人出来，我们便趁机而入了。走到电梯前，还担心和老人走岔了。正想着，电梯开了，走出一位老人。老人没有穿外套，上身只穿了件毛衣，幸亏我们进了楼门，不然真担心再把老人冻着。老人的精神状态绝对算得上抖擞，如果不是路上同事有介绍，单看这位老人，完全看不出癌的影子，绝对不会想到跟手术有什么的关系。

我们一边寒暄说着拜年的话儿，一边随老人来到了他的家里。老人家里不大，但收拾得很整洁，干净利索，唯有阳台上的一盆步步高的竹子黄了不少叶子，泄露了主人曾经的不暇和对它的冷落。

我们除了给老人带去组织的温暖外，自然也少不了聊聊家常。闲聊中，才知道老人子女都在国外工作，他过去一直居住在昆明的亲戚家，这次回北京治病，手术后恢复得还不错，目前是一个人生活。我们有些担心地问："怎么不雇个保姆照顾？"老人说，目前治疗他这种病的进口药尚未列入医保，开始每周就要注射一支，需要三四千元，目前是一个月注射一支，但也是个不小的数目，已然没钱再雇保姆了。听了老人这些，我心里是五味杂陈，想起了《我不是药神》。但老人在说这些时，没有丝毫的埋怨，精神依然抖擞着。我跟老人说："您的精神状态真好，很值得学习和敬重。"老人则说："都八十五岁了，无所谓了，活一天赚一天啦！"

"活一天赚一天",这或许就是老人精神好的源泉,这是一种心境、一种好心态。或许,正因为有这样的好心境,虽然一个人独自生活,虽然大病初愈,但依然活得坚强,活得精彩。其实,这好心境又何止适用于老人,每个人都应该有这样的好心境。

一年有四季,每个季节有每个季节的美丽;人生也有四季,每个季节有每个季节的精彩。活在当下,珍惜当下,珍惜每一天,只要有"活一天赚一天"的坦然,八十五岁,依然活得自在,活得精彩,活得美丽。

记得有位上了年纪的书法家曾写过一副对子,"睡前原谅一切,醒来又是重生",这里面藏着哲学,也藏着智慧。

2019年1月22日晚写于北京三里河

也说贵人

——写在闻听孟宪峰去世消息之际

一位战友发来微信说,当年我推出的典型孟宪峰走了,享年六十三岁。听了这个消息我心里很不是滋味,便说:"他是个好人,也是一位出色的退伍军人,他走了应该去送送他的。"战友说:"你是他的贵人,如果没有你当年发现和报道他的事迹,他就永远是个普普通通的修鞋匠,他应该感谢你。"

不知道为什么,听了战友的这些话,我心里愈加不是滋味。当年我在部队担任宣传干事,到中仓社区修鞋时认识了孟宪峰,一来二去地聊开了,才知道他也当过兵,当了七年多的兵,还在唐山抗震救灾中荣立了一等功,险些因为救灾劳累过度盲了一只眼,在人民大会堂受到当时最高领导人的接见……那是何等地出色,何等地荣光,然而为什么就当上了修鞋匠?我是带着十万个为什么和十二万分的好奇走入他的世界的,这也许就是从事新闻报道的职业病吧!但不管怎么说,这一走入,便挖到了一个典型,一个出色的退伍兵的典型,一个学习雷锋好榜样的典型。

孟宪峰是土生土长的通县人,宋庄镇六合村的,少小离家,很光荣地成了部队里的一分子。在那个时代，忠厚老实、吃苦耐劳的他毫无悬念地锻造成了优秀的钢铁战士，当之无愧地当上了班长，就在参加完唐山抗震救灾荣立一等功受到最高领导人接见后的不久，在蓦然地错过数次提干机会之后，还是不得不被那"铁打的营盘流水的兵"所左右，带着满腔的遗憾和不舍，带着一身的武艺和荣光，回到这块生他养他的地方。

部队上不论是平时还是特殊时期能立下一等功的都是凤毛麟角，那一定是用生命和鲜血赢得的，更何况是在参加抗震救灾中立下的大功，那军功章里饱含了太多艰辛和付出，说是用命换来的一点儿也不为过。回到家乡，虽然他当了七年多的兵，虽然他立了一等功，但当时没有对他这种情况安置工作的政策，再加上孟宪峰也确实不会"一哭二闹三上吊"，是个真心的老实人、耿直人，没有政策，就不能胡闹，这就是孟宪峰的逻辑。县里工作人员说："你们村里有个村办鞋厂，你可以先去那儿干！"于是，孟宪峰就去了村办鞋厂。可好景不长，没干两年村办鞋厂倒闭了。他便又去了一家面包厂，可没干几天又倒闭了，家里人劝他去找县里要工作，可他说人家没有政策就算了吧。可是不去要工作也不能年纪轻轻就待在家里吃闲饭呀，老婆孩子都指望着他呢。于是他便到通县（那时还没改区）城里的中仓社区操起了修鞋的生意，因为在鞋厂干过嘛，所以修鞋应该还算老本行啦。

孟宪峰到底是个老实人，也是个勤快人，他修鞋不光是活干得好，价钱公道，还没忘了做点好事，谁家需要换个煤气搬个家具啥的，他都会义不容辞地冲在前面，就像当年在军营里啥脏活累活都是第一个上一样。那年月还没有通上天然气，家家都用煤气罐，不管几楼，都得自己扛。家里有年轻人在跟前的还能帮着老人扛扛，一度成为考验姑爷的一个项目。搁到现在这等活儿都有专人干了，姑爷轻省了，孟宪峰也没的好事做了。不管怎样，那时候的孟宪峰来中仓没过多长时间，便和社区里的居民混熟了。人心都是肉长的，他帮大家，大家自然也就待他好，一天到晚老有人守着他跟他聊天，谈天说地的，一下子使得他这修鞋的活儿也不再是无聊的、卑微的、抬不起头来的差事了，一下子拉近了人与人之间的距离，扯平了人与人之间的高低。社区里的一对老夫妻总是给他提点热水，让他能喝上点热乎的，中午还能泡个方便面。这样一来，孟宪峰更是找到了家的感觉，老夫妻家里有啥力气活他更是当仁不让。时间长了，本不相干的两家人便处成了一家。老夫妻的独生女儿离家比较远，只有周末才能过来陪陪爹娘，孟宪峰便填补了平时的空白，有时忙不过来还把自己的老婆叫来救急。老夫妻年龄越来越大，需要照顾的便越来越多，孟宪峰便自然而然地担起了儿子的责任，直到给他们养老送终。

　　孟宪峰照顾老人做好事的美名在社区里传开了，成了人们心里的活雷锋。这些事情，他自己不说，你跟他聊天时，他说得最多的还是在部队上的事儿，当战士时怎么摸爬滚打、怎么成了全军的射击标兵；当班长时怎么关心战士、怎么带头冲锋陷阵；抗震救灾时如何与时间拼命，赤手空拳扒拉一片废墟上的钢筋水泥砖头瓦块，双手被磨得血肉模糊，已然分不清是自己的鲜血还是废墟下的血污……他说这些时，你能深切地感受到他的自豪和振奋，仿佛又找回了他的青春芳华。他不怎么说离开部队后的事，也不曾说起照顾老人的事，但旁边的居民说开了。这一说，便触动了我作为新闻报道员那敏感的神经，如果单纯就是一个立过一等功的修鞋匠，应该也算是个新闻，但还不足以成为一个好典型。立了一等功，虽然凤毛麟角，那也仅代表在部队时的付出和辉煌；一等功功臣干着修鞋的活儿，那也只是说明当时那个年代优抚政策的缺失以及他个人的耿直老实；而作为一个一等功臣，干着修鞋的差事，却没有抱怨，没有自暴自弃，依然活得很踏实，活得有尊严，依然在尽己所能地学着雷锋做着好事，这就不得不让人敬佩之意油然而生了，这就不能不说是一个大新闻了，一个可以作为重大典型而宣传的好新闻了。

于是乎，我请来北京卫戍区的同行高成运同志一道，开始了深度采访，开始了深挖细聊。于是乎，一篇洋洋洒洒的通讯报道写成了，那年的3月2日，就在学雷锋日的前期，《解放军报》和《北京日报》在同一天分别用大半个彩版进行了报道。于是乎，一个"一等功臣修鞋匠、学习雷锋好榜样"的光辉形象，一夜间便呈现在人们的面前；于是乎，一石激起千层浪，通州区（那时已经设区）炸了锅："一等功臣怎么干着修鞋的差事呀？""怎么身边有这样的好人大家都不知道呀？""这样的好人应该给予关照呀"……人们陡然间带着一连串的问号关心起了这个从来默默无闻的孟宪峰，这个不起眼儿的小人物一夜间变得高大起来，变成了人们关注的焦点，成了人们热议的话题。特别是惊动了区委的领导，时任区委书记、副书记还有宣传部部长带着一干人等，亲临区人武部听取情况介绍，并当场布置了近期要做好三件事：一是组织一场千人报告会，机关四大班子乡镇街道国有企事业单位的党员领导干部都要到场接受教育；一是组织创作班子，整理孟宪峰的事迹，写一本报告文学；一是到其家中走访慰问并专题研究下一步如何做好关心工作。

很快，千人报告会的筹备组成了，我有幸起草了孟宪峰的事迹报告稿，我是带着感情写的，几次一把鼻涕一把泪，给宣传部部长汇报时竟还让部长泪水沾满纸巾，而孟宪峰饱含深情地报告更使上千人落泪。那场报告会，市里的有关领导也来了，孟宪峰昔日的战友也来了，人们无不为之动容。在筹备报告会的同时，一个创作班子也搭起来了，我又有幸参加，和通州区文学界的"大佬"们合作，无形中获得一个绝好的学习提高的机会，在他们身上学到了太多好的东西，无论是做文，还是做人，甚至终身受益。经过深入社区和部队采访，经过充分的酝酿，最后集中到一起，吃住在招待所，一气呵成，一部长篇报告文学《新时代的道德楷模孟宪峰》问世。这其中，我负责写孟宪峰在部队那一段，将军营和抗震救灾分别用了两个章节，那又是带着感情一次次地泪如雨下而写就的，那书中所描绘的一幅幅鲜活的画面，每每想起都为之动容。

孟宪峰的事迹惊动了市里，他的报告从区里做到了市里，他的荣誉也接踵而至，"道德楷模""先进个人"，以及市级和全国劳动模范、全国精神文明十佳个人、全国学雷锋标兵……他一夜间又戴上了光环，仿佛又回到了当年立下一等功的那个年代。孟宪峰成了名人，他的事迹感动了通州，感动了北京，甚至感动了中国，当年没有"感动中国"这个电视栏目，若有，他当之无愧。不过，北京电视台文燕老师主持的《真情互动》还是专门为孟宪峰录了一档节目，我有幸也跟着沾了光上了镜。与此同时，孟宪峰个人生活方面也当之无愧地受到了街道以及区里市里的关心关爱，他虽然坚持要继续做修鞋的差事儿，但已然不再露天作业，街道专门给他在社区门口搭建了简易房，从此不再担心刮风下雨，不再被风吹雨淋日晒；他的生意也更加火了起来，修鞋摊变成了小鞋厂,不再只是修鞋,还拾起了做鞋的手艺;许多人在很远的地方慕名专程赶过来找他修鞋制鞋,不仅仅是因为他的态度和蔼可亲价格公道合理,还为了一睹"一等功臣修鞋匠"的风采。当然,他的家里也因为他的事迹,受到了各级政府的照顾,应该说,他们家的日子一下子好了许多,人活得也更加有了尊严。

那时,人们总说我是他的"贵人",因为有了新闻报道,孟宪峰的日子才有了翻天覆地的变化。孟宪峰自己也常常这样对我说:"没有你就没有我的今天。"他竟然还和妻子两个人骑着三轮车跑十几公里到我的家里感谢我。说句良心话,我感到惭愧,很惭愧!孟宪峰得到的是他应该得到的,他当之无愧,他可以感谢政府,感谢组织,感谢每个关心关爱他的人,但就我来讲,真的是受之有愧。因为我也是这件事情的受益人,甚至受益更多:在他的身上学到了很多,他居功而不自傲;他处下而不自卑;他乐观向上、坚忍不拔;他安于本分却又助人为乐……在他的身上,我看到了人性的光辉,懂得了做人的道理,这些收获岂不受用一生?而通过报道他的事迹,我也有了业绩,受到了领导的好评、组织的嘉奖,我也跟着出了小名,这是最直接的收获;通过报道他的事迹以及后来组织报告会创作报告文学等,我有幸结识了像刘祥老师、郑建山老师、刘康达老师等通州区文学界的精英,得到了他们手把手的指教,并从此和文学结下了缘,以至于现在虽已到了北京城西工作但依然心念"运河",时不时地为刘祥老师"打工",这岂不是最好的收获……所以说,报道孟宪峰的事迹,我,也是受益者,受益匪浅。孟宪峰的事迹就在那儿摆着,从事新闻报道的也并非我第一个发现,区里个体协会的武政老师也早有介入,我只不过在适当的时候进行了推波助澜,只不过恰好赶上了好时节。即便不是我去推波助澜，自然也会有他人去，而谁去谁就会受益匪浅。从这个角度来讲，我应该感谢孟宪峰。如果非要用"贵人"来形容，孟宪峰才是贵人，是我的贵人。

　　战友发来微信告知孟宪峰去世的消息时，已然错过了他的告别仪式。离开通州十几年了，因为距离空间的拉大，又随着时光的变迁，和孟宪峰的联络逐渐少了，虽然联系的方式日趋简单便捷，但我与这位老兵的交往却愈加少起来，最近几年干脆没了联系，想来甚是惭愧，以至于连他的死讯都没有及时得到，不能最后送他一程。

　　孟宪峰走了，一个好人走了，一个纯粹的好人走了。或许，在一些人看来，他这样的人生并不精彩甚至还有点凄凉，但他，活出了人性的辉煌；或许，在某些人看来，他这样的人生过于平淡比不上轰轰烈烈的贡献，但他，对善良的人们的启示源远流长。

　　临近"八一"，又到了所有穿过军装的人们共同的节日，就用军人特有的方式向孟宪峰，这位无愧于军人这个称号的优秀老兵，行一个军礼。

　　孟宪峰，一路走好！

2018年7月19日写在北京三里河

忆刘祥先生

刘祥先生是我文学创作的引路人,也是教导者,是我名副其实的老师。

和刘祥先生相识,是在二十年前的秋季。当时,通州区组织一个创作组为退伍军人孟宪峰写一部报告文学,时任区人武部政工干事的我,作为发现并报道了孟宪峰事迹的人之一,有幸也被选进创作组。创作组除了我之外的其他成员,应该都是通州区文学界的大佬,像郑建山、刘康达、孟宪良老师都是专业作家,也是通州区乃至北京市的知名作家,而这个组领衔的便是刘祥先生。

那是我第一次参与创作报告文学。以往也写过不少文章,但多是些简短的新闻报道,充其量也就写篇通讯,创作报告文学还是我"大姑娘上轿——头一回"。既是头一回,就不免有些紧张,担心写不好,拉了创作组的后腿。幸好,创作组里的老师们都很亲切,并给了我实实在在的指导和鼓励,特别是刘先生,对我的指导最多,也最有效果。刘先生给我的第一印象便是笑容可掬、温文尔雅。他说起话来慢言慢语,不急不慌;办起事来条理清晰,收放自如。从未看到他跟谁着过急，更没有一丁点大作家的架子，完全是一位和蔼可亲的长者，善解人意的慈兄。跟刘先生相处，会感觉很放松，没有一丝一毫的紧张和不适，有如沐春风般的享受。刘先生应该看出了我的畏难或者说是不自信，但他没有直接说教，而是润物细无声地引导和鼓励。他说已看过我以前写的文章，说还是有文学基础的，完成这次创作是没有问题的。因为刘先生的和蔼可亲，一来二去没两天我们便混熟了。熟悉了也就没有了起初的紧张，本就爱说爱笑的我，原形毕露似的活跃了起来。刘先生很喜欢听我讲部队里的一些事情，那些或感人或有趣或苦辣的故事也每每被我说得有声有色。他便不失时机地说一句："写东西就如同你讲故事给人听，平时怎么说就怎么写，把想说的写出来就是文章。"刘老师的这句话对我触动很大，我像是茅塞顿开，触碰到了写作的窍门。想来事情总是这样，在混沌与分明之间其实就那么一层窗户纸，捅破了也就明白了，关键是要找到这层窗户纸，而这往往也是常人做不到的。我从事文学的这层窗户纸是刘先生找到的，他一句话捅破了它，让我懂得了怎样去写作。我像是得了把开启文学创作之门的钥匙，从此，便喜欢上了写作，常常会有动笔的冲动，也常常有感而发地写些小文。此后的若干年里，我都受益于刘先生的指教和厚爱，时常有文章发表，《运河》杂志也不时有小文刊载，《运河文库》也有两册书出版。相识先生，是我的幸运。

在创作组的那段日子，刘祥先生带领大家先是到孟宪峰服务的社区走访调研，了解身揣一等军功章的孟宪峰"居高功不自傲，处卑位而自强"，热心帮助他人学雷锋做好事的感人事迹；后又到孟宪峰的老部队实地采访，了解当年他在部队如何摸爬滚打、身先士卒，特别是在唐山抗震救灾中如何冲锋陷阵、舍生忘死的动人故事。采访之中，多以专职作家提问为主，印象中还是刘先生问得最多。每次采访，刘先生虽话语不长，但总能问到点子上触动受访者的心，总是能让受访者敞开心扉、滔滔不绝。作为从事新闻报道的我，这方面应该说也是强项，但说句实在话，跟刘先生相比差距还是蛮大的。几天的采访让我受益匪浅，不仅为创作报告文学积累了素材，更是学会了如何去采访，如何让受访者把心里话讲与你听。

创作组在积累了大量有关孟宪峰先进事迹的素材之后，开始着手规划提纲。几度深入研讨，最终确定分七个章节来写，基本是以时间为序，从他当兵前、部队上以及复员后三个阶段进行创作，但重点还是放在他复员后助人为乐方面，计划用四个章节；当兵之前写一章；余下的部队生涯用两个章节来描述。而部队生涯的两章，一个要写他从当兵到优秀班长的过程，一个要写他跟随部队去唐山抗震救灾的动人事迹。提纲列出来了，在分工时，刘先生笑嘻嘻地看着我慢言慢语地对我说："部队这两章小崔你来写呗！咱们组里就你一个军人，你最了解部队生活。"单看刘先生那笑成一道缝又满是慈祥的眼，就没有理由不服从安排，更何况咱还是个军人。

为写好这两个章节，在刘先生的指导下，我又看了一些关于部队题材的文章，特别是关于1976年唐山抗震救灾方面的作品，这其中也包括那本著名的《唐山大地震》报告文学。我在战斗连当过兵当过副班长，也当过排长当过指导员，写孟宪峰在部队的生活如同写自己的事，可对于抗震救灾是个啥情况，不说是两眼一抹黑吧，起码也只是个道听途说。没有亲身经历的事，写起来全靠想象，那是颇费点心力的。幸好前期的采访收集掌握了大量的素材，幸好还有前辈的指点迷津。刘先生跟我说："写文章不用去刻意追求华丽的辞藻，朴实无华是最好的表达方式。"他不失时机又恰到好处的指导，对我完成这次创作起到了关键作用。

创作组最后真正坐下来写的时间很紧。为能尽早完成创作，我们集中住进了人武部的招待所，且每人一个房间，除了吃喝拉撒睡，全天待在屋里闷头写文章。说实话，这样的创作方式过去没有过，过去我都是晚上写，白天这事那事的静不下心来，只有到了夜深人静，人们都进入梦乡了，我们这些爬格子的才有了精神写文章。后来发现，有这习惯的不光我一个，创作组成员多是如此。善解人意的刘先生，便安排大家饮食起居不必完全步调一致，只每天的晚上要聚在一起，边吃边聊，既是放松心情，又能交流情况，沟通有无。别看每天只有这一顿饭的工夫进行交流，时间虽短，但效果明显。起初总是会谈天说地，山南海北无话不聊。闲聊时都是大家说得多，刘先生总眯着眼仔细听，听到精彩处便会意地笑，有时也会咪咪地笑出声，有时也会插句话，让讲的人兴致更高。待人们吃饱喝足也聊得差不多了，刘先生才开始切入正题，说些创作的事。但也不问具体写的什么，只让大家笼统地讲写了多少，写到哪儿了。刘先生是要掌握个大概进度，但很少干扰大家创作的具体内容，有时会说两句章节之间的对接问题，就像修公路，每段工程有不同的施工队，最后的接合部要对接好。刘先生谈工作时也总是慢言慢语，让人倍感亲切，并没有指手画脚，更不会颐指气使。如此安排工作更让人心悦诚服，效率倍增。

在这样一个轻松愉快的创作环境里，大概用了不到十天的工夫，一部近十二万字的报告文学《新时代的道德楷模孟宪峰》成稿了，并于次年三月在解放军出版社出版。孟宪峰的事迹因此得以进一步传颂，通州区还组织了千人报告会，市里也组织了专场报告。一时间孟宪峰成了北京市甚至全国的大名人，北京市的不少单位都请他去作报告。后来他还被评为全国学雷锋标兵。作为一名个体经营者，他被授予全国劳模称号。某种程度上讲，孟宪峰这样一个被埋没多年的金子能够再次放出光芒，得益于刘先生领衔的这次创作。

这次集体创作对于组里的专业作家来说，或许只是一次普普通通的写作经历。而对于我则不然，它不仅成就了我人生一段美好的记忆，更是从此和刘先生结下了师生情谊。在刘先生的指点下，我开始喜爱上了文学创作，以至于常常会有写作的冲动，并逐渐养成了有感悟便记下来的好习惯。这个习惯伴随了今后的生活，成了我人生的一部分。

在那篇报告文学出版的第二年，我转业到地处海淀的一家单位工作。这么多年来，虽从未间断和刘先生的联系，终因空间距离的缘故，面对面交流的机会少了。后来又因工作岗位的调整以及生活的变故，去通州的机会愈加少了。印象中去取《运河文库》之《军仓》和《哑女画家》书籍见过两次刘先生。一次是在通州区博物馆，那时刘先生还没有退休；另一次是在刘先生家里，已经退休的他似乎退而未休，依然辛勤地工作。除此之外，和刘先生的交流多以电话或电子邮箱替代。而刘先生也会定期寄来《运河》杂志，有见字如面的慰藉。但2019年的下半年，有阵子没有收到《运河》杂志，不知为什么我便有了不祥之感。这种不祥之感一直被我压抑着，似乎不道破就没有不祥。但也一直想着等春节放假了去看看刘先生。2020年初新冠病毒开始肆虐,去看望刘先生的想法被无情地抹杀,只好改为电话问候。电话打到刘先生家里,他的夫人接的电话,说刘先生没在家。刘先生少有不在家的时候,可我只客气了几句,竟然没有追问刘先生的去向。虽没有追问,可那不祥之感愈加多了几分。不是不想问,是不忍问,是内心深处潜意识的逃避,是怕听到不好的消息。半年后收到的《运河》杂志证明了我的不祥之感,事实上,那个春节前后的刘先生正在医院接受最后的治疗。当我拆开信封,看到2020年第2期《运河》杂志封面的第一眼,我的心像是被锥子捅了一下,大脑顿时一片空白,老半天呆坐在沙发里,直到两眼模糊……只在心里恨恨地反反复复问责自己,既已有预感,又为何不去探望。

  而今,刘先生走了整整一年了,可他的音容笑貌依然清晰。刘先生走了,却永远活在了我的心里,活在了人们的心里。人们这样评价刘先生,说他是通州文学界的参天大树,一辈子笔耕不辍,创作了大量的文学作品;说他是辛勤的园丁,发现和培养了一大批文学创作者;说他是孺子牛,一辈子甘为人梯,不间断地为别人看稿子、出作品。而在我看来,他就是我的老师,一辈子无法忘怀的老师。

2021年3月24日
写在刘祥先生逝世一周年之际

这样走，怎样？

老枪走了，走得很突然，也很干脆。

人总是要走的，或早或晚而已，老枪也不例外。但老枪走于一场火灾，是出乎人们意料的，可又是冥冥之中的。

某种程度上讲，老枪算得上是这个社区的名人——几乎无人不晓的。无人不晓，倒不是因为他做了多少轰轰烈烈的大事，也不是因为他热心肠乐于助人或者爱管闲事，而是因为他专擅骂人，嘴巴像把枪，吐出来的话像子弹，很能伤人。

十几年前，老枪得了中风，这中风一下改变了他的生活。中风前他说说笑笑的还挺开朗，抽烟喝酒，无所不能。但中风后像是变了个人似的。首先，是身体的变化，他半身不遂了，走起路来很是艰难，拖着一条腿一点一点地挪动，还经常尿裤子。就这样老枪还是坚持天天出门，上午下午各出来一趟，多数都在小区里待着，但有时也会到附近的陶然亭公园转转。从小区到陶然亭公园，健康的年轻人也要走一刻钟，老枪一步步挪动到公园怕是要用一个半小时也不止。老枪的坚持，让我看到了他对生命的热爱和对命运的抗争，他是多么渴望回到中风前的那个健康状态。

其次，是言谈举止的变化，他一改往日随和的样子，基本是逢人就骂，也不管大人还是孩子，也不管男人还是女人，只要看他一眼，稍微表露出一丁点的嫌弃和不耐（全凭他自己的感觉），老枪就立即开骂，整个楼甚至整个小区几乎找不出没被他骂过的。

老枪的骂倒也没有什么花样，只就一句话"□□□□（此处省去四字）看什么看，我就愿意抽（酷爱抽烟，中风也未能改变他抽烟的习惯），□□□□（此处省去四字但不同于前面）你管得着吗？"这几乎成了老枪的官骂，成了老枪和别人交往的唯一语言。老枪的骂对于社区所有人都是"平等"的，不分高低贵贱，一概骂将开来。老枪原单位的上级领导也住在同一社区，这位领导来这个单位任职时，老枪已经退休了，所以并不相识，稀里糊涂地没少挨老枪的骂。挨了骂还不敢说，领导总觉得作为领导被下属单位的退休员工骂不是一件光彩的事，所以从来就是窝在心里，不曾启齿于任何人，哪怕是自己的老婆。用他的话就是"不好意思跟人讲"。若不是老枪家的这场火灾，大家聊起老枪来，这位领导怕是还不知道自己的挨骂并不是特定独享的，是和其他居民一个待遇的，是跟他是不是领导没有任何关系的。这么一来，这位领导久久压在心底的那份委屈甚或是屈辱总算是疏通出来了，释然了，大彻大悟了似的说了一句："原来这老枪不是对我有意见呀！"

当领导的不容易，挨了骂也只能忍气吞声。平常人就不一定了，碰到个血气方刚的就会回骂老枪，也有甚至动手揍他的。有一次在电梯口，我正巧碰上这样一幕。当时老枪在电梯上面，一个三十几岁的男子在电梯外面挡着电梯门不让关，气得吹胡子瞪眼，撸胳膊挽袖子就要揍老枪。老枪两手抓着扶手，颤颤巍巍

314 / 三里河的芦苇

的，但嘴上毫不示弱，那官骂一个劲儿往外冒就没停过。眼看着男子被骂得气炸连肝肺、挫碎口中牙，拳头握得咯吱响，呼的一下抬起了胳膊……我一看要麻烦，赶紧拉住男子劝架："跟他较什么真啊，他一病人见谁都骂。"男子看了看我，极度委屈地说："他骂我也就罢了，还骂我闺女。"哦，这时候我才注意到男子身后还站着个六七岁的小姑娘，怯怯的，眼里还含着泪儿，两只手使劲儿拉住男子的上衣。我想这老枪也真是欠揍，连孩子也骂，太不像话。可转念一想，揍一个病人到底不是个好的选择。"算了吧，你打坏他还得给他看病，说不定公安还得找你理论。"那男子总归是个讲道理听人劝的人，虽余气未消，但最终还是收回了拳头。

其实，老枪又何止骂过这一个孩子。老枪骂人是闻了名的，只是通常没人跟他一般见识。

老枪的骂人，能看出他的心有不甘。想想也是，一个五大三粗的大老爷们，还不到五张，以现如今的年代划分，应该还不算老吧，突然被一个中风改变了一切，活蹦乱跳的人一下子步履维艰了；本来还踌躇满志地想干点事儿呢，结果一下子全成了泡影，就连生活都不能自理了。帮不了别人还得让别人照顾，不服气的老枪始终别不过这个弯儿。再加上久病床前无孝子，不光无孝子，其实也没好老婆。整天活在不被人尊重的环境里，老枪变得极度敏感，他觉得连老婆、亲人都瞧不起他，世界上的人谁都瞧不起他，谁都厌恶他，于是，这心态失衡也就在情理之中了。只是老枪采用的宣泄方式不够文明。既是宣泄，也就无所谓文明与否，老枪也管不了那么多了。骂人，骂所有想骂的人，这就是老枪中风之后生活的全部。

第四章　凡人素描 / 315

这么看来，老枪不是在骂那个被骂的人，而是在骂自己，骂自己的命，算是在与命运抗争。

春节过后，人们有阵子没听到老枪的官骂了。以为天不怕地不怕的老枪也被病毒震慑住，躲在家里不敢出门了，看来"老枪也怕死呀"。火灾之后，人们才知晓，完全不像人们主观臆想的，他并不是怕了病毒，而是自己实在下不了楼了。春节过后没几天，他在去陶然亭公园的路上摔了一跤，也有说是被一位实在忍受不了他骂的男子推倒的，总之是摔坏了，走动不了了，只能瘫在床上，生活完全不能自理了。

生活完全不能自理的老枪似乎只保留了一个功能，那就是抽烟。一个瘫在床上不能自理的人，硬是保留着抽烟的习惯，硬是颤抖着两手点烟抽烟，你说这抽烟对于老枪咋就有那么大的吸引力？于是乎，火灾在所难免了。

就在这个周六的中午，老枪家的火不期而至。

整个楼的人，男女老少，少说也得有个六七百号吧，都被疏散到楼前小花园里，仨一群，俩一伙的，人们似乎一时间忘记了病毒，虽然还戴着口罩，但惊魂未定却又饶有兴趣的眸子里，显然是把新冠病毒撇到了脑后。那话题都集中到了老枪以及老枪家里的这场火。

"这火可够大的呀！"

"怎么着的呀？"

"八成是老枪抽烟抽的……"

"老枪出来没有？"

"听说给背出来了。"

"那就好，那就好。人没事就好。"

"这个老枪太不像话了，自己不惜命，连累整楼的人跟着吃挂落儿……"

走过三三两两的人群，你能听到人们议论的话题无外乎此。也是，遇上火灾总归是个概率小的事情，更何况是在病毒肆虐的时期，便使人有了祸不单行的感慨。

社区和物业的工作人员跑前跑后，三辆消防车艰难地开进了拥挤的社区，停在老枪家的楼下，消防队员有的冲进楼，有的在楼周边倒着管子，还有的用摄像机不间断地拍着火情。消防队员训练有素，社区和物业工作人员也算是有条不紊，怎奈那火势太强了些，又赶上风大，大有"春风吹又生"的架势。仰望老枪家那三个西向的窗户，先是浓烟滚滚，进而火舌乱窜，也不知烧着了什么东西，直烧得噼里啪啦作响，最后竟连那窗扇、窗框都一股脑地熔化，从二十四层楼的高度带着火苗直落，那场景让围观的人惊叫不已，也着实让人捏把汗。好在下面的住户都不曾安装护栏没堆放易燃物品，否则后果不堪设想。

老枪的老伴在三三两两的人群里不停地穿梭，手里还拿着粉红色的塑料盆，头发蓬乱着，戴着口罩，口罩遮挡不住的脸部都黑乎乎一片，那是她已经和火斗争了的证据。工作人员问她情况，她机关枪似的开讲："□□□□（如同老枪的骂）不让他抽非抽，已经点着过好几次了，这回烧了个大的。"老枪的老伴讲起话来一如老枪的风格，张嘴便骂，不骂人不说话的样子，煞是有些六亲不认。真应了那句俗语，"不是一家人，不进一家门"。工作人员并不在意她的骂，只关心一件事，那就是怎么着的，人出来没有。

"□□□□，我一看烧着了，赶紧端了盆水去泼，结果没扑灭还着得更大了,我就拉他出来,可是拉不动,他还骂我,我就自己跑出来了。"

弄了半天,老枪还在屋里呢。人们唏嘘不已。这么大的火,这人还能活吗?

火势被控制后消防队员进屋搜查了一遍没看到老枪。人们又开始浮想。

"说不定老枪自己爬到个角落里了。"

"说不定他自己爬出屋了……"

可理智告诉人们,老枪生还的希望很是渺茫了。

在人们的潜意识里,失火没有什么,但死了人就是大事了,哪怕这个人是不招人待见甚或是令人厌恶的,哪怕这个人是火灾的始作俑者。

人们不再埋怨老枪,而变成了同情,有的甚至开始为老枪鸣不平。

"怎么就没能救出来呢?"

"他老伴怎么就一个人跑出来了呢?"

好在人们的议论左右不了侦查专家,失火的原因最终还是老枪抽烟不慎导致失火。

傍晚时分了,等了一下午的居民有些着急,气温从中午的近二十度下降到了十度左右,老人孩子明显不适,人们急着要回家。工作人员说快清理完了,清理完消毒后才能让大家回去。这时,人们看到从楼里走出三个穿蓝色服装的男子,一人在前,两人在后,合力提拉着一个黑色的塑料袋,那塑料袋里装着一个长形的卷曲的物体……这一幕的出现,顿时让人们安静了下来,他们定睛望着那三个人把黑色的塑料袋抬走。"那里面装的是老枪。"不知是谁率先打破了沉寂,声音很低,却震彻了人们的耳鼓。那塑料袋里装的正是老枪,说得准确些是老枪的遗体。老枪就这样走了。

有人说,老枪以这样的方式走,也算得上是"轰轰烈烈"了,大火烧了个直冲九霄,三辆救火车、一群消防队员、一个社区的物业工作人员,整整忙活了一个下午。整楼甚至整个小区的居民,男男女女、老老少少,春寒料峭中足足等了半天。所有这些,莫非都是在为老枪送行?有人说,老枪以这样的方式走,也不失为死得其所,被他骂惯了的邻居们再也不用受他那毫无厘头的骂了,他的走像是给大家一个交代,像是以死来请求大家的谅解。但,我倒觉得,老枪以这样的方式走,更像是对命运的呐喊,他有太多的不甘,他想活得有尊严,至少像个正常人,但命运没有再给他机会,瘫痪在床的老枪破罐子破摔,他或许在想:"与其不能堂堂正正地站着活,倒不如躺在大火里死。"

老枪走了,人们的生活终归要回到正常,但这场火灾却铭刻在了人们的心里,而且每每想到这场火灾,就会联想起那逢人就骂的半身不遂的老枪。

这就是老枪,走得干净利索,却把回忆强加给了人们。这就是老枪,以这样的方式走,像是在对命运叫板:"□□□□,老子这样走,怎样?"

写于 2020 年 3 月 21 日
修改于 2021 年 3 月 9 日

地铁里的互助

生活中总有一些小细节让人感动。这不,今天在地铁里又见到感人的一幕。

晚上和几个好友在城东小聚,酒足饭饱大概已经九点的样子,乘地铁7号线由东向西行进,车上乘客已然不多,上车就有座位。一路下来,有上有下,终归是下的多上的少了。

快到湾子站时,乘客愈加少了,似乎空了有三分之二的座位。车停稳后,一位年轻的妈妈推起婴儿车准备下车,旁边还跟着年轻的爸爸和一个四五岁的小女孩。可就在年轻妈妈推婴儿车出车门的那一刻,婴儿车的两个前轱辘刚好卡在了列车与站台之间,年轻妈妈啊的一声惊叫,急迫地蹲下去。年轻爸爸也随之蹲下,两人协力去搬抬那婴儿车,却无法动弹。情急之下,年轻妈妈的惊叫仿佛变成了集合号或是动员令,周围乘客呼啦站起一群,箭步冲到列车门口,众人合力去搬抬那婴儿车。可这婴儿车就像扎了根,死死地卡在列车与站台之间。

嘀嘀嘀……关门的铃声急促地响起。

"快按应急阀!"不知是谁喊了一声。

"已经按了！"一个女生回应着。

车门关了又开，开了又关……那嘀嘀嘀的声音刺穿耳鼓，鼓噪着人们紧绷的神经；那大一点的女孩被吓得尖叫不止……我的心跟着提到了嗓子眼儿。

"先把孩子抱下来！"又不知是谁喊了一声。年轻爸爸赶紧抱起了婴儿车里的孩子，又牵住大女儿的手站在了站台上。

此时的人们似乎已经不再那么紧张无措，因为孩子已然是安全了的。终于，在众人的合力下，婴儿车被搬抬了出来。一场虚惊，终被众人化险为夷，我长出了一口气。年轻妈妈一个劲儿向着车厢里素不相识的人们弯着腰，连声地说着："谢谢！谢谢！"

整个过程是短促的，但又是惊心动魄的。这时，车厢广播里传来大概是列车长的声音："请问你们这里按应急阀有什么事情吗？"

"哦，没事了，已经处理完了。"还是那个女生淡定地回应着列车长。

"好的，谢谢！"列车长的声音浑厚而有礼貌。

列车再次起动，稳稳地行进了起来。

生活中难免会出现一些小状况，婴儿车被卡算得上是一个险情，因为处理不好会出问题甚至是生命安全的大问题。但处理这件事的过程，我看到了人性的光辉。一人有难，八方支援，对于当下的中国人来说，用这句话来形容是再恰当不过了。从大事到小事，都能看出人们的心气儿，看出一个民族的凝聚，"已经组织起来了的中国人"的精气神，体现在生活的每一个细节里。

活在当下，不亦乐乎？！

2021年7月22日夜于北京三里河

反　差

　　近日，在一个自行车修理处，我听到了一种近乎狂躁的牢骚声。发牢骚的不是修车的师傅，而是坐在旁边悠闲对弈、与修车师傅年纪差不多的两个中年人，形成"修车人埋头苦干，下棋人牢骚满腹"的强烈反差。

　　这两个中年人长得都很胖，可以称其为"富态"。莫说比起索马里的难民，就是比起我们偏远山区的老农来，总也是衣食无忧之辈。可他们却满嘴发着牢骚，什么"这社会就是不公"啊，什么"当官的没几个不腐败的"呀，等等，诸如此类，统统也无非是些对社会的不满。

　　细听他们牢骚的内容，知道他们是下岗职工，每月还能领上三四百元的津贴。可就是因为这三四百元钱，才引起他们的不满抱怨。只不过是怪政府给得太少，嫌自己挣的钱太少。看两位下棋的着数，有攻有守，错落有致。再听两位的话语，除了激烈点，绝没有语无伦次的表现，应该说是两个智力完全正常的人。可他们的智力却用在了发牢骚上，而不想着去做一些事情，赚一点儿钱。想想，我都觉得不公平。他们就这样每日坐在树荫下悠然对弈，一个月下来，仍然有三四百元的入账，而修车的师傅一天不干活，就拿不到一文钱……修车的师傅至少是通过帮助别人得到报酬，劳有所获。而几位下岗职工，不干活仍有人发钱，这能否叫不劳而获呢？当然，或许人家在职时已经把一辈子的活都干出来了。可如此反差依然明显。我都为修车师傅鸣不平。好在修车的师傅像是没听见，根本没有反应。

这不由得使我再次想起了前些年对社会上一种浮躁心理的描绘：端起碗来吃肉，嘴里却骂娘。

越是不劳而获的人，越是容易对现实不满。就如同一个单位里，最清闲的人往往是搬弄是非的人一样好理解。

2002 年 8 月

牛二入股市有感

今天股市又大跌了,跌得让人心里发毛。

俺算看明白了,炒股这东西,身体不大硬朗的、心脏承受力不强的,干脆也别上这条船。这船它不稳呀!

俺是去年被几位朋友轮番劝上船的,说俺姓牛,俺要入股市,股市一定更牛。俺在这儿可丝毫没有埋怨朋友的意思,您接着往下听。自打俺入了这股市呀,股市不但没有更牛,还跌了下来。说真的,还没等俺尝到丰收,哪怕是一丁点丰收的喜悦,就赶上了"黑色五三〇"(不介意的话,就让俺这么称呼这一天吧)。哎哟个娘唉,俺的那个票子呀唰的一下就少了百分之十;第二天,唰的一下又少了百分之十;第三天,唰的一下又少了百分之十……那可全是俺每天辛辛苦苦挤牛奶赚的啊。俺的心呀也随之跌到了最低谷,可谁又知道这股到没到最低谷啊!

俺就不明白了,这股市人家都涨了大半年了,早拉俺进来,俺就是不来。这会儿俺想通了,终于进来了,咋这条船就这个样了呢!难道俺就是这样一个倒霉蛋不成。

这股,确实还在不停地跌!

跌就跌呗，横竖就这点儿钱了，俺不看了还不行吗？省得让俺心慌。

俺真的就把股放在那儿不管咧，随后俺游历去嘞。外面的世界总是很精彩，俺不想那倒霉的股了行不？这次游历俺去了好几个省，还到了黄河边，看到了出土的大铜牛。俺们一块游历的就说："小牛，你使劲摸一下吧！小牛摸大牛，这股市就牛咧！"

俺真的摸了，使劲儿地摸了几下。哎呀，真是二牛相碰，牛上加牛了，太牛了。第二天，这股市真的就不跌了，而且还来了一个全面飘红（起码俺的那俩股都红咧）。

俺就盼啊，盼着俺那股赶紧涨上来，涨到本，俺就抛了它，就再不玩咧。你别看这股市跌的时候唰的一下，可这涨的时候就磨叽多了。一点儿一点儿，涨了半个月，终于涨到了俺的本钱那儿。可俺又舍不得抛咧。看这架势还得涨啊。俺又每天看那数字（入了股的钱它确实就是一个数字）。看着它一天天变多，俺的这个心啊，乐开了花。俺一看势头不错，便忘了当初差点被迫割肉的危险，而且又补了点挤牛奶赚的钱注进去了。

可一百个没承想，这下又完了。又是一个唰唰唰，那叫一个绿呀！

说啥呀，还说啥呀，十多天刚涨的那点儿钱，两天又缩进去了，而且还在不停地赔。呜呼哀哉，俺的那个亲娘呀！这跌咋就跌得这么快咧，直下直下的。真应了那句话，这走下坡路就是走得快！

咋办？等呗！有了第一次的体会，俺也想开了，跌就跌呗，俺等着涨回来再抛。俺就是舍不得割肉！

前几天回来本了，可俺又好了伤疤忘了疼，又没舍得抛……

可没几天,眼瞅着又跌下去了。

俺再等,俺就不信俺等不回来你。

你这次再涨回本时,俺一定要抛,俺一定要抛……

写于 2008 年 1 月 21 日

第五章　生活随笔

等风来

这天,有个"老北京"同事说:"面对雾霾,我们有个共同的名字叫'等风来'。""老北京"特有的调侃,勾起了我对北京的风的印象。

1983年寒假期间第一次来北京的亲戚家,北京给还是小屁孩的我留下的第一印象是北风凛冽,冰冷刺骨。风那叫一个大,呜呜地带着响,吹得人走路不稳,眼泪直流。待了一周,天天刮大风,我问亲戚:"北京咋老刮风呀?"亲戚说:"北京风不多,一年就刮两次,一次就刮半年。"虽然亲戚把重音都放在了两个"就"上,但我还是明白了他的幽默。乖乖里个咚,我还以为是我凑巧赶上大风了呢,敢情是天天刮呀。走在北京的大街上,戴口罩的人很多,是为了御寒。那时我就想,北京啥时候不刮这么大、这么多的风呀。可也就是想想,谁能把风怎么样。

20世纪90年代初,我来北京工作了。北京留给我的第二印象,不光是风大了,还夹杂了些黄沙。大风里说几句话,再呷巴呷巴嘴,总觉得牙碜。之后的几年,风里的沙便越来越多了,后来晓得了"扬沙"这个词,再后来又晓得了"沙尘暴"这个词。

黄毛风刮起来那叫一个风沙弥漫，那叫一个睁不开眼。大街上戴口罩的比比皆是了，好多女士出门还要把头整个包裹了纱巾，原来这纱巾是为了防沙的，唤作"沙巾"便更为恰当了。那时候我又在想：北京的风啥时候不夹杂着沙尘了呀。估计很多人都是这么想的。

这次可不光是想想了，从政府到百姓同仇敌忾地要治理风沙。于是乎，社会各界有钱出钱、有力出力，在北京的东北和西北方向的河北、内蒙古地界里植树造林，力争把风沙挡在京外。还别说，数年下来这效果还真是明显，渐渐地风里的沙少了，就连风也少了许多，不能再调侃北京"一年就刮两次风，一次刮半年"了。

然而，这没有沙尘暴的日子还没过够，生活在北京的我就又晓得了一个着实难写的字——霾，这个难写的"霾"字似乎还有一个洋名儿，叫什么PM2.5。好一个2.5，绝对比250惊人。沙是不怎么刮了，风也少了，可"霾"来了，连续几天没风便会雾霾缭绕，挥之不去。若是哪位上仙从空中飞过，一定感慨："北京在哪儿啊？"北京就在这儿，北京的居民就坚强地活在这"霾"里。人们晓得了这霾的危害，可也没有躲的良策，尽管那满大街的口罩卷土重来，尽管那口罩多了防霾层，有的甚至像个防毒面具，可谁又能完全躲闪开那无孔不入的"霾"？"专家"开始分析霾的起因，罪魁祸首到底是何方妖魔。有的说工厂，有的说燃煤，有的说汽车尾气……这些听上去倒是有些靠谱，可树林子大了什么鸟都有，说着说着就有不靠谱的了。竟有人说是炒菜炒的，说国人做个饭煎炒烹炸油烟太大污染了空气。好个炒菜导致雾霾，几千年的烹饪习惯，一朝便做了霾的帮凶。更有甚者说自行车也是祸源，乖乖呀，这是要让发明自行车的先辈哭醒的节奏？这真是个"百花齐放，百家争鸣"的时代，说啥都行，怎么说都行。吹牛不上税，睁眼说瞎话也没人找你麻烦。可你这么说就不心慌吗？不昧得慌吗？真是"语不惊人死不休"呀！

一提起"霾"，说着说着便扯远了，还是说说这风吧。自从有了霾，生活在北京的人们就盼着风的到来。盼星星盼月亮似的，人们调侃，北京居民有个共同的名字，叫"等风来"。人们开始怀念20世纪80年代那凛冽的风，哪怕再冷，冷得刺骨；甚至怀念90年代那卷着沙尘的风，好歹能用纱巾口罩遮挡，好歹它的危害还不那么令人惶恐。

风大的时候想风小点、少点；沙尘刮多了，又想治风沙；沙尘治住了风也随之少了，却又多了个"霾"，似乎有点"摁倒葫芦瓢起来"的架势。

近些年来，我们的日子越来越富余，我们吃的、穿的、用的……要什么有什么，而且是怎么方便怎么来。各种一次性的器具替代了传统的"重复性用品"，餐盒碗筷、塑料袋、输液管……从日常生活到每个领域几乎都在盛行"一次性用品"。很少再见买菜提个筐子篮子的了；人们每网购一样物品，连同物品的必会有一层或多层包装；人们每叫一份外卖，连同那美味（姑且称之）的至少会有个塑料餐盒……想想，这些"用品"的上游必然是隆隆的工厂车间，而这些用品的下游又必然是如山的垃圾……或许，我们追求方便、享受的欲望，才是这"霾"的祸首。老话说"兴一利必生一弊"，这让我想起了未雨绸缪的重要，我们在向大自然索求时，也要多想想索取带来的弊病。合乎规律的索取，顺其自然的改变，循序渐进的发展，或许，危害会少一些。

  我们有了共同的绰号,叫"等风来",但,我们不能真的只等风来……

写于2015年平安夜

心　跳

　　对于成年人来说，大多遇到过让自己心跳加速的人。我所说的"心跳"，不仅是心动，更不是动心，而是让你面红耳赤、手足无措、嘴巴迟钝、大脑一片空白的"心跳"，是一想到那人便会有的突突不停、咚咚不止的"心跳"。心动、动心，也许动的是坏心、歪心、色心，而"心跳"则是纯净的、无瑕的、清澈的。这"心跳"，或许会成为初恋，也或许会成为一生的念想。

　　高中毕业三十周年了，热心的同学组织了一场年级大聚会，四个班级的同学大概来了三分之二，而这三十年后的相聚，有不少同学是毕业后的首次见面。就是在这次聚会上，我见到了那个让我"心跳"的女生，这些年来，我以为已经忘记了她，而三十年后的首次相见，她竟依然让我"心跳"。

　　我和她不在一个班级，班里、校里那么多的女生，都能直面相对，可唯独见了她，甚至一想起她，便会"心跳"。她名字里有个"红"字，也经常穿一件红色的衣服，或衬衣，或裙子，抑或风衣、棉服……她每天早上、中午以及晚饭后，从女生宿舍，去教室、食堂、开水房，都会经一条通道穿过男生宿舍区。已记不清从何时起，每每想起她要经过，我便会"心跳"，我会特意地盘算着她经过的时间，然后假装偶遇，而见了又往往不知所措，本已暗暗演练好的"没话找话"却又忘得一片空白。我注意到她打水的暖瓶也是红色的，一如她的芳名。我常常精心设计碰巧在开水房偶遇。总是和她形影不离的一位女生瞧出了端倪，故意调侃我："怎么打水总能碰上你呀？"我不知所措的眼睛躲闪着她似乎要穿透心底的目光支吾着："她的……暖瓶也是红色的……"而那女生立刻跟了一句："你喜欢红啊？"我更加支吾起来，仿佛整个人已被她看穿："我……我喜欢……红色……"我知道，我心里所想的已被这个女生看得一清二楚，那一刻我的脸，似乎比"红"身上的红衣还要红，比"红"手提着的红色暖瓶还要红……我朦胧地觉察到，那一刻，红，似乎也有同样的心跳。

高中生活，似乎就是在"上课"和"心跳"间过去了。

毕业了，我名落孙山，重又回到了小镇那个家里。对于一个农村娃来说，摆在面前最现实的问题是以后的路该怎样走。迷茫、徘徊、无助……那无疑是我人生最为艰难的一个阶段。我把自己封闭了，变得不爱说话、不爱唱歌、不爱玩笑，整个人都变了，变成了另外一个人。母亲看在眼里疼在心里，有次竟当着我的面哭出了声："儿呀，原来那个你去哪儿了？以后的路还长着呢，要振作起来呀！"母亲的叮咛，不，应该是母亲的眼泪，警醒了我，我开始思索我的未来。面对生活的压力，那醉人的"心跳"变成了奢求。

她的家在县城南端，南北走向的国道与铁路中间，平房，没有院墙，这里几乎成了我"心跳"的唯一支点，只要每每骑车沿国道驶入或驶出县城,甚至在此后的若干年里每每坐火车回或离开老家,只要见到,甚至只是想到她家那个平房,那"心跳"便突兀而来。她会从屋里出来吗?她知道我正经过这里吗?知道我正在看着她的家吗?……满脑子的臆想,却从未鼓足勇气去那平房里看看她,向她表白。直到那片房子被拆迁得面目全非,直到岁月为我娶妻生子……那"心跳"竟是渐行渐远了。

尘封那"心跳"的,仿佛还不仅仅是"勇气的缺失",还有混沌、无知、不开窍……年少不懂爱,更不知如何表达,也不晓得去珍惜。当然,还有家庭、身份、环境……许多身不由己的原因,而这其中就有父亲的管束。父亲是个对孩子极严厉的人,又是个爱唠叨的人,特别是反复唠叨"不许搞对象",且是积极制止。

毕业多年后听母亲说,高中毕业后的一段时间里,曾经有几个女同学几次来家里找我,都被父亲三言两语打发了,挡了驾,愣说我去外地了,而其实我就在田里锄地。可怜天下父母心,或许父亲最担心的就是我被那些女生拴住心而耽误了前程,尽管人家女生未必有这个意思,而只是出于对同学的一份纯真。我本是个从小就不听父亲话的人,和父亲的"战争"似乎从未间断,直到父亲离开我们。对于我对我父亲的态度,"叛逆"这个词用在我身上似乎再恰当不过了,他说往东,我就往西;他说挑水,我就抓鸡……就是不服气,就是不听话,爱咋咋。你说那个时候的我是多么地不孝,整个一"大逆子"。但对父亲的两个要求,我是默默遵守了的,那就是"好好学习"和"不搞对象"。什么"好男儿志在四方""先立业后成家""有了好前途,还怕找不上个好媳妇",诸如此类,父亲的高嗓门天天响彻于我的耳鼓。对此,尽管我嘴上也会顶撞父亲,但心里还是接受了的,还是遵从了的。然而这一遵从,便把那"心跳"埋没了。这样说,并没有埋怨父亲的意思,一丝一毫也没有,相反,有的只是对父亲的崇敬,甚至还有愧疚,因为没有父亲的唠叨,永远不会有我们的前程;因为还没学会报答,还没来得及报答,父亲便去了。其实,"心跳"这事还真怨不得别人,不怨天不怨地只怨自己不努力。就当时的处境,以自己的心性,即使父亲不要求,或许也还是会埋没这"心跳",这大概就是人们常说的"性格决定命运"吧。

岁月蹉跎,岁月蹉跎。

多少年了,我不再忆起那"心跳",那渐行渐远的"心跳",似乎已被我遗忘。然而,三十年后的相遇,又激活了它,却原来,它从未离开,只是被岁月尘封在了心底。

有人说,人生是一条单行线。我觉得,人生更像一颗射出膛的子弹,一支离弦的箭,没有停歇,也没有回头。然而,当尘封多年的"心跳"被唤醒时,我似乎产生了幻觉。人生没有假如,我虽理智地这样认为,却又控制不住地幻想:倘若有,我不会丢了你,我会带上你——那醉人的"心跳",一起经风历雨。

那"心跳",像是一坛被尘封了的烈酒,唤醒,惹得醇香肆虐……

2019 年 6 月 5 日

上海是精细

这次去上海，改变了过去对上海的印象。

过去一直觉得，上海或者上海人比较小气抠门。曾有个江苏朋友笑话上海人一个螃蟹可以当一顿饭吃，还专门发明了那么多钳子剪子夹子啥的用来收拾螃蟹。可这次去改变了以往的看法，上海不是小气，而是精细。

这种精细，体现在生活的每个细节上。

从高铁虹桥站去宾馆的路上，我看到每辆车开得着实规矩，从来不乱并线，即便是一侧排成长龙，另一侧一路畅通，也不会有人越过实线。这让我想起了十年前去德国在高速路上看到的景象。那时总觉得人家的素质高，现在看上海人的素质与之不相上下。接我们的朋友过去一直在北方城市，刚来上海不到两年，他说上海这素质都是管出来、罚出来的。还说，他开车一直小心翼翼，中规中矩，过去在北方从未被罚过钱扣过分，但到上海后还是被罚了一次，是因为连续变道。他又说，这方面上海管得很细，就连路边的停车位都有时间限制，通常要在十二小时内开走，否则超过时限也要罚。说这是为了防止"僵尸车"的出现，防止个别车辆长期占用公共资源。晚上去南京路上散步,朋友介绍说,这条街的排水系统做得很好,整条街见不到排水地漏,只在中间有一条狭窄的缝隙,底下便是排水沟,下雨时雨水都从这缝隙里流走,既美观,又实用。不是舍不得花钱买铁箅子,少花钱又能达到更好的效果,何乐而不为?

不论是交通法规的落地,还是基础设施的巧妙设计,这些都不能不说是源自上海管理的精细。

入住宾馆,出了电梯,看到正对面放着一张长条桌子,桌子上十余瓶矿泉水整齐摆放成了心形,旁边还有一个"按需领取"的小纸牌。这是让客人敞开喝,能喝多少就供应多少。应该说全国各地也去了不少地方,也有许多宾馆提供瓶装水,但都是只在房间里放两瓶了事,最多也就是用完再跟前台申请,像这样敞开供应的,还是头一次见到。你能说上海小气?晚上去旁边一个小饭店吃饭,末了一人要了一碗米饭,服务生端上来随口说了句:"我们家米饭很好的,是'五大米'耶。"我问他啥叫"五大米",他说不出"五大米"到底是怎么回事,只是说最贵的要二十多块钱一斤。后来我在网上查了下,才知道她口中的"五大米"就是传说中的五常大米。用精选的五常大米煮米饭,而价格又不提升,你能说上海人小气?朋友介绍说这家饭店还是个网红店,不少来上海出差、旅游的人都会到这里打卡。想必能成为网红的都有它的独到之处,但这家小店无论是菜品还是服务,都算得上到位,这都源自经营的精细。

宾馆无偿足量提供矿泉水,小饭店采购优质五常大米煮米饭,这些都彰显了上海的大气。

几件小事、几个细节,改变了我对上海以及上海人以往的印象，完全理解上海人发明钳子、剪子、夹子专门用来收拾螃蟹了，那绝不是因为舍不得花钱买第二只，而是吃得精细，吃得有滋有味。

这样看来，上海还真不是小气，而是精细。

写于 2020 年 10 月 30 日

天鹅有情

一位爱好摄影的同事给我介绍了他抓拍到的一组天鹅的镜头，让我又一次领略了天鹅情。

那是一个周末的上午，同事背着他的家伙什儿来到颐和园蹲守拍摄。美丽的镜头往往就在一瞬间，所以说摄影师一般都会蹲守，等着美景的到来。同事架好相机拍摄，拍到了一组镜头。

他先是拍到了三只小天鹅在水里嬉戏；随后，又拍到了远处飞来的两只大天鹅，但两只大天鹅并没有飞落水面，而是贴着水面绕着三只小天鹅飞了一圈又飞走了；不一会儿，又有两只小天鹅飞了过来，加入三只小天鹅嬉戏的队列里，这下是五只小天鹅了；紧接着，两只大天鹅也飞落了下来。

同事说，这两只大的应该是天鹅爸爸妈妈，而五只小天鹅则是它们的宝贝儿。第一次飞回来时，环绕一圈发现少了两只小天鹅，于是又飞出去寻找，直到全部找齐。原来天鹅是会数数的，瞧，多么幸福的七口之家。

同事讲了他拍摄天鹅的故事，我便很自然地想起了自己偶遇天鹅的一段经历。

那是多年前在德国一个如今已想不起叫什么名字的地方，一座古代遗留下来的宫殿前，有一条河流回旋了一下，形成了一个不太大的湖泊，湖里生活着许多天鹅。我端着来德国前特意买的初级单反相机在一座小桥上观察着天鹅的举动，我看到在桥的一侧一只天鹅正独自悠闲地漂在水面上，拍了几张后，便到了桥的另一侧，发现又一只天鹅正朝着桥的那侧游去。我像是意识到要发生什么似的，快速移步回到了开始的一侧，并把相机调整到了连拍。于是，在接下来的一分多钟时间里，我抓拍到了两只天鹅亲吻的镜头——后游过来的天鹅慢慢靠近悠闲漂浮的那只，两只天鹅的头缓缓地伸向对方，然后弯曲、扭动，直到摆出一个完美的"心"形，然后又按着相反的顺序缓缓回到常态，整个动作大概持续了一分钟。过去也曾在杂志上看过天鹅之吻的照片，一直以为是个美丽的传说，今天的这一抓拍，让我相信天鹅真的会亲吻，而且是亲出美丽的"心"形。看来这两只天鹅是恋爱了。

同事蹲守抓拍到的幸福的天鹅七口之家，以及我偶遇的热恋亲吻的天鹅，让我坚信，天鹅是有爱情的，是有亲情的，是有思想的……

其实，何止是天鹅，许多动物和人一样，是有感情的，有七情六欲、喜怒哀乐……作为同一个地球村的生灵，人，应当学会尊重。尊重生命，尊重自然，与万物和谐相处。

2016年8月1日于三里河

突　围

　　早晚开车上下班，尝尽堵车之苦。
　　堵车通常是一段一段的，一般不会自始至终地堵。每走一会儿就会遇上一段缓慢的车流，你就得冲进去，再突出来。
　　我曾笑谈，开车上下班简直就像打仗，得眼观六路，耳听八方，眼明手快，脚下有根，有时候甚至还得有点"狭路相逢勇者胜"的劲头儿。不是一味地慢就安全，有时候你不碰他他碰你；更不是一味地冲抢就能快，因为鲁莽的动作往往会导致欲速则不达。要足智多谋，统筹兼顾，八面玲珑，要把前前后后左左右右的情况都了解个透，要用"知己知彼，百战不殆"的军事思想来武装我们的驾驶头脑。虽然开车是个体力活儿，表面上看是用手脚开车，是个手脚并用的熟练工种。但实际上检验的是大脑的反应能力，是应对突发事件的处理能力，是一个人的综合素质。换句话说，就是得用脑子开车，如同做任何事情，都得用脑子来做，开车也是一样。
　　每次冲进缓慢行驶的堵车路段，那份紧张的心就一直紧绷着，不敢有丝毫的懈怠。开车是关乎人生的一份差事，往小里说，开不好会影响正常的上下班；往大里说，开不好出了事故会影响正常的生活，甚至是健康、幸福，乃至生命，所以每次开车时总是要小心了再小心。但小心无大错，胆大心细才是硬指标。按着上述的战术原则，努力实现稳、准、狠、快的突围，在确保安全的前提下，冲出一段段堵塞的车流，安全而快速地突出去，方显英雄本色，方能安全而快速地到达自己的目的地，这就是每天上下班路上的"突围"。

遇到一段段的堵车，要有一次次的突围，而人生又何尝不是一次又一次的突围呢？从呱呱坠地，到牙牙学语；从走入学堂，到学业有成；从参加工作，到提职加薪……哪一个阶段敢说不是一次突围？没有勤奋，没有付出，没有机智勇敢，没有酸甜苦辣……怎会有一次再一次的"上位"。

人生，只有从一个阶段突出来了，才会迎来下一个阶段；只有一次又一次的突围，才会让人生的梦想成真，才会实现人生的价值。

突围！突围在你人生的每一个阶段！

2009 年 5 月 5 日夜

高铁如飞

最近半个月内去了两趟南京,第一次是坐飞机去的,第二次是坐高铁去的。第一次,南京的朋友都说下次来坐高铁,高铁车很多也很快,比飞机还要方便。回来上网一查,果然,平均一小时便有一趟,最快的三小时三十九分钟便到。想想飞机和高铁在总的用时上是差不多的,便琢磨着下次去一定要体验一把高铁。没想到刚过了一周便又有事去了一趟南京,也让我在短时间内体会了一把高铁的滋味。

我是坐 G1 去的,G2 回的,这是往返于北京与上海间的一趟车,只在中间停一站,那便是南京。来回两次体验高铁,总的感觉就是快。那是真叫一个快,跟贴着地皮飞似的,用风驰电掣来形容一点儿都不夸张,两边近处的树啊杆啊啥的,根本让人看不清,连成一片一闪而过。从北京南站驶出,去了一趟卫生间解了个小便,出来一看到黄村了,可这车确实就是这么快。过去的火车(当然现在也有)有段时间咱也经常坐,那时坐个特快就感觉已经挺快的了,那车一个劲儿嗖嗖地往前冲,可这高铁,就更嗖嗖的了。过去坐普通的火车,看旁边的风景,一个看到了跟同伴说:"看看那个村庄好漂亮。"同伴听了呼唤趴过来看还能看个够，可这高铁就不一样了，等你呼唤同伴过来，这个漂亮的村庄便错过了。从北京到南京，一千多公里的路，三个多小时就到。古人说"千里江凌一日还"，那是诗人的浪漫和梦想，而今，"千里金陵一日还"则是现实的穿越。

我注意看了会儿车厢连接处的车速显示，最高时速三百零五公里，这是啥速度，可不就是飞！

高铁不光是速度快像坐飞机一样，舒适程度也跟坐飞机差不多，甚至比坐飞机还要舒适。

高铁的座位都是朝一个方向的，据说可以调换，总能让座位朝着前进的方向，这样坐起来便很舒适。有人坐倒座容易晕车，高铁便没有了这个问题。高铁的座位跟飞机基本是一样的，但要比飞机经济舱的座位宽松许多，大概就像飞机的商务舱吧。高铁尽管很快，但很平稳，不用担心遇到气流而颠簸，噪声也不大，坐上车，看会儿书，听听音乐，眯一会儿也就到了。坐累了，还可以到过道转转走走，进出也很方便，不像飞机座位那样紧凑。

不过，正因为高铁的快和舒适，旅客间的交流也就少了许多。就像从平房搬到楼房，住平房时邻居间还常有来往，相互关照着，像一家人，可一旦搬到楼房就大不一样了，一个楼里谁也不认识谁太正常不过了。过去讲，"远亲不如近邻，近邻不如对门"，可现如今住楼房即便是对门也鲜有交往，走廊里碰上面相互点一下头算是好的了，好多人都是一副老死不相往来的架势。这就是现代城市人，生活水平好了，住得好了近了，可这人与人之间的距离似乎拉得远了。

火车也一样。过去坐火车，座位都是对着的，像包厢一样，据说最初设计者就是借鉴沿用了马车的厢体格局，或仨座或俩座相对而坐，中间还有一个小桌板。旅客往这儿一坐，认识不认识的一下就都拉近了，"从哪儿来""到哪儿去""做什么工作的""老家是哪儿的"……自然而然地聊到一起，天南地北，胡扯一气，或真或假，或吹或敛，都无关紧要，排解了旅途孤寂，也成就了许多美好故事。有位朋友就是二十年前在火车上结识了位美女，领回家一个老婆。这位朋友当年也是在北京开往南京的火车上，在去南京政院上学报到的路途中，对面也坐了一位穿军装的女孩，很快两人便聊得火热，知道女孩也在北京当兵，也是去南京另外一个军校上学等。就这样聊来聊去，越聊越投缘，互留了大名和地址，你来我往，也就留下了一段美好姻缘。二十多年过去了，这两口子还常常不无自豪地说自己是"火车爱情"。

像这位朋友一样，我也曾经在火车上遇到过这样的好事，但无朋友的勇气和策略（谈恋爱绝对需要勇气和策略），而只能无果而终。大概是1991年的暑假期间，正在石家庄读军校的我去内蒙古集宁（过去的乌兰察布盟所在地，现在叫乌兰察布市）老部队办事，在回来的车上，忘了是哪次车，只记得是从兰州到北京的，好像是上午九点从集宁上的车，晚上九点多才能到北京。车上空座位很少，我上了车找了半天终于找到。放好行李坐下后，才注意到对面坐着一位学生模样的女孩，长得算不上漂亮，但很文静、秀气。火车开出没多远，我们的聊天便开始了，肯定是我先和人家搭讪的，但已想不起第一句说的是什么，总之，走了一路，聊了一路，聊得投缘，晓得了人家叫李萍，家在北京远郊（估计现在也不算远了），是北京理工大学一年级学生，还知道了是哪个系哪个班，聊得够细了吧！当然，我的各类情况人家也都相应地一一知晓。下了火车，我们又都坐103路电车到动物园倒车，我准备再坐347路到八大处，她则换乘去北京理工大学的车，说太晚了回家的末班车已经赶不上了，只能先住学校明天再回家，还说如果我也赶不上末班车就让我到她学校去住。我当时巴不得赶不上呢，结果真就没赶上。其实我完全可以在北京站直接坐地铁到苹果园站再倒车去八大处，那是肯定能赶上末班车的，说到底还不是成心？于是，我忐忑着去了北京理工大学。进了校园，一路打听。怎么那么寸，走着走着正巧碰上那女孩提俩暖壶去锅炉房打开水。说实在的，当时还真是有点不好意思，但既来之则安之。于是，在她的引领下，我们有说有笑地双双走进一座宿舍楼，敲开一个房间门，里面探出一个头——一个男生头。她对这个男生说："我一同学路过北京，在你这儿借住一晚。"于是，我就在她的同学男生宿舍住了一晚。

可惜啊，我和她的缘分没有了续集。我也想有续集，但那时的我确实没有我那位朋友的勇气和策略，返回石家庄后只给她写过一封信，说白了只是一封普通的感谢信，没见回复，便没勇气再有下文。于是，这段火车上的经历也就永远变成了回忆——一段美好的回忆。或许，当初的我再多一些勇气和策略，便又多了一个"火车爱情"故事。而生活没有也许，只有回忆。

高铁如飞，往事如烟，社会在发展。老火车留给我们的记忆，似乎渐行渐远。而我真的希望，在某一些线路能多留一些老火车，就那样慢慢地开、慢慢地聊、慢慢地欣赏车窗外的景致，慢慢地享受老火车特有的滋味……

写在2012年11月19日傍晚

黑洞洞

一段时期以来，透过窗户总能看到社区后院的一处施工现场。

施工从炎炎夏季，一直持续到今年特有的阴雨绵绵的深秋。起初，主要是一台挖掘机在作业，一连挖了好多天挖出一个大大的坑，然后又来了四五个工人跳进坑里用铁锹一锹一锹地往外铲土。坑不光大还很深，工人们把它分成两个层级——在坑的中间整理出一个小平台，有两个工人跳到坑底，从窗口望下去已望不见工人的影子，只能看到两只铁锹你来我去地把土铲到平台上，然后再由平台上的工人一锹一锹铲到地面。挖掘机只把坑挖个大概，接下来的细活还是要人工来完成。几个工人又足足干了约莫半个月时间，终于挖成了一个大概有百十米见方、五六米深的大坑。因为是从高处斜望的，又不是专业人员，或许有一定误差，但那坑很深很大是真实的。

坑挖好之后，又有车辆拉来了水泥、沙子、砖、钢筋。工人们开始沿着土坑四周砌起了墙，这种材质的大概就是专业术语讲的砖混结构吧。砌的过程中又往下运了些管线啥的，那应该是安装在坑底的设备。在砌到离地面还有些距离时，他们开始封顶。

然而也不是全部封上,只在一个角上留下一个洞,又沿着这个洞的周边往上砌了一个圆柱,类似烟囱,一直砌到大概与原地面平齐。

想来,等这坑填完,那个百十平方米的水泥房子便永远地隐身在了地下,人们所能看到的也就只有那个直径不足一米的圆窟窿——正如小区里、马路上随处可见的各类井盖。每个小小的井盖下面或许都有如此的一个工程——很是费力的工程,而这工程还只能隐身于地下做着无名英雄。

地下这点事儿少了不行,干了又往往不为人所见,很有些受累不讨好的味道。难怪地下管廊工程不好推进,难怪人们往往热衷于做地面上的文章……于是,好多地方便尽是把精力放在地上部分,把地上建漂亮了,那成绩总是显而易见的。但财力精力总还是有限的,再加上面子里子的考虑,往往顾得了地上,便顾不了地下了。而地下的那点事又恰恰是基础性的,基础不牢,地动山摇。却也不是即时兑现的,于是有人便有了侥幸——只要不摇在自己任内,也就得过且过了。然而欠了的总是要还,就像"前人栽树,后人乘凉"是一样的自然之道,更何况欠下的或许还不是一星半点,前人取巧,倒是给后人挖坑了,于是乎"内涝"一词诞生了,"城市病"添了新成员。

这病治起来着实费力,冰冻三尺,非一日之寒,正所谓病来如山倒,病去如抽丝,需要慢慢调理。几茬人欠下的债务,或许再要几茬人还。光是治标还不成,不能头痛医头,脚痛医脚,还得治根。可这"城市病"的病根在哪儿?在人,须把人治好,才能真正在根上祛除这"城市病"。

话题扯远了,咱还是说这坑吧!

在大坑回填阶段，挖掘机又回来了，用它那大铁挠子把挖坑时挖出来的土，一挠一挠地往坑里回填。而回填的也不再仅仅是土了，连同施工遗留下的砖头瓦块，甚至是烂木头、碎板子、编织袋子等，都统统地一股脑地填进坑里。那挖掘机也不仅会挖土填埋，还会砸夯，把它那大铁挠子往回勾弯成个大拳头，一拳拳砸下，把土夯实。其实也不一定能夯实，只是看上去是实的了。然后又铺上一层绿茵茵的草坪，这工程算是完成了。

那块草地看上去很是尽善尽美，可我总是为他们的做法捏一把汗——今年雨水大，虽是深秋说不定也是会下雨的。又是一场雨来得急，虽是秋雨，却也颇有几分夏雨的激烈，像是要专门检验这工程的好坏，权当是替代了监理和验收了。我的担心变成了现实，那井口的一侧果然被冲出了个大窟窿，地面也整个下陷了一截，从楼上望下去黑洞洞的，很有些阵势。

于是，业主找来了施工的头儿——姑且称其为施工队长，指着那黑窟窿，很是理论了一番。施工队长也自知理亏，答应晴天后再收拾。又过了几天，驶来一辆翻斗车卸下一车土，留下两个工人，像是一老一少，和一台砸夯机。两个工人开始把土平整，然后用砸夯机一点点地夯实，再盖上一层软土，最后铺上草坪，总是又绿茵茵一片了。

路过施工地时，我听到那个年龄大点的工人长出一口气，对年纪轻的工人说："这城里人真是怪，说要建海绵城市，可又非得把地板弄得结结实实；就算用了透水砖，可砖下面还是硬化了的，水还是渗不进地下的呀，又没有那么多存水的地儿，水塘都给填满盖了楼卖了钱，能不内涝吗？哪像咱农村，除了道路，土地是软和的，村边再有几个大水塘，下多大雨都不曾涝过哩！"

入冬了。今冬的第一场雪来得不仅早，而且大，飘飘洒洒了一天一夜，给大地披上一层白白的棉被；那绿茵茵的草坪还没来得及泛黄，便也隐在了那棉被的下面。

透过窗户，斜望去那白茫茫的一片，脑海里还总是浮现出那被雨水冲就的黑洞洞。

写于2022年1月5日于北京三里河

春雪映霞

清晨醒来，拉开客厅的窗帘，从十一层楼的家向外望去，蓦然映入眼帘的是一片白色茫茫，昨夜一场春雪把个世界染成了白色。那屋顶、树枝、草坪……到处都被白雪覆盖，"忽如一夜春风来，千树万树梨花开""银装素裹，分外妖娆"的词句不停地在我脑海闪过。这是北京吗？这是三月的北京吗？而今天早晨的天气偏偏又是晴朗的，晨曦的阳光透过擎满雪的枝丫，射出道道霞光，让那枝上的雪更加晶莹。在这白皑皑的上面则是湛蓝的天，那是北京少有的湛蓝，让人不禁开窗深吸这久违的清新。向楼下望去，穿着五颜六色服饰的大人孩子，早已嬉戏于雪地，不停地拍照留念。我看到这雪、这景也兴奋不已，立刻取出相机透过窗拍了几张。

此情此景怎能独享，我叫妻子女儿起床赏景。

"快起来，看外面漂亮的雪景。"

平时穿衣慢条斯理的妻子，今天在我的忽悠下很麻利地穿上衣服来到窗前向外张望；平时要靠音乐和动画片才能起床的女儿也不停喊着她也要看，顾不上穿衣就要下床，我赶紧用她的小被子裹住她，把她抱到窗前。看到雪景的娘儿俩也兴奋不已。我对女儿说："赶紧穿衣服吧，咱们也到下面去照相。"女儿只用了平时穿衣三分之一的时间，便把衣服穿好，小跑着出了门，我拎上相机跟上女儿。

小区路上的雪已经融化成了水，毕竟已是春天，大地是暖的，春的气息先是从大地里生出来的。只有草地上覆盖着的厚厚的雪没有融去。人们在雪上面嬉戏着、追逐着，更多的人在拍照。我也拍了几张雪景和女儿玩雪的镜头，便送女儿去幼儿园。在女儿教室走廊里，我看到老师也欣喜地透过窗户拍雪景。离开幼儿园，去单位的路上，所见有雪之处几乎都有兴奋的人不停地拍着雪景。去冬今春已有过几场雪，从未见过人们这样地兴奋。一场雪，带给人们太多的欢乐，男男女女老老少少，个个脸上堆着笑。这是春天的北京吗？我恍若走进了梦幻童话世界。而今天恰恰是"春分"，春分时节，能有这样的景致，怎不让人兴奋。

三月飘雪，春分披瑞，带走的是雾霾，留下的是蓝天。这是否预示着，今后我们的天会更蓝，空气会更清新，生活会更纯洁？

窗外，一队幼儿园的小朋友在老师的引导下，欢蹦乱跳地走过。那是我们的未来和希望。

2013年3月20日于北京三里河

虚惊一场

最近因头部偶感不适,在一位针灸医生朋友的警告和督促下到医院检查。这一查,果然查出了问题,颈动脉竟然有了斑块,块儿还不小,进一步检查竟然还是个易损型的,用专业的话说就是斑块内新生血管形成。

怎么就突然间冒出个大斑块?这斑块又是个什么东西?我有没有生命危险?好不好治?怎么治?等等等等,脑海里不停地闪现着十万个为什么。不等去问医生,立时就拿出手机上网搜,从形成过程到机理分析、风险危害一直到怎么治疗网上都有,看得越仔细,心神越不宁,随之而来的还有恐惧:这就要交待了?老婆孩子可还都八九成新呢!

我忐忑不安地去问医生,医生看了看造影报告,说:"怎么长这么大了呀,岁数不大呀?"接着又说:"恐怕得吃点药。"我说:"那您赶紧给开药吧!"她问我挂号了没有。我说今天没挂。她说,没挂号开不了药。我着急呀,我说那我现在就去挂号。其实这时都已经快到下班的点了,但显然医生并没有从这个角度考虑,只是说,"不是还有别的检查嘛"。我说:"是,几天后才能出结果。"

她轻声说："没事，等结果全部出来后再开药吧，不差这一天。"她仿佛看出了我的不安，又安慰了我一句，"没事的，明天再说"。

于是，我只好打道回府，可心里跟搅翻了船似的，七上八下，不得宁静。等着出其他检查结果的这一天，只要一得空儿，我就不停上网查，越查越不安，越查越心乱啊！感觉各种危险集于此啊！那可是让人脑洞大开的想象，可又全是往坏里琢磨的胡思乱想，怎么坏怎么假想，有了今儿就没了明儿的感觉都出来了，那感觉真的是太糟心了，恐惧、不安，甚至还有不甘，甚至都想着万一"嘎嘣"了，老婆孩子咋办。这么一想，居然失眠了，连续几天睡不踏实，而失眠对于沾枕头就着的我来说，可是个很严重很严重的事儿，过去还没有什么事能让我失眠到如此地步，竟然还连续地失眠。看来，病这个东西，真的是太闹心了；人们面对疾病，特别是能够危及生命的疾病（也包括自己想当然的），真的是很尿，至少我是这样。

我这一尿，把家里人也吓坏了。她们摸不清轻重，看我这尿样儿，便以为真要天塌地陷了。妻子更加谦让我，不停地安慰我，睡觉前会像哄孩子一样哄哄我；九岁的女儿也变得听话了许多，你让她去做什么，督促她也不用再超过三遍了（女儿是个慢性子，活像那个小品演员"着什么急呀"，不超三遍已然是进步很大了）。我感受到了，我的身体不仅属于我自己，还属于她们，我的家人，我的身体乃至一切都和这个家紧密地相连着。这一悟，反倒又让我更加忐忑不安。

就这样挨了无比漫长的三天三夜，今天，终于等到所有检查项的结果，除了颈动脉的那个突兀的斑块，其他项目均算正常，用人家的专业术语是"未见明显异常"。赶紧挂了号去找医生，我那颗忐忑的小心脏依然怦怦地跳个不止。医生又是一位女士,一位美丽的女士,比第一天的医生还要年轻的美丽女士,而且和颜悦色,声音甜美怡人,她看了检查报告和影像片子,像第一天的医生一样说:"需要吃点药稳定一下。"可我表现得一点儿都不勇敢,一点儿都不像个男人,一点儿都不像个年近半百的成熟男人。我说:"这咋办呀?这好治吗?这很危险吗……"十万个为什么一股脑地甩给美丽的女医生。她竟被我的尿样儿逗笑了,这一笑,她便更加地美丽了,气氛一下子变得温馨了起来,好像不再是医患之间的对话,倒像是一对朋友,我甚至还产生了红颜知己的幻觉,让我一下子完全理解了李宗盛看了美丽的空姐便有了缠绵悱恻的爱情歌曲《鬼迷心窍》的机缘。这位美丽医生的话语像她的微笑一样安慰人心:"没事,好多人都有这东西的,有的三十多岁就长了。"我说:"人面对疾病时真的是很尿,我都被吓得失眠了。"她竟咯咯地笑起来,笑得花枝乱颤,笑得让人意乱情迷,笑得竟让我忘记了自己是来看病的。她忍住笑又对我说:"没事的,过些天你会把它忘了的。"

"过些天你会把它忘了的",这句话太具安慰性了,似乎这就是平平常常的头疼感冒、司空见惯的小毛病。就这么一句话,让我那颗怦怦跳的小心脏一下子缓和了许多。那一刻,我竟然眼睛一热,有了不小的感动。问诊时若都能遇上这样赏心悦目又和蔼可亲的医生,便是有病也是好了大半喽!

出了医院,妻子恰好打来电话问情况,我赶紧跟她报告,让她把心放到肚子里。

医生说得轻描淡写,尽管网上说得五花八门,令人惊心动魄,我还是相信自己的医生,因为她是在看了所有的检查报告听了我的症状介绍后而得出的结论,应该是最贴近我的实际情况最就事论事的诊断。可尽管如此,实实在在地要想过些天就忘了,恐怕还是需要勇气和意志。

面对疾病,就像打仗一样,战略上要蔑视它,战术上却要重视它。我一直觉得微观世界和宏观世界一样,无时无刻没有矛盾,无时无刻没有战争,好细胞和坏细胞无时无刻不在斗争,那是正义与邪恶之间的较量,病毒(病源)就相当于邪恶的破坏分子,当它还处于萌芽时,你把它消灭掉,它就难成气候了;可你不小心要是把它养肥了养大了,再想去收拾它,那就不是一朝一夕轻而易举的事了,搞不好会被它毁掉。所以你必须时时小心提防它,争取把它消灭在萌芽状态。而消灭和抑制它的最好的办法就是保持积极的快乐的情绪,有好的心态。长寿的人生活习惯千差万别,但绝对有一点是相同的,那就是心宽。要有个好情绪好心态,心里能容下天,拿得起来放得下,闲看风云变幻,淡泊名利荣华。当然,消灭和抑制那些坏分子,适当的健身也是很有必要的,身体的吸收和排泄得平衡。一个人每天吃的喝的不能太多,除了支持自己身体所必需的能量和营养外,多余的得排出去。就像一个单位的财务,得收支平衡,不能一边倒。说白了就是用多少吃多少,别贪嘴,别过欲,别一时图个嘴痛快,把胃累着,所谓"吃喝嫖赌偷"五毒之首便是吃也。所以说,人不能太贪吃,不能吃饱了睡,睡饱了吃,得适当地运动,得把贪图嘴巴痛快而多摄取的能量代谢掉,那些"坏分子"才不容易有作为,身体才能保持平衡,才能保持健康的状态。

这次状况,总的来说算是一场虚惊。而正是这一场虚惊,让我一夜间懂得了一个道理——身体比性命更重要。这句话听起来很怪诞滑稽,但我是很认真的。如果我们把身体和性命分开而论，是否可以这样来看待它们：性命是身体的魂魄，或者说灵魂，或者说精神，或者干脆说就是那团磁场那团气，它包含了一个人的人性啊意志啊学识啊等修养之类的东西，是无影无形但又能真真切切感受得到的东西，是一个人的内在；身体则是性命的载体，是性命所包含的一切的载体，性命再怎么牛，气场再怎么强大，都得通过身体这个躯壳来展现。躯壳出了状况，性命再怎么强大，没用。换句话说，性命没有了身体躯壳这个载体，就是无根之木，无源之水，就成了神话故事里的"孤魂野鬼"，或者干脆就是"魂"飞烟灭了。然而，随着年龄的增长，特别是过了壮年，人精神上的东西会愈加深明，可身体则愈加衰老，这就是好多上了岁数的人总是心有不甘，总是不服气，总是想向上天再借五百年而又不得不认的一个现实，无所谓残酷与否，这就是自然规律。还是古人说得好，"修身养性"，修身在先，养性在后，先要修身接下来才是养性，有了好的身体才有资本有资格谈养性。没有个好身板，拿什么去承载生命；生命都无处寄托了，又何谈养性？所以说，身体才是第一位的。

还有一点感受很重要，那就是你的身体不仅仅是你自己的，还是家人的。从这几天来的境况，我已然深切地感受到了我对于妻子和孩子的重要性，对于这个家的重要性，从这个角度来说，我也已然没有任何理由不去注意身体了。

还是老人家说得好，"身体是革命的本钱"，没了身体，一切都得归零，那可是所有的一切的根基。这么一想，更是要注意身体的了。

写在 2018 年 7 月 27 日于北京三里河

一只龟

我们家养了两只小龟,算是宠物吧,可今天有一只夭折了。

一早,我准备给两只小龟换水时,发现先前失了明的那只小龟,也是大一点的小龟,伸长脖子,耷拉个头,趴在窝里的石头上,一动不动。我还以为是在睡觉,先是用喷水壶喷了它几下,见没有动静,便用手把它拿了出来,可它一点儿反应也没有,长脖子软塌塌垂下来。我的心一沉,就这样死了吗?它确实是死了,死得无声无息。

这两只小龟是去年春节和家人去海南时带回来的,卖龟人专门给挑选了一对,一雌一雄,让它们做夫妻。大概是对北方气候不适应,两只小龟来到北京冬眠的时间很长,只有盛夏一两个月是欢动乱爬的,其他大部分时间是昏昏欲睡。我们定期为它换水,夏天时还会不时地喂它们龟食。在我和家人的呵护下,两只小龟过着悠然自得的生活,小日子也还惬意。今年春节时,一时大意了对小龟的呵护,没有及时换水,或因室内过于干燥,以至于正在冬眠的小龟出现了症状,其中一只,也就是今天夭折的这只,两个眼睛瞎了。尽管我拿它到宠物医院进行了治疗,还买了一瓶远比它价还高的、说是什么韩国进口的眼药水（就连一个兽药也崇洋媚外，真受不了），还有几粒维生素B什么来着（忘了是B几），一共花了三十多元，当初买两只小龟才花了二十五元。可就是这样也没能拯救小龟的眼睛，拯救它的小命儿。一连多天，我和家人都精心为小龟上眼药，还在龟盆里放上维B片。曾几何时，小龟的眼睛一度睁开了，让人喜出望外，但仔细观察发现，它的眼球已然是白的了，应该是盲了，什么也看不见了，看不见就不能吃东西，又没法喂，所以小龟就只能饿着。我琢磨着小龟是不是只喝水也能活的，像鱼一样。结果它死了，是饿死的。

对于小龟的离去，我并没有太多的伤感，某种程度上，失明的小龟活着也痛苦，死了倒是解脱了。但一想到小龟是饿死的，心中还是有一丝难过。在这衣食无忧的太平时代，有一只小龟居然饿死，怎不让人心伤。

我想起了一位朋友十来岁的儿子养了一只小白鼠，也夭折了。朋友的儿子厚葬了他的小白鼠，做了一个小纸盒，用作小白鼠的棺椁，在棺椁里放了许多硬币，说是要让他的小白鼠成为天堂里最有钱的白鼠。我也学着这位小朋友的样子，用"王老吉"纸包装盒制作了一小棺椁，用一块金黄色的小布铺在纸盒底部，把小龟平放在纸盒里，把它的四个小爪、头和尾巴摆顺。没有像那位小朋友似的小纸盒里放满硬币，而是在小龟的周围撒满了龟食，甚至都盖住了小龟的头、爪和尾巴，只露出了龟壳。小龟是饿死的，有了这些龟食，它不能成为天堂里最富有的小龟，但至少可以不再挨饿。我想天堂里的它一定没有失明，小龟尽可以享受它的美餐。

傍晚，我拿着盛殓着小龟的纸盒去了家附近的一个公园，想

360 / 三里河的芦苇

找一个僻静又美丽的地方把小龟葬了，走在公园西侧的小山上，却见不少流浪猫窜来窜去，如果埋在土里，这只小龟很有可能会成为流浪猫的美餐，于是我决定改水葬。为了让纸盒沉入湖底，我在山上找寻了四块小鹅卵石，放入纸盒的四个角，又封好，选了一个幽静湖面，将纸盒放入水中，纸盒不一会儿便沉入湖底。小龟是喜欢水的，或许这里才是小龟最好的去处。从葬龟的湖边走开，路过一个亭子，亭子正中上方的横梁上写有"沧浪亭"三个字，两侧还有一副对子，上联是"清风明月本无价"，下联是"近水远山皆有情"，像是专门为这只小龟写的。

  小龟失明了，它活得很痛苦，死了或许是一种解脱，只是苦了另一只小龟，只能孤单单生活。我决定给它续弦或曰改嫁，因为我分不清活着的这只是雌是雄。

  好好地对待活着的小龟，是对死去的小龟最好的祭奠。

成稿于 2009 年 5 月 18 日零点

遇事沉一沉

门口的灯不亮了，每到晚上黑黢黢的，心便紧缩了许多。

灯不亮了，自然以为灯坏了。现在都是 LED 灯，也没个灯丝，看不出个所以然，于是便买了新的换上，可仅一闪，又灭了。看来不是灯的事，便请了电工师傅来修。师傅用钳子剪断了一截电线，便发现新大陆似的兴奋地说："这线有问题，不是铜线，是用铝粉压制的假电线！"紧接着电工师傅又说："这小区里有好几家用的这种线，都是当年装修时偷工减料闹的，外行看不出这线有什么不同，当时用着也还行，但时间一长就变成粉儿了。"

我一听就有点蒙，这可怎么办呀，这些电线不是埋在墙里就是埋在地下，要换线那麻烦可大了去了。当年这是怎么装修的？这装修明明是一个朋友干的呀，而且感觉工头也是个很实在的人，怎么能干出这种缺德事儿？真是知人知面不知心呀。当时我的第一反应就是打电话骂这个朋友一顿，可找了半天手机一时竟没找着，正好有了别的事就先放下了。

在处理完别的事情后，我又回到那个线头前，望着这根假线越想越觉得不对劲儿。虽然是朋友装修，但当时说得清楚，钱不用便宜，也确实没便宜，只要求质量好，要货真价实。好几年过去了，还真没发现过有什么质量问题，一直感激着这个朋友，还惦记着下次装修再请人家。其他方面都能保质保量，为什么偏偏要在这根电线上偷工减料呢？我怎么想怎么觉得朋友不至于如此，尽管刚才电工师傅提醒"越是朋友越坑人"，但我还是不愿意相信。可问题又明明白白地摆在面前。瞅着这线头我是越瞅越来气，手便不由自主抓住它使劲扯了一下。这一扯，竟然把线扯断了五十厘米左右，我索性拿来剪刀把套在线外面的塑料管给剪开了。这一剪，却有了意外的发现，刚刚扯断的线再往里竟是别的线了，用钳子夹开一看，是完好的铜线。敢情这假线只有这五十厘米？我欣喜若狂般地请回电工师傅，拿了好的电线，请他接上灯。合上闸的那一刻，灯火通明了，那心情也一下子跟着放飞了。

我在想，当初工人为什么用了这五十厘米的假线，或许好线用完了就差这一点，施工人员就图省事儿，没让工头去买，而是到也正在装修的邻居家要了一段线。我想来想去，觉得应该就是这样，不管是朋友还是工头或是工人，都没有必要特意拿一段假线来跟我开这个玩笑。而电工师傅说的"小区里已经发现好几家用的是假线了"，也反证了我的猜想。想到这儿，我的心头又一惊：如果刚才在气头上给朋友打了电话骂上几句，气倒是出了，但人也是被冤枉了，弄不好朋友也没得做了；即便是灯火通明了，那心情也是不畅快的。真的要感谢当时竟然没有找到手机，真的要感谢竟被其他事情分了神；真的要感谢能让我沉上这么一会儿，才有了处理问题的理智、从容和快意。

遇事，沉一沉，有多重要？我晓得了。

2018年6月13日于北京三里河

植　树

　　闰二月，似乎把春天也拉长了。五一来临，天气才终于放暖。
　　这个五一小长假，应朋友之约专门抽出两天到内蒙古乌兰察布市的兴和县参加义务植树活动。
　　之所以要到兴和县义务植树，是因为朋友说这里是北京母亲河永定河的源头。听朋友说，永定河的源头，目前说法不一，通常认为是桑干河，而他不以为然。他说，官厅水库的上游，有两条主要支流，一条是桑干河，在长城以南的山西省宁武县域，历史上多有记载称永定河就是桑干河，特别是丁玲先生一部《太阳照在桑干河上》似乎坐实了此事。另一条便是洋河。洋河又有三条支流，有东洋河、西洋河和南洋河之别，三条洋河的源头虽涉及冀、晋、蒙三省区，但主要水源地则是长城以北的乌兰察布东南部兴和县和丰镇市一带。如果单从距离上讲，桑干河比洋河离北京更远一些，但从河流走向来看，洋河与永定河下游及入海口更趋于同向；更重要的是，河流源头一个重要标志是地表水、地下水资源丰沛不绝。洋河源头——兴和坝上高原地域，在环境遭破坏之前恰恰是这个样子——草木繁茂，水源丰盈，源远流长。

遥想那情那景，或许有如当今三江源核心地带——青海南部的玉树。这么看来，永定河源头似乎更应是乌兰察布市的东南区域。此外，桑干河的重要支流——御河（山西省大同市的母亲河）的上游主要支流是饮马河，而饮马河的源头也在内蒙古丰镇市与兴和县比邻的丘陵地域。

朋友据此坚持认为，永定河源头应是乌兰察布市的东南区域。此观点虽尚未经专家论证，但他的那份执着，让人钦佩。

毫无疑问，北京的永定河曾经千百年流淌着乌兰察布的水。然而多年前，桑干河和洋河都成了季节性河流，干涸的时候多，只有在雨季才会有水。近年，靠黄河万家寨水库引水注入桑干河，桑干河焕发了往日生机。洋河的上游，则正在致力于生态修复水源涵养功能，朋友觉得这才是治本。

如今的北京城已不再喝永定河的水，人们提及便少了。而她之所以能被誉为母亲河，想必在相当长的一个时期滋润了四九城；说不定建都之始，就是靠着永定河滋养着。想想看，当年的永定河定是碧波荡漾，甚或是波涛滚滚，否则，也就养不活蒸蒸日上的北京城了。如此推算下来，当年永定河上游，或者说源头，一定是水源充足的。水源充足就说明下雨比较多，气候应该是风调雨顺。风调雨顺的地方又必定是草木茂盛的。朋友说正是如此，说他查了若干历史资料，显示这一带曾是原始森林，类似于当下的大兴安岭。而当年那个草木茂盛的地方是如何变成现今的风沙漫天的？我想不是天灾，便是人祸。朋友说他查过史料，记载显示主要是因为过度采伐。这么说便是人祸所致。但不管是人祸，还是天灾，总之是没有了草木茂盛。而没有了草木茂盛，也就没有了风调雨顺，也就没有了充足水源，也就干涸了北京的母亲河。

　　记得 2011 年暑期去德国，印象之一便是德国的天气，时不时会下一阵雨，不一会儿又还你蓝天白云，万物滋润，而又恰到好处——不旱也不涝，仿佛是苍天格外厚待他们。德国的森林覆盖率蛮高的，他们绝不允许随便砍伐；就连城区公园、路边的白杨也常常生长到两个大人也搂抱不过来，有的已颤巍巍老掉牙的样子，但依然不允许砍伐。需要木材怎么办？去非洲买！德国人深知草木茂盛对一个地区气候的重要性。

　　又想起 2017 年春季里去延安学习，那次完全颠覆了我对延安的认知。小时候在课本里识得延安是光秃秃的山上有个宝塔；长大了又常听人唱"我家住在黄土高坡，大风从坡上刮过"，仿佛那里有不间断的黄毛风。而今，完全变了样子，四月天虽还看不到绿树浓荫，但跌宕起伏的山峦上分明是披上了一袭淡绿。风依然刮，但少了些许黄沙。尤其是那雨，完全走了"大西北"的样儿，二十天的时间里，可谓是三天两头地下；雨也不大，淅淅沥沥。都说春雨贵如油，苍天对延安似乎是格外眷顾了。有个当地老汉笑呵呵地跟我说："你瞧这个雨下的，时不时地下，把个土坡都下得松塌塌了，连个窑洞也住不上了嘛。"老汉以埋怨的口吻，更像是炫耀。雨多了使得黄土变得松软，窑洞也不像原来那么结实了，有的甚至塌了。可也正应了年轻人的心——如今能盖得起瓦房了，谁还住在那黑黢黢的窑洞里呢？虽说它冬暖夏凉。

　　荒了几百年甚至上千年的黄土高坡，几十年的植树造林，使它的性子也变得柔情绵绵。

去年在党校学习,看过两部有关植树造林的电影,一部是李雪健出演的《焦裕禄》,一部是近年新拍摄的《那时风华》。两部电影虽情节不同,说的却都是因植树而改天换地的故事。几代人的接续奋斗,昔日那个黄沙漫天、灾害不断、饥民失所、兔子不拉屎的兰考,如今早已"绿我涓涓,会它千顷澄碧";当年黄沙遮天日,飞鸟无栖树的塞罕坝,硬是造出万亩林海,不仅为京津挡住了风沙,还能每年涵养水源近三亿立方米。有了这些树,老天爷的脾气似乎也变得好了起来,不再暴虐无常。

由此看得出,植树造林最大的好处是改善生态环境,山水林田湖草沙也确为生命共同体,彼此之间相生相润,缺一不可,少了一样便有可能失去平衡;失了平衡,便不再风调雨顺,就像营养失衡的人会处于亚健康,甚至是不健康的状态。

前几年有地区发起运河沿岸三公里范围内植树造林活动。几年下来,运河沿岸已是绿树成荫。可今年又要砍了种粮,成片的树被砍了就地粉碎成木屑(据说是用于制作密度板)。一位承包人——中年汉子跪在地里半晌拉不起来,他没有哭,却让围观的人眼圈发红。他说:"这树,就像我的孩子。"

今年春,北京的风沙似乎多了起来;不是似乎,是千真万确多了起来。许多年前,大概是20世纪90年代常常听到的词儿——扬沙、沙尘、沙尘暴,今年又随着风灌满了耳朵。专家说那沙是从某邻国刮来的,我信的;但有没有当地吹卷起来的?我也是怀疑的。不单是河北砍了太多的树,据说前两年北京、天津也砍了不少。砍树自有砍树的道理,或许有熊掌和鱼不可兼得的为难。砍就砍了,但沙尘是要享用一些时日的了。

有人说,粗暴机械地执行也是一种抗命,是阴损的抗命。许多事情都怕折腾，大到"治大国"，小到"烹小鲜"。但凡能不折腾，则不折腾。

北京一带植树最佳时节是3月中旬，把3月12日定为植树节是在理的。一位做园林的朋友说入冬前栽种也容易活，他是专业植树的，一年四季都能栽活，平常人还是要在3月中旬栽种。当地林草部门的同志讲，兴和一带最佳植树时间是4月20日前后，今年天暖得晚，五一植树正当时。

从北京到兴和，我们开了三个半小时的车，比想象得要快很多。一说起内蒙古，仿佛很远的样子，可车子开起来也不过是从北京到德州的时程。这都得益于高速公路的修建，遥想20世纪90年代从集宁开吉普车到北京，用了整整一个白天的时间，那叫一个山路十八弯。尤其到了张家口地界，那山高得离谱，那路走得崎岖。现在好了，桥梁一架，隧道一打，再高的山，再深的沟，只一跃便过了。高速一通，走起路来，燕山山脉的陡峭也就成了华北平原似的一马平川。

五一的兴和还很凉，尤其是一早一晚昼夜温差大，颇有几分"早穿皮袄午穿纱，围着火炉吃西瓜"的味道。妻撑我说："那说的是新疆。"我说是一个理儿。

路边有柳树、杨树刚刚长出叶子，而其他叫不上名的树种才泛点绿意，偶有一两株浅粉的野桃花点缀其间，让人联想起三月中旬的北京。兴和的季节至少要比北京晚一个半月，甚至更长。在北京，早在三月下旬一直到四月初，西部和北部的山上就能看到一团团的浅粉，有的甚至连成片，浮在山峦。出城向西奔门头沟，穿过第一个隧道，出来便能看到整个山峦的浅粉；而怀柔、密云的山里，则少有连成片的，多是星星点点，偶尔有一团团的彩云。这花能开到清明，而这时节，人们正好要祭祖。既祭了祖，又踏了青，赏了山花烂漫，古人选定这个时节祭祖，颇为周到。

春天最是勃发的季节，人和那山花一样，一年又一年，一代又一代，生生不息。

参加义务植树的队伍算得上壮观，分别从兴和、集宁、呼和浩特、包头、巴彦淖尔等地赶来。从兴和出发的各自开着家庭用车，有十多辆，每辆车上基本坐满了人；大多是一家家的，有的还带了孩子，我也携了妻子和两个女儿。注意到孩子当中数我的小女儿最小。从集宁开来一辆大轿子车，满满当当差不多有五十人。从呼和浩特来了四五辆小车，有十几个人。会合在一起差不多有一百人。纯民间自发的义务植树队伍，有七十多岁的长者，还有几岁的娃娃，男女老少，疫后第一个五一假期，人们放弃休息汇集到这荒郊野外义务植树，让人感动。还好，正是五一劳动节，干点活应景，能把旅游、健身、劳动融合起来，也不赖。

植树地点是当地林草部门选的，在东洋河的上游水源地涝利海的南坡。内蒙古人喜欢管有水的地方叫海，就像江浙喜欢叫湖，华北一带又喜欢叫湾。当地人说过去这里有很大的一片海，尤其是夏天七八月份；现在还能看到海的轮廓，但大部分已裸露成沙，只远处可见一洼椭圆形的亮白——那是水在阳光下的色泽。有呼和浩特专程赶来的"植友"说完事儿得去看看那片水。我也很想去看看，但兴和的朋友说没啥可看的，很小的一点。朋友似是怕我看了反而失望——可那一点儿水恰是希望的曙光和植树的动力。

树坑早已挖好，这年头都是机器挖坑。当年在集宁服役时我

第五章　生活随笔 / 369

也植过树,最累的活就是挖树坑;班长赞我力气大,洋镐在我手里停留的时间最长。不远处的机器仍在作业,挠两下便一个坑,省时省力。

义务植树的人们分成三四人一个小组,自由组合,有的以家庭为单位,我们家四口正好一组,还有的以师生、战友、同事为组合。风很大,夹着沙。当地的技术人员拿着个麦克风,背对着风,面向大家,扯着嗓子讲种树要点,风把他的声音吹得断断续续,我们根本听不清楚。好在来植树的多是"行家里手"。不等讲完便急不可待地分头行动了。

待植的树有三种。锹把粗细的杨树苗,一捆捆均匀分布于沙地上,这些杨树苗跟武松用的哨棒一样没有根,像是在宣示它生命力的顽强——大有插上就能活的架势。但我们种的不是杨树,而是一高一矮的两种树,高的足有三米,是油松;低的也就一米,是云杉。两种树的底部都有一个被有细细网眼的白色棉布包裹、白色布条捆绑了的土坨,那里面是树的根,栽上活与不活,关键看它。

植树是在当地民工和环保协会志愿者协助下进行的。民工都是附近的村民,多是些中年妇女,临时组织来植树,每年的这个季节都会来,干一天给两百块钱,有棵数指标,还要求成活率。

我们通常以为是小树好活,便问为啥不都栽小个的——好活又省钱。可那大姐笑呵呵地说:"这小个的价钱是大个的三倍!"又强调还不仅如此,说小个的更娇气,往往成活率不及大个的。而且要有高有低是为了有个层次,更漂亮。真是隔行如隔山,各行有各行的门道。

我们家四口人一口气种了一溜,忘了过数,但至少十株。最早栽下的两株只解开了捆土坨的布条，而没有去掉包裹着的棉布。不知小树能否顺利扎根，但愿它的根芽能刺透棉布。这件事一直像根一样扎进我心里。

来植树的人都是闷着头干自己的活。没有人规定要栽够多少株，可仍是一番争先恐后的场景。百十号人，一上午的劳作，或许解决不了太大问题，但这种精神恰是需要的，也是珍贵的。事情总是积少成多。或许不久的将来，哪怕是久一点，这里又会绿树成林，那涝利海的水面会增大，永定河的碧波能再现。若干年再回到这里，或许可以在海里荡荡舟，在海边骑骑马，在林子里挖几颗松茸……这不是"画大饼"，只要保持一股劲，一茬茬干下去，别"烙大饼"翻来翻去，那必然是会实现的。德国是有那么多的森林，其中多是"二战"后才种下的。延安的黄土高原能披上绿装，据说也就三五十年的事。所以说，兴和的黄沙变绿洲指日可待。

来之前，义务植树活动主要发起人、中国农业银行的王建新同志跟我说，乌兰察布是北京的后花园，我尚不以为然。20世纪80年代末我曾从军于此，这里给我的印象那叫一个黄沙漫天，露天吃个饭都能让沙子把牙硌了，那情景说啥也跟花园联系不到一块。可参加了这次植树，我对这里的认识有了些许变化。如果一直植下去，若干年后这里必然成为第二个塞罕坝，丰富的涵养水源也必然重新滋养北京的永定河。饮水思源，到那时，乌兰察布何尝不是北京的后花园，又何尝只是后花园。想到这里，五一节的这次植树活动，愈加有意思了，这注定是一次特别的体验，还多了些美丽的期待。有期待最好，生活才有滋味。

比起出行，返程的路似乎长了许多，从兴和返京开了五个半小时。驶入延庆不久，随着车流便莫名其妙下了高速。好多的车，行进在只有上下行两车道的路上，自然是快不了的。

进入市区已近傍晚，突然发现西直门外大街中间多彩的月季开得正旺。妻不禁摇下车窗，有一团暖风夹着花香涌入——哦北京！两日不见，夏意浓。

2023年5月6日写于北京三里河
同年6月6日修改于兰考①

---

① 关于永定河源头一事，内蒙古自治区住房和城乡建设厅的刘麾军同志（义务植树活动组织者）在看了初稿之后，提了一些意见建议，旨在让我写得尽量专业、准确。中国农业银行总行的王建新同志（义务植树活动主要组织者），也给予了很好的建议。对麾军、建新两兄的坦诚和慷慨，我心存感激。吸收消化后，对文稿有关内容进行了补充和修改。写此说明，是为谢！

图书在版编目（CIP）数据

三里河的芦苇 / 崔振林著 .—北京：作家出版社，2024.5
ISBN 978-7-5212-2675-1

Ⅰ.①三… Ⅱ.①崔… Ⅲ.①散文集－中国－当代 Ⅳ.①I267

中国国家版本馆 CIP 数据核字（2024）第 010025 号

三里河的芦苇

作　　者：崔振林
责任编辑：朱莲莲
封面题字：刘　恒
装帧设计：张子林
出版发行：作家出版社有限公司
社　　址：北京农展馆南里 10 号　　邮　　编：100125
电话传真：86-10-65067186（发行中心及邮购部）
　　　　　86-10-65004079（总编室）
E-mail:zuojia@zuojia.net.cn
http://www.zuojiachubanshe.com
印　　刷：北京盛通印刷股份有限公司
成品尺寸：145×210
字　　数：274 千
印　　张：12
版　　次：2024 年 5 月第 1 版
印　　次：2024 年 5 月第 1 次印刷
ISBN 978-7-5212-2675-1
定　　价：52.00 元

作家版图书，版权所有，侵权必究。
作家版图书，印装错误可随时退换。